कुच्ची का कानून

कहानी-संकलन

कुच्ची का कानून

शिवमूर्ति

राजकमल प्रकाशन

ISBN : 978-81-267-2963-0

मूल्य : ₹695

पहला संस्करण : 2016
दूसरा संस्करण : 2026

प्रकाशक : राजकमल प्रकाशन प्रा. लि.
1-बी, नेताजी सुभाष मार्ग, दरियागंज
नई दिल्ली-110 002
शाखाएँ : अशोक राजपथ, साइंस कॉलेज के सामने, पटना-800 006
पहली मंजिल, दरबारी बिल्डिंग, महात्मा गांधी मार्ग, प्रयागराज-211 001
1, अनमोल सोराबजी सन्तुक लेन, धोबी तलाव, मरीन लाइंस, मुम्बई-400 002

वेबसाइट : www.rajkamalprakashan.com
ई-मेल : info@rajkamalprakashan.com

मुद्रक : विकास कम्प्यूटर एंड प्रिंटर्स
ट्रॉनिका सिटी-201 102

KUCHCHI KA KANOON
Stories by Shivmurti

क्रम

कुच्ची का कानून

ख्वाजा, ओ मेरे पीर!

माधोपुर से शिवगढ़ तक सड़क पास हो गई।

तो सरकार ने आखिर मान ही लिया कि ऊसर जंगल का यह इलाका भी हिन्दुस्तान का ही हिस्सा है।

पिछले पचास बरस में कितनी दरखास्तें दी गईं। दरखास्त देने वाले नौजवान बूढ़े हो चले तब जाकर...

चलो, सुध तो आई, वरना छह-सात कि.मी. लम्बी इस पट्टी पर आबादी कहाँ है। एक भी गाँव अगर होता रास्ते में तो विधायक को हजार-दो हजार वोट का भी लालच होता। दो जिलों की सीमा होने के चलते भी यह हिस्सा उपेक्षित रह गया। मामा के घर से निकलते ही मामी के जिले की शुरुआत हो जाती है। मामा का घर एक जिले में और सामने के खेतों में से आधे दूसरे जिले में।

लेकिन पक्की सड़क के लिए चिन्हित यह रास्ता पहले भी कभी राहगीरों से खाली नहीं रहा। टेढ़ी-मेढ़ी पगडंडी के रूप में नाले, जंगल और ऊसर के बीच से गुजरते इस रास्ते पर चलते पीढ़ियाँ गुजर गईं। बड़ी-बड़ी ऐतिहासिक घटनाएँ इस रास्ते पर घटित हुईं। कभी गौना कराकर ले जाई जा रही दुल्हन जबरन छीन ली गई, कभी कोई सजीला घुड़सवार जंगल में ऐसा गायब हुआ कि हवा तक नहीं लगी। घंटी टुनटुनाते जा रहे सवार की नई साइकिल नशे का बताशा खिलाकर ठगों ने लूट ली। बचपन में सुने गए जाने कितने किस्से! अपने इलाके के बाहर की वारदात बताकर दोनों ही थानों की पुलिस रिपोर्ट लिखाने गए भुक्तभोगियों को भगाती रही।

मैं भी कई बार गया हूँ इस रास्ते पर—मामा के गाँव माधोपुर से मामी के गाँव शिवगढ़ तक। इस राह को भी धूप लगती थी शायद, इसलिए यह ऊसर और जंगल की संधि पर होते हुए भी जंगल में सौ कदम घुसकर चलती थी। नाले के किनारे-किनारे झरबेरियों का जंगल और उत्तर की तरफ साधू की कुटी की ओर बढ़ने पर पीपल, पाकड़, बरगद और महुए के जहाजी पेड़ों का घटाटोप। कुटी के ठीक सामने का तालाब जिसका पानी आषाढ़-सावन को छोड़कर सालोंसाल नीला रहता था।

मछलियाँ मारने की मनाही के चलते डेढ़-डेढ़ हाथ की मछलियाँ मूँछें फरकाती किनारे तक तैरती थीं। जाड़ा शुरू होने के पहले तक लाल कमल और उसके गाढ़े हरे पत्ते आधे से ज्यादा ताल को घेरे रहते थे। महुए के एक विशालकाय पेड़ की मोटी डाल के नीचे मधुमक्खियों के कई छत्ते लटकते थे। हवा में एक मीठी महक तैरती रहती थी।

मुझे इस सड़क के निर्माण का सुपरविजन मिला तो अतिरिक्त खुशी हुई। अब मामा-मामी दोनों से मिलने का मौका मिलेगा। जमाना गुजर गया दोनों से मिले हुए। मेरा वश चलता तो मैं इस सड़क का लोकार्पण मामी से करवाता। आखिर मामी से ज्यादा इस रास्ते पर कौन चला होगा—वह भी रात-बिरात, आँधी-तूफान तक में!

नाना पाँच भाई थे और मामा सात। सारे नाना-मामा की सन्ततियों से पूरा एक टोला बस गया था। यह टोला मुख्य गाँव से हटकर पूरबी किनारे पर था। इसके आगे परती जमीन पर कुछ पेड़ थे जिनके नीचे खलिहान लगता था। उसके आगे खेत। फिर बाईं तरफ जंगल और दाईं तरफ ऊसर का विस्तार जो पूरब में कई कि.मी. तक चला गया था। मेरी गर्मी की छुट्टियाँ मामा के घर गुजरती थीं। बीच में भी कई बार स्कूल से भागकर पहुँच जाता था। तब यही मन करता था कि ज्यादा से ज्यादा नानी के पास रहें। नानी की आँखों से, उनकी आवाज और स्पर्श से मानो अमृत बरसता था। शाम को आठ-नौ साल तक के बच्चे किस्सा सुनने के लिए नानी के गिर्द बैठ जाते। दालान के एक किनारे जमीन पर बिछे पुआल पर तीन-चार कथरियाँ बिछी रहतीं। बच्चे एक-एक करके आते और कथरी पर लेटकर नानी का इन्तजार करते। नानी आतीं और किस्सा चल पड़ता। किस्सा चलता रहता और बच्चे एक-एक करके सोते जाते। किस्से का अन्त सुनने के लिए शायद ही कोई बच्चा जगा रहता। दूसरी शाम अक्सर वही किस्सा फिर शुरू से चलता।

सबेरे नानी मट्ठा मारने बैठतीं तो धीरे-धीरे सारे बच्चे कटोरा-कटोरी लेकर कमोरी के चारों तरफ इकट्ठा होने लगते। छोटे बच्चे, जिन्हें अन्दाजा नहीं रहता कि मट्ठा मारने में कितना समय लगता है, जगते ही एक हाथ से आँख मीजते या नीचे सरकती कच्छी ऊपर सरकाते, दूसरे हाथ में कटोरी पकड़े चल पड़ते। नानी झक सफेद बरफ के गोले जैसा नरम नैनू (मक्खन) निकालकर बच्चों की कटोरी में डालतीं। नैनू के साथ-साथ आँखों से ढेर सारा स्नेह बरसातीं। इतना कि हर बच्चे का अन्तरतम भीग जाता।

नानी बहुत सुन्दर थीं। रंग गोरा और कद-काठी लम्बी। बलिष्ठ। आँखें नीली। जब की मुझे याद है, विधवा होने के कारण वे मारकीन की सफेद धोती पहनती थीं लेकिन उस धोती में भी उनकी सुन्दरता और मधुरता अद्‌भुत दिखती थी। अब यूनानी लोगों की कद-काठी और नाक-नक्श से परिचित होने पर लगता है कि नानी यूनान से ही आई थीं। बड़के मामा का कद नानी के बराबर था। आँखें छोटी थीं

लेकिन उनका नीलापन नानी जैसा ही था। आवाज इतनी भारी कि फुसफुसाकर बोलना उनके लिए सम्भव नहीं था। एक बार गर्मी की छुट्टी में मैं नानी के घर आया था। शाम को खा-पीकर पियारे मामा के साथ खलिहान में सोने पहुँचा। तब रबी की मँड़ाई बैलों से होती थी। गेहूँ की अधसीझी पयार पर हम लोग कथरी बिछाकर लेटे थे। टह-टह चाँदनी रात थी। पेड़ की पत्तियों से छनकर हम लोगों के ऊपर चाँदनी के घेरे हिल-डुल रहे थे। पियारे मामा भाइयों में सबसे छोटे थे। ननिहाल आने पर मैं ज्यादातर उन्हीं के साथ-साथ रहता था। अचानक मामा बोले—मैं 'मैदान' होकर आता हूँ। तुम लेटो। अकेले डरोगे तो नहीं ?

तब मैं यह समझने के लिए बहुत छोटा था कि पियारे मामा अपनी नवब्याहता उतराहा मामी से मिलने उनकी कोठरी में जा रहे हैं।

मैं चित लेटा चाँदनी का जादू देखता रहा। पुरवा बह रही थी। थोड़ी देर में पुरवा पर उड़कर टूट-टूटकर आती पुरुष कंठ की ध्वनि कानों में पड़ी। बीच-बीच में पतला नारी स्वर। कुछ डरकर और कुछ तात्कालिक प्रतिक्रियावश मैं चिल्लाया—कौ ऽ ऽ न ?

पता नहीं, पुरवा के विपरीत चलकर मेरी आवाज का कितना हिस्सा वहाँ पहुँचा लेकिन आवाज पहले बन्द हुई फिर धीमी होकर आने लगी।

मुझे नींद आ गई। पियारे मामा कब लौटकर मेरे बगल में सो गए, पता नहीं। सबेरे उन्हें आवाज के बारे में बताया तो बोले—बड़के भइया-भौजी होंगे। भौजी कभी-कभी रात में भइया से मिलने आती हैं।

फिर पूछा—तुम टोके तो नहीं ?

पिछली बार मामा से तब भेंट हुई थी जब वे आँख खोलाने मेरे पास शहर आए थे।

मामा के साथ बचपन की स्मृतियाँ जुड़ी थीं। गाँव जाता तो उधर से आने वालों से मामा की हाल-खबर पूछता। मामा के गाँव के लोग भी सौदा-सुलुफ लेने मेरे घर के पास वाले बाजार में आते थे। मेरा घर रास्ते में पड़ता था इसलिए अक्सर छँहाने या पानी पीने के लिए औरतें व बच्चे मेरे दरवाजे पर रुकते थे। ऐसे ही एक बार रिश्ते में मामी लगने वाली मामा की पड़ोसन ने कहा—दूर से ही मामा का हालचाल पूछते हैं। यह नहीं कि कभी चलकर भेंट कर आवें। आपको बहुत याद करते हैं। अब तो मोतियाबिन्द भी बिलकुल पक गया है। दिखाई नहीं देता।

—दिखाई नहीं देता तो आँखें क्यों नहीं खोलवा लेते ?

—कौन खोलावे ?

—उनका बेटा।

—बेटा क्यों खोलावेगा? बेटे को इन्होंने पूछा जो बेटा इनको पूछेगा? आपको तो सारी बात पता है।

—तो भतीजे खोलावें! दर्जन भर हैं।

—कोई नहीं खोलावेगा। आप ही को खोलाना होगा। एक बार उन्होंने आपके पास खबर भेजी थी। आपने पलटकर कोई जवाब नहीं दिया। इधर बहुत दिनों से आप गाँव भी नहीं आए। जब भी कोई बाजार से लौटकर जाता है, पूछते हैं, खूँटी आए थे कि नहीं?

खूँटी मेरा बचपन का नाम था। बहुत दिनों तक मेरी बाढ़ रुकी हुई थी तो लोगों ने नाम रख दिया था—खूँटी।

मैं बेचैन हो गया। याद आया, एक बार मामा का सन्देश लेकर मँझले मामा के बेटे बैजनाथ भइया गाँव आए थे। माँ ने दस-पन्द्रह दिन बाद किसी से मेरे पास मामा का सन्देश भेजा था। मैं कैसे भूल गया? बड़के मामा मुझसे बहुत उम्मीद रखते थे। बचपन में पढ़ने और कुश्ती लड़ने के लिए ललकारते रहते थे। एक बार गर्मी की दोपहरी में कन्धे पर बैठाकर मील भर दूर नाच दिखाने ले गए थे। इसलिए कि गरम रेत में मेरे पाँव न जल जाएँ। जब भी उनके माचे पर जाता, खाने-पीने की कोई न कोई चीज जरूर देते। मैंने उसी औरत को दो लोगों का शहर तक का किराया देकर कहा—मामा से कहना, किसी को साथ लेकर जब भी चाहें, मेरे पास आ जाएँ।

और तीसरे दिन शाम को ऑफिस से लौटा तो देखा, मामा बरामदे में बिछी चौकी पर लेटे हैं। पता चला कि बैजनाथ भइया दोपहर में पहुँचा गए। आहट सुनकर मामा उठ बैठे। देखा, सत्तर की उम्र में भी मामा की देह की कसावट काफी कुछ बरकार थी। बस, गोरा रंग ताँबे का हो गया था और आँखें धोखा दे रही थीं। मैंने मामा की जवानी देखी है। गठी हुई गोलमटोल बलिष्ठ काया। चमकती त्वचा। गोरा रंग। नीली आँखें। जैसे गेंद उछल-उछलकर लुढ़कती है, वैसे ही मामा दौड़ने के साथ-साथ बीच-बीच में उछलते थे। दौड़ना शुरू करते तो उड़ने लगते। फरी खेलते तो बिना रुके आठ-दस पलटइयाँ खाते। वक्त ने उनके चिकने चमकते माथे पर तीन क्षैतिज लकीरें खींच दी थीं। लेकिन बातचीत करते हुए देखा कि आवाज का जादू और गूँज बरकरार थी।

मामा को बचपन से गाते-गुनगुनाते देखा था। खेत में रहते तो बीच-बीच में कान में उँगली डालकर दूर राह जाती युवती अथवा कल्पना की नायिका को सम्बोधित करके प्रणय निवेदन करते। घर में होते तो हाथ का काम निबटाते हुए गुनगुनाते रहते। नवसिखुआ गायकों की भूली हुई बिरहा की कड़ी जोड़ देते। मामा की रातें पूरे वर्ष उनके माचे पर ही कटतीं। माचा चलायमान था। जाड़े और गर्मी में यह पेड़ के नीचे आ जाता और वर्षा में, जब मक्का और फूट (ककड़ी) खाने का मौसम होता तो ऊचास के खेतों के बीच चला जाता। माचे पर दैनिक जरूरत

की सारी चीजों की व्यवस्था रहती। छप्पर में और माचे की मोटी थूनियों के सहारे, चबेना का झोला, मट्ठा और पानी वाले मिट्टी के बर्तन लटके होते। सुगंधित तम्बाकू की मटकी और हुक्का लटका होता। नीचे बोरसी में आग जिया कर ढंग से ढकी होती। मामी की अनुपस्थिति के चलते मामा ने अपनी गृहस्थी को माचे पर इस तरह व्यवस्थित कर लिया था कि बार-बार घरनी की जरूरत महसूस न हो।

मामी मायके में रहती थीं।

बड़के मामा सत्रह-अठारह साल के ही थे जब नानी विधवा हो गईं। नाना इलाके के नामी लठैत थे। किसी जमीन की बेदखली के लिए जमींदार की ओर से लाठी चलाने गए थे। लाठियों की तड़तड़ाहट के दौरान अपना पक्ष कमजोर जानकर बाकी साथी भाग खड़े हुए। नाना घिर गए। कई लाठियाँ पड़ीं। डोली-खटोली पर लादकर लाए गए। अंग्रेज का राज था। अस्पताल वगैरह जाने का रिवाज नहीं था। पाँच दिन तक ओसारे में कराहने और हल्दी, माठा पीने के बाद मर गए। मरते समय बड़के मामा का हाथ पकड़कर कहा—सबको तुम्हारे भरोसे छोड़कर जा रहा हूँ। पार घाट लगाना।

मामा ने अपने सीने पर नाना का दाहिना हाथ रखकर उन्हें आश्वस्त किया था और उनके बहते आँसुओं को अँगोछे के कोने से धीरे-धीरे पोंछा था। तब सबसे छोटे पियारे मामा नानी के गर्भ में थे।

मामा ने नाना की हर जिम्मेदारी सँभाली। नाना की तरह मामा की लाठी भी सरनाम हुई। जिस भी मेले में जाते, वहाँ से लाठी खरीदकर लाते। आस-पास कहीं कटवासी बाँस की कोठ होती तो वहाँ जाकर लाठी लायक पक्का बाँस खोजते। फिर कोठ के मालिक से माँगकर या खरीदकर उससे लाठी बनाते। घंटों आग में सेंक-सेंककर उसे पकाते। महीने में एक बार लाठियों की सफाई करते। उन्हें तेल पिलाते। ऊपर और नीचे की गाँठ के पास लोहार से उन पर लोहे की मुँदरी चढ़वाते। लाल कपड़े में लपेटकर रखते। नागपंचमी के त्योहार पर गाँव में हर साल आने वाले नट से लाठी का मार्शल आर्ट 'बिनवट' सीखते।

बड़के मामा की प्रसिद्धि आस-पास के गाँवों में 'पदी' अर्थात पद या न्याय करने वाले के रूप में फैली। जिस पंचायत में वे पंच होकर जाते, उसमें भरसक अन्याय न होने देते। अपने निर्णय को लागू कराने में वे लाठी का सहारा लेने से भी नहीं हिचकते थे। लेकिन ऐसे न्यायी आदमी को भारी अन्याय झेलना पड़ा। जिस जमींदार की ओर से लाठी चलाने के दौरान नाना की मृत्यु हुई थी, वही जमींदारी उन्मूलन के बाद मामा द्वारा जोते-बोए जा रहे खेतों से उन्हें बेदखल करने लगा।

आषाढ़ के एक दिन सबेरे-सबेरे मामा को पता लगा—उनके खेतों में दलपतसिंह लम्बरदार के हल चल रहे हैं। सुनकर यकीन नहीं हुआ। दौड़कर गए। देखा, चार

जोड़ी बैल उनके खेतों को जोत रहे हैं। दलपत लम्बरदार सात-आठ लट्ठबन्द लोगों के साथ मेंड़ पर खड़े हैं।

—यह क्या है ठाकुर? हमारे खेत क्यों जुतवा रहे हैं?

—तेरे थे कल तक। आज से मेरे हैं।

—ऐसा अन्याय? मेरे बाप ने आपकी आन के लिए अपने दुधमुँहे बच्चों को अनाथ कर दिया था। आप उन्हीं बच्चों का पेट काटने आए हैं? इतनी जल्दी भूल गए?

—भाग सारे!—दलपत सिंह दहाड़े—बड़ा पदी बना फिरता है! आज से इस खेत में पैर रखा तो पैर कटवा लेंगे।

—लम्बरदार, हम सात भाई हैं। आप पैर नहीं, दो-चार के मूँड भी कटवा लेंगे तो दो-चार बचे रह जाएँगे। लेकिन आप तो अकेले हैं।...

—अबे, मुझे धमकाता है? तेरी यह हिम्मत? पकड़ो साले को!—उन्होंने अपने आदमियों को ललकारा।

—ऐसा है लम्बरदार, हम सातों भाई जान छोड़कर लड़ेंगे तो उन्हें रोकने लिए चौदह लठैत चाहिए। आपके साथ अभी आठ ही हैं और उस तरह जान पर खेलकर दूसरे के लिए मार करने वाले बावले अब नहीं पैदा होते, जैसे हमारे बाप थे। आज तो हम निहत्थे हैं इसलिए जा रहे हैं लेकिन दुबारा आने के पहले एक बार फिर सोच लीजिएगा। जाना सबको है। हमको भी, आप को भी। खेत यहीं रह जाएगा।

जमींदार समझ गया। जमींदारी उन्मूलन के साथ-साथ उससे जुड़े रोब-रुतबे का भी काफी कुछ उन्मूलन हो चुका था। इसलिए फिर डराने-धमकाने या जबरन कब्जा करने का प्रयास तो नहीं किया लेकिन मुकदमा दायर कर दिया। मुकदमेबाजी का अखाड़ा मामा के लिए बिलकुल अनजाना था। यहाँ के दाँवपेंच, पैंतरे, पिचाल के बारे में कभी सुना ही नहीं था। बार-बार पटकनी लगी। गाना-बजाना, राग-रंग, पहलवानी, अखाड़ा—सब भूल गया। उन खेतों को बचाने के लिए मामा बारह बरस मुकदमा लड़े।

मामा नौ साल के ही थे जब नाना ने उनका विवाह कर दिया था। लेकिन गौना आने को हुआ तो एक पेंच फँस गया। मामी अपने माँ-बाप की अकेली सन्तान थीं। शादी के समय उनके पिता ने शर्त लगाई थी कि दूल्हे को ससुराल में आकर रहना पड़ेगा। नाना ने इस शर्त को मान लिया था क्योंकि उस समय तक मामा चार भाई हो चुके थे। खेत कम थे। नाना यह सोचकर खुश हुए थे कि एक बेटे का गुजारा ससुराल में हो जाएगा और मामी के माँ-बाप के लिए बुढ़ौती में सहारा भी हो जाएगा। लेकिन नाना के असमय चले जाने के चलते यह समीकरण प्रभावित हो गया।

मामा का तर्क था—मैंने मृत्यु-सेज पर लेटे पिता को वचन दिया है, माँ और छोटे भाइयों के भरण पोषण का। इनको असहाय छोड़कर ससुराल जाकर बसना अब कैसे हो सकता है?

मामी का तर्क था—इसी शर्त पर विवाह हुआ है कि जमाई ससुराल आकर बसेंगे। यदि वे अपनी माँ और भाइयों को छोड़कर नहीं आ सकते तो मैं अपने माँ-बाप को बेसहारा छोड़कर ससुराल कैसे चली जाऊँ?

आँख पर हरी पट्टी लगाए मामा अस्पताल से लौटे तो मैं शाम को उनके पास बैठने लगा। उनके पास दुनिया जहान की खबरें और किस्से थे। हजारों गीत थे। उनसे बातें करना अच्छा लगता था। मामा की भी शुरू से आदत थी घर-गृहस्थी का काम निबटाने के बाद घंटे-दो घंटे अलाव के पास या माचे पर बैठकर दूसरों की सुनने और अपनी सुनाने की, इसलिए शाम को वे मेरे आने का इन्तजार करते।

परिवार बढ़ने के साथ-साथ खाने-पीने की दिक्कतें बढ़ीं। कई दिशाओं से आई बहुओं में खींचतान और कौआरोर बढ़ा। दो मामा के परदेश चले जाने के बाद भी दिक्कतें कम नहीं हुईं तो मामा खुद भी दो-तीन बार परदेश कमाने गए। शाम को साथ बैठकर उन दिनों की चर्चा छेड़ने पर मामा कलकत्ता के साथ अमरनेर की चर्चा करते थे। अमरनेर में आमिना नाम की एक स्त्री थी जो रेल इंजन के नीचे गिरा हुआ अधजला कोयला बीनकर बेचती थी। अकेली थी। उसने तीन महीने तक मामा के लिए रोटी सेंकी थी। मामा पास के पेड़ के नीचे सोते थे और अपना आटे, चावल का कनस्तर आमिना की झोपड़ी में रखते थे। वह मामा के कनस्तर से आटा निकालकर रोटियाँ सेंककर रख जाती थी। गैंग का मेट मजदूरी मारकर भाग गया तो आमिना ने वापसी का किराया जुटाने में भी मदद की थी। मामा ने उसका गाया एक गीत सुनाया—

केथुआ से छाया मक्का मदीना,
केथुआ से छाया अजमेर।
ख्वाजा, ओ मेरे पीर!

सुनाते-सुनाते उनकी आवाज भर्रा गई। आँखें सजल हो गईं। आँखों को ढकने वाली हरी पट्टी को उठाकर उन्होंने आँखों का पानी पोंछा और शून्य में ताकने लगे।

बड़ी देर बाद बोले—बड़ी अच्छी मेहरारू रही भैने। दुखियारी थी। आदमी खलासी था। कई साल पहले इंजन के नीचे कट गया था। आने लगा तो बहुत रो रही थी...

एक शाम मैंने कहा—मामा, आप दो साल कलकत्ता थे। कैसा था कलकत्ता?

—कलकत्ता शहर का हाल! अच्छा, सुनिए।

मामा ने कलकत्ता शहर का लम्बा और प्रभावी वर्णन सुनाया जिसमें मटियाबुर्ज और बड़े-बड़े जहाजों का भी उल्लेख था। तुरन्त न लिखने के चलते अब दो-चार पंक्तियाँ ही याद हैं। एक पंक्ति थी—'जहाँ दूनों जूनी आवत है जुआर'।

—इसका मतलब?

—मतलब, दोनों टाइम दरियाव का पानी बढ़ जाता है।

—ओ...ज्वार! समझ गए।

कलकत्ता शहर की एक और खासियत सुनाई—

—यहाँ की रंडी बड़ी बेशरमी, उनके बस्तर ना देखा।

—बस्तर?

—माने कपड़ा।

—ओ...वस्त्र।

—हाँ, पीठ भी खुली, पेट भी खुला।

मैं थोड़ी देर तक हिम्मत जुटाता रहा फिर बिना आँख मिलाए पूछा—अच्छा, मामा, आप कभी वहाँ कोठे पर गए थे?

मामा थोड़ी देर चुप रहे। आँख उठाकर मुझे देखा, फिर बोले—एक बार गया था भैने! लेकिन कपड़ा उतारने पर देखा, कितना फोड़ा-फुँसी। नीचे देह एकदम सड़ गई थी। मैं भाग खड़ा हुआ। रुपया पहले ही दे चुका था।

—कितना?

—डेढ़ रुपया। दो माँग रही थी लेकिन हम डेढ़ ही दिये।

कितने निर्लिप्त भाव से मामा ने बताया! फिर प्रसंग बदलने के लिए अनाजों के बारे में सुनाने लगे। मकरा की सहनशीलता के सम्बन्ध में बताया—

—केतनौ कूटा केतनौ पीटा हम खुलुरी मा रहब परा।

—मकरा कैसा होता था मामा? मैंने कभी मकरा नहीं खाया।

मकरा सरसों से एक चौथाई छोटा काले रंग का गोल अन्न होता है भैने। अब गेहूँ-धान इतना पैदा हो जाता है कि मकरा बोने की जरूरत नहीं रही। पहले जब अन्न की कमी रहती थी तो जल्दी पकने वाले कोदो, काकुन, साँवा आदि भुखमरी में जीवनदाता बनते थे। मकरा दो-ढाई महीने में भादों में पक जाता और इसके चलते आधा गाँव उपवास करने से बच जाता था। इसे चाहे जितना कूटिए, पीटिए, नम मौसम के कारण इसकी बाली में अन्न के कुछ दाने बचे ही रह जाते थे। फिर इनमें छिपे दानों को वे औरतें निकालती थीं जिनके पास मजदूरी के अलावा जीविका का कोई आधार नहीं होता था। भादों में कोई मजदूरी न मिलने के कारण इनके घर अक्सर उपवास होता था। इन्हें कोई रोकता नहीं था और सेर-आध सेर मकरा दो-चार घंटे मेहनत करके ये भी निकाल लेती थीं।

एक दिन मैंने मामा को याद दिलाया—आपका एक प्रिय 'फगुआ' था। हर होली पर गाते थे। उसकी कुछ पंक्ति याद रह गई है—

गोरी तोहरी नजरिया मा भा ऽ-ऽ—ला ऽ-ऽ
दिलजनिया जान जिनि माऽ-ऽ रा ऽ-ऽ
न देशवा उजाऽ-ऽ राऽ-ऽ

—इसको सुनाइए।

—छोड़ो भैने! तब नौजवानी का रंग था। अब ऐसे गीत गाने की उमर थोड़े रह गई है!

—अच्छा, एक बिरहा जिसे आप अक्सर उदास होकर गाते थे—रतिया आया बिरतिया भाग्या...

मामा मेरी ओर देखते रहे। कुछ बोले नहीं।

—याद नहीं आ रहा?

—याद है लेकिन अब हम इसे गाते नहीं।

—क्यों?

—बस, चित्त से उतर गया।

मैं चुप हो गया। मन ही मन उस बिरहे को याद करने लगा—

रतिया आया बिरतिया भाग्या
कोरवा ना सोया हमार
एक दिन आवा खड़ी दुपहरिया
देखी सुरतिया तोहार

[रात आए और रात बीतने के पहले भाग गए। मेरी गोद में सिर रखकर सो तक न सके। एक दिन खड़ी दोपहरी में आओ ताकि तुम्हारी सूरत देख सकूँ।]

मामा के चित्त से यह बिरहा उतरा क्यों? तब नहीं समझ पाया।

एक दिन बोले—अब तो आँख भी गई समझिए, नहीं तो बड़ा मन था कि देह में जोर रहते एक बार पूरी दुनिया घूम आवें—इस कोने से उस कोने तक।

मैंने बताया—देह में जोर हो तब भी यह इतना आसान नहीं है मामा। यह धरती सौ-डेढ़ सौ देशों में बँटी हुई है। हर देश की सीमा पर फौज डटी है। घुसने के लिए परमिट चाहिए। वीसा, पासपोर्ट। उसके पीछे हजार झमेले।

वे चुप होकर मेरा मुँह देखने लगे। फिर बोले—इसका मतलब बिना पूरी दुनिया देखे ही आँखें बन्द हो जाएँगी? चारों धाम भी नहीं जा पाए।

—चारों धाम क्यों नहीं गए?

—तीन सौ रुपए कम पड़ गए। अर्जुनपुर के जगन्नाथ दोनों परानी जा रहे थे। बोले—भगत, तुम भी चलो। आधा खर्चा हम उठा लेंगे। लेकिन हम आधा भी नहीं जुटा पाए।

—मुझसे क्यों नहीं कहा?

—चाहे तो बहुत लेकिन तुम्हारे पास भेजने के लिए कोई सन्देसिया ही नहीं मिल पाया।

सेक्सटेंट के व्यू-फाइंडर में देखता हूँ तो निर्माणाधीन सड़क पर मुझे तेज कदमों से चलकर आती मामी का चेहरा दिखाई देता है। जट काली मामी के चेहरे पर जड़ी बड़ी-बड़ी पानीदार आँखें। लम्बी पतली काठी। महीन धीमी आवाज। शीतल पवित्र और पतली मुस्कुराहट। मैं उन्हें देखकर सोचता कि माँ ऐसी ही होनी चाहिए। शायद ही उन्हें कभी गुस्सा आता होगा।

अपने दाम्पत्य को भी धैर्य और मुस्कान से सँभाल लिया मामी ने। माँ-बाप की सेवा भी जरूरी थी और पति का सान्निध्य तथा सन्तति वृद्धि भी। मामी न किसी जिम्मेदारी से भागना चाहती थीं, न किसी जरूरत से वंचित रहना चाहती थीं। इसके लिए उन्होंने अलग राह खोजी। शाम को गाय-बैलों को चारा-पानी देकर, माँ-बाप को खिला-पिलाकर पहर रात बीते लाठी लेकर निकलतीं मामी। साँप-बिच्छू और सियार-भेड़ियों को धता बताती आधी रात के पहले-पहले जा पहुँचतीं मामा के माचे पर। पहर-डेढ़ पहर का अभिसार और चौथे पहर मायके के लिए वापसी। अँधेरी रात हो या चाँदनी, जाड़े की ठिठुरन हो या बरसात के गरजते-बरसते बादल—मामी के लिए पति की सेज हमेशा डेढ़-दो घंटे की दूरी पर रही। सोचता हूँ, पहली बार पति मिलन के लिए अँधेरी रात के सन्नाटे में अकेले निकलने के पहले कितने ऊहापोह से गुजरी होंगी मामी! क्या उन्होंने पहली बार अपने आने की पूर्व सूचना मामा को दी होगी? यदि नहीं तो पहली बार माचे पर चढ़कर फों-फों करके सोते मामा की नाक दबाकर जगाया होगा तो मामा की क्या प्रतिक्रिया रही होगी? जरूर उनका हाथ सबसे पहले अपनी लाठी पर गया होगा।

मामी की जो भावमूर्ति उभरकर मेरे मन में आ रही है, वह पैंतीस-चालीस साल पुरानी है। मैं गारापुर से लौट रहा था। गुरु बाबा की कुटी से। मामी का मायका शिवगढ़ बीच रास्ते में पड़ता था। चैत का महीना था। धूप चढ़ गई थी। सोचा, मामी का हालचाल लेते चलें। दूध या मट्ठा भी पीने को मिल जाएगा क्योंकि मामी के घर कोई न कोई गाय-भैंस बारहों मास रहती थी।

मामी बेटी के साथ गड़ही से गीली मिट्टी ढो रही थीं। पुरानी दालान गिर गई थी। उसी की जगह नई दालान खड़ी हो रही थी। एक मिस्त्री दीवार के ऊपर बैठा ताजी रखी गई मिट्टी की कटाई-चिनाई कर रहा था। मेरी पैलगी के उत्तर में आशीष देती हुई मामी घर के अन्दर गईं और मउनी में लाई गुड़ तथा लोटे में मट्ठा लेकर लौटीं। हालचाल पूछा, फिर बोलीं—दोपहर तक सारी गीली मिट्टी ढो लेना है, नहीं तो सूख जाएगी। तुम आराम करो। खाना खाकर दोपहर बाद जाना।

—छोटे कहाँ हैं?

—जानवरों को चराने ले गए हैं।

—तो चलिए, पलरी में मिट्टी मैं भर देता हूँ। काम जल्दी खतम हो जाएगा।

—नहीं-नहीं, भैने से कहीं काम कराया जाता है! तुम थक गए होगे। आराम करो।

—तब मामा को क्यों नहीं बुलवा लिया? अकेले खट रही हैं।

—तुम्हारे मामा को अपने भाई-भतीजों से फुरसत मिले तब न!

उनके बड़े बेटे स्वामीनाथ डेढ़ साल पहले एक दिन गायब हो गए। पता नहीं, कहाँ हैं? स्वामीनाथ मेरे समौरी (हमउम्र) थे। पिता का नियंत्रण न होने के चलते वे कभी माँ के पास अपनी ननिहाल में रहते, कभी पिता के पास माधोपुर में। एक जगह ज्यादा दिन नहीं टिकते थे। मामा के घर ही उनसे मुलाकात हुई थी। दो-चार दिन में ही हम दोस्त बने और जल्दी ही मैं उनका शागिर्द बन गया। इसी के चलते दर्जा दो की पढ़ाई हमने पाँच स्कूलों से की। कभी मामी के घर से शिवगढ़ या पतीपुर के स्कूल में। कभी मामा के घर से कैभे या केनौरा के स्कूल में। कभी मेरे घर से दुर्गापुर के स्कूल में। जिस भी स्कूल में जाते, दोनों लोग साथ-साथ जाते। चार-छह दिन जाते फिर अचानक मास्टर की डाँट या थप्पड़ खा जाते तो बस, भागो। कहते—ई सरवा तो बड़ा कसाई है। किसी दिन चढ़ बैठा तो हाथ-गोड़ तोड़ देगा। और उस दिन से वह स्कूल महीने-दो महीने के लिए 'ब्लैक लिस्टेड' हो जाता। दूसरे स्कूल की राह पकड़ते। सबेरे खाना खाकर तख्ती-बस्ता लेकर समय से निकलते लेकिन स्कूल पहुँचने के लिए समय की पाबन्दी न रह पाती। खेत, बाग, जंगल होते, नाले या तालाब में नहाते, मटर, बेर, गोंद, गन्ना, बेल का स्वाद लेते दोपहर तक पहुँचते। इंटरवल में चबेना चबाते और मन ऊबते ही ऊँघते मास्टर की नजर बचाकर निकल लेते। किसी शाम दोनों लोग मेरे घर, किसी शाम मामा के घर, किसी शाम मामी के घर। क्या पढ़ रहे हैं, कहाँ पढ़ रहे हैं—कोई देखने वाला नहीं। जब तक पिताजी को हमारी सुधि आई, हम दोनों पाँचों स्कूलों में पढ़कर फेल हो चुके थे।

उसी उम्र में स्वामीनाथ मान चुके थे कि वे खुद मुख्तार हैं। जब जहाँ चाहें, जाएँ और जो चाहें, करें। पिता की सरपरस्ती उनके अन्दर पैदा ही नहीं हुई। उस उम्र में ही वे पूरे आत्मविश्वास के साथ अपने नतीजे निकालते, अपने फैसले सुनाते।

एक बार बोले—भगत की बड़ी दुर्गति होगी।

—क्यों?

—बुढ़ापे में कोई पूछेगा नहीं।

मामी मामा को भगत कहती थीं। माँ की देखादेखी उनके बेटे-बेटियाँ भी उन्हें भगत कहने लगे, जैसे—भगत आए हैं, भगत बुलाए हैं। बप्पा या बाबूजी जैसे सम्बोधन जैसे जानते ही नहीं थे। सम्बोधित करने का मौका ही कहाँ मिला था। मामी मामा को बुलाने के लिए स्वामीनाथ को भेजतीं। स्वामीनाथ आकर कहते—भगत, अम्मा बुलाई हैं।

मामा कहते—चलो, फुरसत मिली तो आएँगे।

स्वामीनाथ लौटते हुए रास्ते में कहते—इनकी अकल पर पर्दा पड़ा है। खटिया पर पड़े-पड़े हगना बदा है।

एक बार बोले—मझली काकी जादूगरनी हैं। पान-सुपारी खिलाकर भेंड़ा बना लेती हैं। उनके हाथ का कभी कुछ मत खाना।

उस दिन बातचीत करते हुए मैंने पाया कि पति की उदासीनता से प्रभावित न होने वाली मामी जवान हो रहे बेटे के गायब होने से अन्दर ही अन्दर टूटने लगी हैं।

स्वामीनाथ अठारह-उन्नीस साल के थे जब एक दिन उन्हें पता चला कि गाँव का एक लड़का उनकी चौदह-पन्द्रह वर्ष की बहन को छेड़ता है। जिस राह से वह लड़का स्कूल से पढ़कर लौटता था, उसी राह पर एक शाम वे एक अरहर के खेत में बैठकर उसका इन्तजार करने लगे। जैसे ही वह पास आया, लपककर एक डंडा उसकी साइकिल के अगले पहिए में डालकर गिरा दिया और कमर से चाकू निकालकर खप-खप-खप! वहाँ से भागे तो किसी को दिखाई नहीं दिये अभी तक। न जिन्दा, न मुर्दा। तब से कितनी-कितनी अफवाहें फैलीं। कभी सुनाई पड़ता कि मारे गए लड़के के बाप और भाइयों ने पकड़कर जीते-जी नाले में गाड़ दिया। कभी सुनाई पड़ता...जितने मुँह, उतनी बातें।

दोपहर में खाना खिलाते हुए मामी बोलीं—किस दावे से बुलावें तुम्हारे मामा को भैने? उन्हें हम लोगों से कोई लगाव नहीं है। यह तो गाँठ बँध जाने का धरम है जो निभाते आए हैं।

—ऐसा क्यों कहती हैं मामी?

—सही कहते हैं। बिना मरद का परिवार बेसहारा होता है। मुझे सहारे की जरूरत थी। पति का सहारा नहीं मिला तो बेटे के सहारे की आस में अँधेरी-उजेली रात में दो कोस बीहड़ पार करके उनके पास पहुँचती रही। अपनी पसन्द के किसी भी आदमी से बेटा पाने की राह दुनिया ने रुँध न रखी होती तो मैं उतनी दूर दौड़कर क्यों जाती?

थोड़ी देर तक चूल्हे में पड़ी रोटी को सेंकते हुए वे चुप रहीं फिर राख झाड़कर रोटी मेरी थाली में डालते हुए बोलीं—उन्हें मुझसे प्रेम होता तो जिस राह से औरत जात होकर मैं आती-जाती रही, वह क्या उनके लिए अनजान थी?

—चाहिए तो यही था मामी लेकिन यह भी हो सकता है कि वे लाजवश ऐसा न कर पाए हों!

—अपने परानी के पास आते किस बात की लाज थी भैने?

मुझे तुरन्त कोई जवाब नहीं सूझा। खाना खत्म कर चुका था। हाथ धोने के लिए उठ गया। लेकिन मामी की शिकायत का जिक्र घर आकर मैंने पत्नी से किया—मामी का कहना है कि मामा उनसे प्रेम नहीं करते।

—बिना प्रेम किए ही तीन-तीन बच्चे हो गए?

—भाई, बच्चे पैदा होना तो यांत्रिक क्रिया है। बिना प्रेम के भी बच्चे पैदा हो सकते हैं। बलात्कार से भी बच्चे पैदा हो जाते हैं। प्रेम या चाहना तो अलग चीज

हुई। मामी कह रही थीं कि जब औरत होकर रात के अँधेरे में मैं उनके पास जा सकती थी तो वे मर्द होकर क्यों न आते, अगर उन्हें मुझसे प्रेम होता?

—आप नहीं समझेंगे। लेकिन सोचिए, मामा अपने परिवार के मुखिया थे। उनका उस युग में रात के अँधेरे में पत्नी से मिलने ससुराल जाना किसे अच्छा लगता, खासकर उस दशा में जब वे ससुराल में बसने और वहाँ की जिम्मेदारी ओढ़ने से मुकर चुके थे! तुलसीदास का किस्सा नहीं जानते? खुद उनकी पत्नी ने कितना दुत्कारा था!

—और मामी जो उतनी दूर चलकर आती थीं, वो...

—वो उनकी बहादुरी थी। वे अपने पति की खुशी के लिए, अपनी चीज को सहेजने के लिए आती थीं। यह मत समझिए कि सिर्फ पुत्र की चाह में या शारीरिक सुख के लिए आती थीं।

मामा-मामी की प्रणयकथा को चैतू ने दन्तकथा बना दिया था।

चैतू मल्लाह कई वर्ष तक उनके अभिसार और मान-मनुहार की कहानियाँ सुनाता रहा। महुए के विशाल छतनार पेड़ की छाया में बैठे चरवाहे उसे घेरकर बैठा लेते—बिना किस्सा सुनाए नहीं जाने देंगे।

—अच्छा, तो सुनो। पता है, क्या हुआ आज रात?...

जंगल और ऊसर के बीचोबीच बहता वह नाला बरसात में छोटी-मोटी नदी बन जाता। जाड़े में पानी घटता तो फिर नाला बन जाता फिर गर्मी के चार-पाँच महीने सूखकर 'खोर' हो जाता। लेकिन आसपास के लोग उसे नाला नहीं कहते थे। नाला कहने से अपमान या तिरस्कार का भाव आता था। वे इसे सम्मान देने के लिए नदी कहते—पियारी नदी।

बरसात में बैलगाड़ियों का आवागमन रुक जाता। आस-पास के लोग पैदल पार करने के लिए इस पर बाँस का पुल बना लेते। चार-पाँच मोटे लम्बे बाँसों को समान्तर रखकर बाँधने पर डेढ़-दो फीट चौड़ा रास्ता निकल आता, जिसको नदी में सात-आठ फीट की दूरी पर तीन-चार मोटी थूनियाँ गाड़कर बाँध दिया जाता।

चैतू मल्लाह रात में इन्हीं थूनियों के सहारे अपना मछली पकड़ने का गहरा (झाँपी) लगाता। रात के अँधेरे में, जब पुल से आवागमन बन्द हो जाता, मछलियाँ खूब चढ़तीं।

...मामी के आवागमन का एक मात्र चश्मदीद गवाह चैतू।

बेटी ने माँ-बाप को रात का भोजन करा दिया। जानवरों को चारा दे दिया। बर्तन धुल लिए लेकिन माँ के पीने के लिए पानी रखना भूल गई। और जब बताने गई कि दरवाजे की कुंडी लगा लो, मैं जा रही हूँ तो बिगड़ गई बुढ़िया—कितनी

आग लगी है तेरी देह में? मेरा पानी क्या तेरा भतार आके रखेगा? तू ही रोज-रोज दौड़कर जाएगी? वह क्यों नहीं आता? उसकी गरज नहीं है? इसी दीदे से तू उसे कब्जे में करेगी?

बेटी पानी-पानी हो गई।

उस रात मामा की देह में तेल मालिस करने के बाद छाती पर सिर रखकर लेटी मामी ने कहा—कल से नहीं आऊँगी।

—क्यों?

—मैं ही आऊँ हर बार? तुम्हें नहीं आना चहिए?

—क्यों नहीं!

—तो इस बार तुम आओ।

—ठीक है।

—आओगे?

—क्यों नहीं आऊँगा!

—नहीं आओगे। कितनी बार तो वादा किए। कहाँ आए?

—इस बार हर हाल में आऊँगा। जोगिन तरई (तारा) के एक बाँस ऊपर चढ़ते-चढ़ते पहुँच जाऊँगा।

—घाव में नीम की पत्ती पीसकर बाँध लीजिएगा।—माचे से उतरते हुए मामी बोलीं—पहले पता होता तो घर से पीसकर लेती आती।

जोगिन तरई एक बाँस ऊपर चढ़ी, फिर डेढ़ बाँस। वे नहीं आए। माख से उनकी आँखों में आँसू आ गए—मैं भी नहीं जाऊँगी।

जोगिन तरई दो बाँस ऊपर चढ़ गई।

उस दिन कुदाल लग गई थी पैर में। मालिस करते समय देह हल्की-हल्की गरम लग रही थी। कहीं बुखार तो नहीं आ गया?

लेटे नहीं रहा गया। उठीं। आगा-पीछा करते मन को समझाकर निकल पड़ीं। बाँस का पुल पार करने के बाद भादों की चाँदनी में देखा—सामने से आती धुँधली छाया।

तो इतने दिनों बाद सामने आने की हिम्मत किया मदरहवा के भूत ने! आने दो।

अरे, यह तो वे हैं!

—अब आने की जून हुई आपकी? आधी रात के बाद?

—आँख झपक गई।

—झूठ मत बोलो। जब घर में ही पान-सुपारी खाने को मिल जाता है तो...

मामा ने हँसते हुए उन्हें लपककर बाँहों में भर लिया—चलो।

—उधर नहीं, इधर।

—दो-तिहाई रास्ता तो चल चुकीं। वह सामने रहा माचा।

—उससे क्या? आज तुम्हारी बारी थी।—मामी ने झटके से खुद को मुक्त किया और मुड़ चलीं।

चैतू ने बताया—देर तक 'पियारी' के किनारे दूर तक मामी के पैरों की पयरी बजती रही। वे आगे-आगे, मामा पीछे-पीछे।

पकड़ पाए तो मुख, वक्ष और नाभि से लेकर जाँघों के मध्य तक चुम्बनों की झड़ी लगाकर देर तक डूबते-उतराते रहे। 'पियारी' के किनारे खादर में उगी ऊँची हरी कास की सेज ही उनका रंगमहल बन गई।

अचानक भूरे बादलों के पहाड़ ने चाँद को ढक लिया। तेज हवा चलने लगी। जंगल हरहराने लगा। मामा ने अलसाई पड़ी मामी को कन्धे पर लादा और माचे की ओर लपके। नीचे सिर किए लटकी मामी मामा की पीठ पर मुक्के मारती रहीं।

लेकिन बादलों को ज्यादा जल्दी थी। मोटी-मोटी बूँदें पड़नी शुरू हुईं। फिर झरझराकर बरसने लगा। माचे तक पहुँचते-पहुँचते दोनों भीगकर गलगल। माचे के चारों तरफ फैले मक्के की हरी लम्बी पत्तियों पर गिरती बूँदों का संगीत देर तक बजता रहा। मामा ने अपने गीले अँगोछे से मामी के गीले बालों को पोंछा। माचे पर रखा सूखा अँगोछा पहनने के लिए दिया। बाँहों में उठाकर ऊपर माचे पर चढ़ाया। फिर खुद चढ़े।

कहानी सुनाने के बाद चैतू कहता है—काले मेघों से घिरा आसमान। धारोधार बरसता पानी। मक्के की फसल से घिरा माचा और रात का तीसरा पहर। ऐसा 'संजोग' हर गृहस्थ के नसीब में कहाँ?

—लगता है, तुम ससुरे अगम गियानी हो।—बूढ़ा मंगरू चिढ़कर कहता है—माचे के नीचे तुम सरऊ छिपकर रात भर बैठे थे?

—तुम क्या जानो!—चैतू उसे चिढ़ाता है—चूतड़ में हल्दी लगी नहीं। 'औरत' का दर्शन पाए नहीं। तुम क्या जानो!

इस सड़क के निर्माण के सिलसिले में इधर आने का संयोग बना तो खुश हुआ था कि एक दिन, किसी छुट्टी के दिन, उसी पुरानी राह से मामा के घर से मामी के घर तक पैदल जाऊँगा। देखूँगा कि अब जंगल का क्या हाल है। कौन-कौन से पेड़ बचे रह गए हैं, कौन से कट चुके हैं। क्या उन पेड़ों पर मधुमक्खियाँ अब भी छत्ते लगाती हैं? कपड़ों से मुक्त होकर पानी में कूदने का आनन्द देने वाला वह ताल किस हाल में है? क्या उस तालाब में अब भी कुँई खिलती है? मामा-मामी किस हाल में होंगे?

ऐसा नहीं कि मामा-मामी का हाल न मिलता रहा हो। जब भी गाँव जाता, माँ मामा के घर का कोई न कोई समाचार बताती। एक बार बताया कि मामा के घर

अलगा–बिलगी हो गई है। पन्द्रह भतीजों के मध्य कई चूल्हे हो गए हैं। एक बार बताया कि रामदेव मामा, जो मुझे 'कौरहा' कहकर चिढ़ाते थे और पियारे मामा ट्रैक्टर की ट्राली के नीचे दबकर दिवंगत हो गए हैं। एक बार बताया कि मँझली मामी को, जिन्हें स्वामीनाथ जादूगरनी कहते थे, कई साल पहले टी.बी. हो गई थी। बेटे–बहू ने छूत के डर से उनके रहने के लिए बाहर झोपड़ी बना दी थी। एक दिन झोपड़ी के अन्दर मरी पाई गईं।

बड़की मामी के बारे में बताया था कि छोटे की बहू पूरब की है। बहुत तेज है। सास–पतोहू में ज्यादा दिन नहीं पटी। मामी बेटे–बहू से अलग हो गई हैं।

यह खबर सुनकर मैंने सोचा था कि जैसे सत्तर साल की उम्र में मामा का मोतियाबिन्द पका था, मामी का भी पका होगा। मामा का ऑपरेशन तो मैंने करा दिया था, मामी का किसने कराया होगा? मामा के जाने के बाद बहुत दिनों तक मेरे मन में यह उम्मीद थी, अब ऑपरेशन के लिए मामी का सन्देशा भी आएगा। लेकिन नहीं आया।

अब तो यहाँ का काम भी समाप्ति पर है। क्या इतनी दूर आकर भी बिना मामा–मामी से मिले, किसी दिन किसी और दिशा में चला जाऊँगा? दस मिनट में दोनों के घर पहुँच सकता था। लेकिन साल बीतने को आया और ये दस मिनट नहीं निकल सके। लेकिन अब और विलम्ब नहीं। जो रास्ता मामा के लिए जिन्दगी भर काले कोस रहा, उसे तय कराऊँगा। दोनों ही लोग नब्बे पार कर रहे हैं। पता नहीं, कितने दिन खाते में बचे हैं! एक बार अपने सामने दोनों लोगों का मिलना देखना चाहता हूँ। वैसे जीवन की संध्या में ही सही, अगर मामा–मामी साथ रहना शुरू कर दें तब तो...

अगले दिन रविवार था। मैंने ड्राइवर से कहा—सबेरे आठ बजे तक जीप लेकर आ जाओ।

मामा के घर के लिए निकला तो गुजरे लमहों की छवियाँ फिर मन के पर्दे पर उभरने लगीं। नहर की पटरी से मामा के घर की ओर मुड़ा तो देखा, जहाँ खलिहान लगता था, वहाँ के पेड़ों में से एकाध को छोड़कर अब भी सब मौजूद थे। आम का वह पेड़ अभी खड़ा था जिसके नीचे मामा के हीरा–मोती नाम के दोनों कुत्ते दिन में बैठते थे। इन दोनों की ड्यूटी थी रात में भेड़ों के रेवड़ की रखवाली करना। शाम का खाना मिलने के बाद बिना किसी के बुलाए या बताए दोनों हवा को सूँघकर रेवड़ की दिशा पता करते और वहाँ पहुँच जाते। मँझले मामा जैसे बकरों और भेड़ों को बद्धी करते थे, उसी तरह जब वे पिल्ले ही थे तो उन दोनों को भी बद्धी कर दिया था। इसलिए कार्तिक महीने में थोड़ा–बहुत आकर्षित करने के अलावा कोई मेनका इनका ईमान नहीं डिगा सकती थी। इस समय उनके बैठने की जगह खाली थी। कब के मर गए होंगे। पेड़ों की जड़ें मिट्टी बह जाने के कारण बाहर निकल आई थीं।

वह पुराना घर जिसके ओसारे और कोठरियों से मेरा परिचय था, खँडहर हो चुका था। सिर्फ अधगिरी नंगी दीवारें खड़ी थीं। अन्दर झाड़ियाँ उग आई थीं। इस खँडहर के तीनों तरफ आठ-दस मिट्टी की दीवार वाले खपरैल और चार-पाँच फूस की छाजन और रहठे की टटिया वाले झोपड़े उग आए थे। बीच में दुआर के नाम पर ढाई-तीन सौ गज जमीन खाली थी।

जीप के रुकते ही बच्चों के झुंड ने घेर लिया। औरतें झाँक-झाँककर देखने लगीं। सामने के बिना टाटी वाले मँड़हे में मामा मूँज की चारपाई पर उघारे लेटे थे। कथरी तह करके तकिया की तरह सिरहाने रखी थी, धोती की सदर-बदर नहीं थी कि क्या खुला है, क्या ढका है। मैंने पास पहुँचकर हाथ जोड़ा। धोती ठीक करते हुए वह उठने की कोशिश करने लगे। मैंने सहारा देकर उठाते हुए अपना और अपने गाँव का नाम बताया।

—अरे, अरे, आवा भैने! आज कहाँ सूरज पश्चिम से निकरि परा! एक दम्मै भुला दिये।—फिर मेरा हाथ अपने हाथ में लेते हुए बोले—पता चला कि यही परग भर की दूरी पर सड़क बनवाने आए हो तो किसी दिन हमारी याद भी आएगी लेकिन...

मैं लज्जित हो गया। मुझे पहचानकर महिलाएँ भी निकल आईं। तीसरी और सातवीं यानी उतराहा मामी। उनकी बहुएँ। बेटियाँ। मैंने दोनों मामियों को पैलगी की। फिर देर तक परिचय होता रहा कि कौन किसकी बेटी है, कौन किसका बेटा। बहुओं का मायका। बच्चों के नाम। कोई मर्द नहीं दिख रहा था। काम से गए होंगे।

मामा बहुत दुर्बल हो गए थे। हड्डियाँ दिख रही थीं। बाँह, जाँघ और पेट की चमड़ी चुचुककर लटक रही थी। चश्मे की एक डंडी टूट गई थी। उसकी जगह धागा बाँधकर कान में लपेटे हुए थे। तीसरी मामी ने अपनी पतोहू के हाथों गुड़ और मट्ठा मँगवाया। मैंने मट्ठे का गिलास पकड़ाते हुए मामा से पूछा—बड़की मामी कैसी हैं मामा?

—पता नहीं भैने।

—कितने दिन हुए भेंट किए?

पोपले मुँह से बेबस मुस्कुराहट बिखेरते हुए बोले—यह भी अब कहाँ याद है भैने।

—चलिए, आज मामी के घर चलते हैं। मैं आज आप ही दोनों लोगों से मिलने के लिए निकला हूँ।

—अब कौन-सा मुँह लेकर उनसे मिलने चलूँ भैने? जब उनको जरूरत थी तब तो गया नहीं। अब तो मरकर ही मिलेंगे।

—मरने में तो अभी बहुत दिन हैं मामा। चलिए। खाना-पीना न खाए हों तो खा-पी लीजिए।

पता चला कि मामा अब एक ही जून दोपहर में खाते हैं और उनका भोजन पन्द्रह भतीजों के बीच बँटा हुआ है। इनमें से दो भतीजों, बल्कि कहिए, दो भतीजों की बहुओं ने उन्हें खिलाने से मना कर दिया है। इसलिए महीने में पड़ने वाली इन दोनों की दो-दो दिन की ओसरी (पारी) को वे चबेना चबाकर बिताते हैं। बाकी के छब्बीस दिन तेरह चूल्हों में दो-दो दिन करके खाते हैं। चबेना की हाँड़ी मामा की चारपाई के सिरहाने ही छप्पर से बँधी रस्सी से लटकी थी जिसे तीसरी और उतराहा मामी समय-समय पर चबेने से भरती रहती थीं। पता चला कि मामा का माचे पर रहना सात-आठ साल पहले छूट गया। कौन उतनी दूर खाना-पानी पहुँचाता ? टूटा-फूटा माचा अब किस कोने में पड़ा है, यह भी किसी को याद नहीं। यही हाल हुक्के का था। पता चला, उसकी तम्बाकू खतम होने पर महीनों कोई लाता नहीं था। मामा अमल के मारे परेशान हो जाते। हारकर हुक्का पीना ही बन्द कर दिया। हुक्का कहाँ है, चिलम कहाँ है, किसी को याद नहीं।

यह भी पता चला कि आज मामा का चबेना वाला दिन है।

पता नहीं, कैसे यह बात फैल गई कि बड़के मामा अब ससुराल में बसने जा रहे हैं। सुनकर आस-पड़ोस की औरतें इकट्ठी होने लगीं। बड़के मामा का ससुराल जाना पूरे परिवार के लिए डूब मरने जैसा था। जिन्दगी भर इन लोगों के लिए खटते-खटते बूढ़े हो गए और अब बुढ़ापे में सब मिलकर रोटी नहीं दे पा रहे हैं। यह अफवाह भी फैली कि बुढ़ऊ खुद ही सन्देश भेजकर भैने को गाड़ी लेकर बुलाए हैं, ससुराल छोड़ने के लिए।

मैंने मामा के चेहरे की ओर देखा फिर उनका हाथ पकड़कर मुस्कुराते हुए कहा—चलिए। मन लगे तो रुकिएगा, नहीं तो लौट आइएगा। मामी का हालचाल भी तो लेना चाहिए। कोई पैदल थोड़े चलना है।

मेरी बात सुनकर आसपास फैला तनाव कुछ ढीला पड़ा। एक भतीजे की बहू हँसते हुए बोली—अरे, जाइए न बाबा! मोटर पर बैठकर ससुराल जाने का मजा लीजिए।

सब हँसने लगे। मामा के पोपले मुँह से भी मुस्कुराहट फूट निकली।

एक पोती ने दूसरी को आवाज देकर बताया—हई देख रे...दुलरिया, बड़का बाबा मोटर में बैठकर ससुराल जा रहे हैं।

दुविधाग्रस्त मामा ने एक बार सारे हँसते हुए चेहरों की ओर देखा फिर बोले—अच्छा, मेरी लाठी उठाइए। मेरा लोटा।

उन्होंने अँगोछा कन्धे पर रखा।

—अरे, मेरा कुर्ता कहाँ गया ?

पता चला कि कल शाम खाते समय उस पर दाल गिर गई थी। सिरहाने रखकर सोए थे तो कुतिया के दोनों पिल्ले खींचते-खेलते लेकर पिछवाड़े चले गए। वहाँ मिला। एक लड़की झाड़ते हुए लेकर आई। बताया कि थोड़ा-सा फाड़ दिये हैं।

—चलिए, अब इसे ससुराल में पतोहू सिलेगी-धुलेगी। उसे भी तो सेवा का मौका मिलना चाहिए।

मामा चलने को हुए तो तीसरी मामी ने अपनी तेज-तर्रार बहू को इशारा किया। वह घूँघट निकालकर आगे आई—बाबा, यहाँ क्या दुख है जो बुढ़ाई दाव वहाँ जा रहे हैं?

तीसरी मामी ने तुरन्त अपनी बहू की बात काटी—धत्, हमेशा के लिए थोड़े जा रहे हैं। मिल-जुलकर कुछ दिन में लौट आएँगे कि...फिर बड़के मामा की ओर मुड़कर बोली—दस-पन्द्रह दिन में बेटे को भेजूँगी। चले आइएगा।

मामा की आँखें और स्वर आर्द्र हो गया। कम्पित स्वर में बोले—ठीक है। जल्दी ही आऊँगा। यह तो भैने मसखरी पर उतर आए हैं तो चला जा रहा हूँ।

इस बीच मैं उतराहा मामी को देख रहा था। वे अब भी सुन्दर थीं। शहरी स्त्रियाँ उम्र बढ़ने के साथ भारी हो जाती हैं। वे देहात की उम्रदराज स्त्रियों की भाँति हल्की हो गई थीं। ननिहाल आने पर बचपन में यही मामी मुझसे ज्यादा मजाक करती थीं। रोक लेतीं। घुटनों के बल बैठ जातीं और मेरा गाल मीजते हुए कहतीं—हमको भी पढ़ा दो भैने, एक-दो किताब। कब पढ़ाओगे? दिन में कि रात में? कहाँ पढ़ाओगे? उर्द में कि अरहरी में? ऐसा करो, एक किताब उर्द (के खेत) में पढ़ा दो, एक अरहरी (के खेत) में।

मामी को पता चल गया कि मैं उन्हें ही देख रहा हूँ। कुछ सकुचाईं। आँचल ठीक करने लगीं।

मैंने कहा—आपकी बहुत याद आती थी मामी।

—तभी तो इतनी जल्दी मिलने आ गए भैने! और बिना हालचाल पूछे चल भी दिये।

मामी ठीक कह रही हैं। इस जीवन में मनुष्य को जहाँ होना चाहिए, वहाँ नहीं होता और जहाँ नहीं होना चाहिए, वहाँ धक्के खाता रहता है। इस बीच मामा के दो-तीन पोते आ गए। एक ने जीप के अन्दर मामा की लाठी व्यवस्थित की, दूसरे ने उन्हें गोद में उठाकर आगे सीट पर बैठा दिया। भतीजे, भतीजियाँ, बहुएँ उनका पैर छूने लगे। मैं पिछली सीट पर मामा के पीछे बैठ गया।

जीप चलने के पहले एक लड़का उनकी सूखी कीचड़ सनी पनहिया चिथड़े से झाड़ता हुआ लाया।

बीसों हाथ विदा में हिलने लगे।

मामा कभी सड़क के बाएँ देखते, कभी दाएँ। चैती की पकी-अधपकी पीली फसल खेतों में खड़ी थी। मटर, चना और सरसों कट चुकी थी। उनके खेत खाली थे। केवल गन्ने के खेत हरे-भरे थे। एक जमाने में बीघे भर के विस्तार में बहने वाला नाला सिमटकर एक मोहड़ी वाले पुल के पेट में समा गया था। नई आबादी के नाम

पर पुल के दक्षिण, नाले के पश्चिमी घाट पर दस-पन्द्रह झोपड़ियाँ बसी थीं, बाकी हर तरफ खेत ही खेत।

एक पतला खड़ंजा गाँव में घुस रहा था। लगभग सारे कच्चे-पक्के घरों पर डी.टी.एच. की डिस लगी थी। गाँव के रास्ते बदल गए थे। असंख्य झोपड़ियाँ उग आई थीं। कुत्तों का झुंड गाँव के बाहर से ही भौंकते हुए जीप के पीछे लग गया। खड़ंजे पर कहीं बकरी बँधी थी, कहीं खूँटा गड़ा था। घर के सामने के मड़हे में दो चारपाइयाँ बिछी थीं। बाईं तरफ वही दालान थी जिसको बनाने के लिए उस बार मामी मिट्टी ढोते हुए मिली थीं।

एक हड्डही सफेद गाय खूँटे से बँधी चक्कर लगाते हुए रँभा रही थी। शायद प्यासी थी। उसके सामने भूसे-चारे की कोई नाद या झौवा पलरी नहीं थी। मामी के दरवाजे पर हमेशा बँधे रहने वाले दूधारू जानवरों की जगह अब इस हड्डही गाय ने ले लिया था।

मामा और जीप के दोहरे आकर्षण से मामी के दरवाजे पर भीड़ लग गई। ससुर को पहचानकर बहू ने मड़हे में बिछी चारपाई पर चादर डाल दी। मैंने मामा को उतारकर सहारा देकर चारपाई पर बैठाया। पतोहू ने मामा के पैर छुए और अपनी बड़ी बेटी को पैर छूने का इशारा किया। वह शरमाकर पीछे हट गई।

—अरे बाबा हैं!—बहू ने आँखें तरेरकर बेटी को डपटा तो उसने भी आगे बढ़कर पैर छू लिया।

दालान के आधे बाएँ हिस्से में टाटी बाँधकर भूसा रखा गया था और दाहिने हिस्से में एक चारपाई बिछी थी। उसके पीछे कोने में चूल्हे से धुआँ उठ रहा था। मामी चूल्हे में फूँक मारकर आग जलाने का प्रयास कर रही थीं लेकिन दाँत न होने से फूँक सध नहीं रही थी। एक रोटी तवे पर थी, दूसरी मामी की हथेली पर। थाली खाली थी।

थोड़ी दूर पर कुछ सूखी पतली टहनियाँ पड़ी थीं। चारपाई पर पुरानी धोतियों को सिलकर बनाई गई कथरी बिछी थी। मुझे यह तो पता था कि मामी बहू-बेटे से अलग रह रही हैं लेकिन यह अनुमान नहीं था कि छोटे ने उन्हें घर के अन्दर नहीं बल्कि बाहर दालान के कोने में जगह दी है।

बहू अन्दर से चाय बना लाई। इस बीच मामी की रोटियाँ पक गईं। वे थाली में हाथ धोने लगीं तो बहू ने बेटी से कहा—जाकर दादी को बता दे कि माधोपुर से बाबा आए हैं।

पता नहीं, वे समझ नहीं रही थीं या उन्हें विश्वास नहीं हो रहा था। कई बार बताने पर समझीं तो रोटी ढककर सिर का आँचल ठीक करते डंडा टेकते हुए धीरे-धीरे आईं। कमर झुक गई थी, शरीर जर्जर था, झुर्रियाँ लटक रही थीं। पहनी गई धोती बदरंग और अंशतः पारदर्शी हो गई थी। जैसे एक्सरे प्लेट में हड्डियाँ झलकती

हैं, उसी तरह टाँगों का धुँधला अक्स झलक रहा था। लम्बी सूखी लटकती छातियाँ पुराने ढीले पड़ गए ब्लाउज की निचली सीमा लाँघकर थोड़ा बाहर निकल आई थीं। वे मामा की चारपाई के आगे थोड़ी दूर पर डंडा रखकर जमीन पर बैठ गईं। मैंने पैर छूकर अपना नाम गाँव बताया तो देर तक असीसती रहीं फिर मामा को देखने की कोशिश करते हुए पूछा—केस अहा? [कैसे हैं?]

—भले अही! [ठीक हैं]

—मुंड़वा कै पिरबवा बन्द भा कि नाही?

[सिरदर्द बन्द हुआ कि नहीं?]

पता चला, चार-पाँच महीने से मामा का सिर दर्द कर रहा है। मामी को कैसे पता लगा होगा?

—अब ऊ मरेन पै बन्द होये।

[अब वह मरने पर ही बन्द होगा।]

थोड़ी देर बाद मामा ने पूछा—तू भले अहा?

—जियरा जियत बा। [जी रहे हैं।]

—चला, दूनो जने एक-एक रोटी खाइल्या।—मामी ने कहा।

पतोहू ने कहा—इन लोगों का खाना इधर बन रहा है। आप खा लीजिए।

लेकिन मामी बैठी रहीं। मुझसे माँ का, बच्चों का, पत्नी का हाल पूछती रहीं। हम लोग खाना खाने के लिए अन्दर गए तो वे भी उठीं।

मामा के आने की खबर पाकर अड़ोस-पड़ोस के कई लोग आ गए थे। वे मामा को लेकर गाँव घुमाने चले। मामा लाठी टेकते उत्साह के साथ चल पड़े। मैं उनके पीछे-पीछे। एक-एक दरवाजे पर रुकते। दुआ, बन्दगी, राम-जोहार करते, हाल-चाल लेते—कौन-कौन मर गए, कौन बिस्तर पकड़ लिए हैं।

अंधकार होने लगा। मामा थक गए तो एक दरवाजे पर तीन-चार चारपाइयाँ बिछाई गईं। मर्द चारपाइयों पर और औरतें कुएँ की जगत पर बैठीं। अँधेरा घिर जाने के बाद भी कोई दीया या लालटेन नहीं जली। अँधेरे में केवल बातचीत की आवाजें...

मैंने पूछा—दीया-बाती नहीं करेंगे क्या? साँझ हो गई।

—दीया-बाती का रिवाज खत्म हो गया।

—अरे क्यों?

—मिट्टी का तेल ही नहीं मिलता। मील भर दूर का कोटेदार है। जब तक पता चले कि बँट रहा है, पहुँचिए, तब तक कह देता है कि खतम हो गया। कभी मौके से पहुँच गए तो दिनभर का अकाज करने के बाद लीटर-आध लीटर देता है, वह भी दो महीने में एक बार। तो मिट्टी का तेल लोग देशी घी से ज्यादा सँभालकर खर्च करते हैं। खाते समय जरा देर के लिए जलाते हैं फिर बुझा देते हैं।

—तो बच्चे पढ़ते कैसे हैं? बिजली आती है?

—बिजली के खम्बे तो गड़ गए हैं। एक बार पाँच-छह दिन के लिए आई भी लेकिन फिर तार ही चोर काट ले गए।

—तब ?

—तब क्या ? पढ़ने वाले हैं ही कौन ?

—क्यों ? बच्चों को स्कूल नहीं भेजते ?

—स्कूल तो तब जाएँ जब कोई पढ़ाने वाला हो। एक ही मास्टर है। उसे अपनी आटा चक्की चलाने से ही फुरसत नहीं है। महीने में तीन-चार दिन आता है।

—ऐसा ? तो उसकी शिकायत नहीं किए ?

—जब परधान को पाँच सौ रुपया महीना देता है तो शिकायत करके क्या उखाड़ लेंगे ?

—अरे, ठीक ही है।—दूसरी आवाज आई—क्या करेंगे पढ़-लिखकर ? नौकरी-चाकरी तो कहीं मिलनी नहीं। शहर चले जाते हैं। चौदह-पन्द्रह साल की उमर में सौ रुपया रोज दिहाड़ी कमाकर ला रहे हैं। घर का खर्चा चल रहा है।

थोड़ी देर के लिए चुप्पी छा गई तो औरतों को मामी की पतोहू की शिकायत का मौका मिल गया—मर-मरकर अकेले दम पर घर-दुआर बनाया बुआ ने। सबको पाला और पतोहू आई तो साल-दो साल भी सबर नहीं हुआ। आए दिन लड़ाई, आए दिन टंटा। आखिर अलग ही होना पड़ा बुआ को।

—क्या करतीं बुआ ! उनके बेटे-बेटियाँ जगह-जगह गन्दगी करते थे। सफाई करती नहीं थी। मक्खियाँ भिनकती रहती थीं। बुआ सफाई के लिए टोकतीं तो काटने दौड़ती। आए दिन की खिट-खिट। आखिर कसम ही धरा दिया—मेरा छुआ खाओ तो अपने भतार का मांस खाओ। तब क्या करतीं बुआ ? झख मारकर अलग पकाना-खाना शुरू किया।

—असली बात वह नहीं है। असली बात यह कि साथ रहतीं तो उसे मालिकाना कैसे मिलता ?

—और अलग भी किया तो घर में तो हिस्सा देती। दालान में देशनिकाला दे दिया जहाँ जाड़ा-गर्मी दोनों मौसमों की मार ज्यादा पड़ती है।

—कितना तो कहा सबने लेकिन कहाँ मानी। कहती थी कि घर में घुसने दे और बुढ़िया उसका राशन पताई बेच दे, या दरवाजा खुला छोड़ दे, चोरी चकारी हो जाए तो कौन जिम्मेदार होगा ?

—अरे, ऊँच गाँव की लड़की ब्याह कर लाईं तो नहीं जानती थीं कि उस गाँव की लड़कियाँ कितनी लड़ाका होती हैं। वे तो डंके की चोट पर कहती हैं कि साल भर के अन्दर एक चूल्हे को दो नहीं कर दिये तो ऊँच गाँव की बेटी नहीं।

—लेकिन छोटे को तो देखना चाहिए था। माँ के गुजारे के लिए उसरहवा खेत दे दिया जिसमें चार महीने के खाने-भर का भी नहीं होता।

—छोटे को तो उसने भेड़ा बनाकर रख दिया है। वे क्या बोलेंगे?

—बहुत अच्छा हुआ कि आप आ गए। चार जन के साथ बैठकर सब बात साफ-साफ फरियाइए। बुआ को दिखाई नहीं देता। वे रोटी-पानी कैसे करेंगी? छोटे तो बेटे को लेकर दिहाड़ी कमाने चले जाते हैं, बुआ आटा पिसाने के लिए इस-उस लड़के की चिरौरी करती हैं। एक बाल्टी पानी भरने के लिए घंटों पोती को आवाज लगाती हैं।

—बूढ़ी को अपनी रोटी सेंकना पहाड़ है। खुद के लिए तो कच्ची-पक्की किसी तरह सेंक भी लें। लेकिन आपके लिए कैसे और कब तक सेकेंगी? अब छोटे दोनों परानी कमा-पकाकर खिलावें और इनकार करते हैं तो खेतीबारी का बँटवारा करके रिश्ते-नाते से किसी की लड़की ले आइए। उसके ब्याह-गौने का जिम्मा ले लीजिए। वह खुशी-खुशी पकाकर दोनों लोगों को खिलाएगी।

लगता है, औरतों ने यह सब पहले से सोच रखा था। मामा चुपचाप सुन रहे थे। थोड़ी देर के लिए चुप्पी छा गई फिर एक स्त्री स्वर ने कहा—अच्छा, यह सब कल के लिए छोड़िए। बुआ तो एक ही टाइम खाती हैं। आप लोगों के लिए खाना तैयार है। आइए, दो-दो रोटी आज मेरी रसोई में ही खा लीजिए।

—बहू ने तो बनाया होगा वहाँ?—मैंने कहा।

—बहू ने एक जून मेहमानी में खिला दिया, अब उससे उम्मीद मत करिए। वह अपने बेटे-बेटियों को लेकर सो गई होगी।

—मैं तो अब वापस जाकर ही खाऊँगा। मामा को खिलाइए।

मामा ने बताया कि वे भी एक ही जून दोपहर में खाते हैं।

उठान हो गया। लौटकर देखा, बहू के घर का दरवाजा सचमुच बन्द हो गया था। ओसारे में एक ढिबरी जल रही थी। उसकी टिमटिमाती लौ अँधेरे से लड़ रही थी। मामी की चारपाई पर साफ कथरी बिछाकर मामा के सोने का इन्तजाम किया गया था। थोड़ी दूर जमीन पर मामी ने अपने सोने के लिए कथरी बिछाई थी। उस पर मामी के साथ पड़ोस की दो औरतें बैठी थीं। उनमें से जो प्रौढ़ा थीं, वे पड़ोसी रमेसर की दुलहिन थीं। उन्हें मैं पहचानता था। दूसरी जो युवा थी और घूँघट में थी, वह उनकी पतोहू होगी।

मैंने मामा को सहारा देकर चारपाई पर बैठा दिया। ओढ़ने के लिए सिरहाने एक कमरी रखी थी, मामी के बिस्तर पर एक सूती चादर रखी थी। शायद मामी के पास यही एक कमरी है जो उन्होंने मामा को ओढ़ने के लिए दे दिया है। फागुन की भोर में हल्की ठंड लगेगी।

—लेटिए!—मैंने मामा से कहा और सहारा देकर लिटा दिया।

थोड़ी देर बाद मैंने मामा से कहा—मामा, मैं चलना चाहता हूँ। सबेरे ऑफिस जाना होगा।

मामा कुछ बोले नहीं। आँख बन्द करके लेटे रहे।

मैंने मामी की ओर देखा। रमेसर की दुलहिन बोली—इस कुबेला में क्यों जाएँगे? सबेरे चले जाइएगा।

—नहीं। गाड़ी है, निकल जाऊँगा।—मैं उठकर मामी का पैर छूने लगा। मामी कुछ बुदबुदाईं।

मामा ने अपना एक हाथ ऊपर उठाकर बैठाने का इशारा किया और बोले—ऐसा है भैने, यहाँ का हालचाल, राजी-खुशी मिल गई। अब मैं भी चलूँगा।

—अरे, आप इतनी जल्दी कैसे चले जाएँगे ननदोई?—रमेसर की दुलहिन ने आवाज में मिठास भरकर ठनगन किया—बिना नेग चार लिये-दिये चले जाएँगे?

—चलो, नेग में तुम्हीं को लेकर चलते हैं।—मामा ने भी अपनी आवाज में मिठास भरा और चारपाई के नीचे हाथ बढ़ाकर अपनी लाठी खोजने लगे।

—चुप रहिए! हमीं फालतू हैं लबार आदमी के साथ जाने के लिए? जिसको दिया गया था, उसको तो सँभाल नहीं पाए।—फिर घूँघट वाली स्त्री के कान में कुछ कहा। घूँघट वाली उठकर अँधेरे में कहीं चली गई।

मैंने लाठी उठाकर मामा के हाथ में पकड़ाई। मामा उठे तो मामी और रमेसर की दुलहिन भी उठकर खड़ी हो गईं। मामा ने एक क्षण मामी की ओर देखा फिर बोले—चलत अही! [चल रहे हैं।]

मामी झुकी कमर को लाठी के सहारे टेके खड़ी थीं। उनके होंठ थरथराए लेकिन आवाज नहीं निकली।

आगे-आगे मामा, पीछे-पीछे हम तीनों लोग।

जीप के परदे पर हम सबकी परछाइयाँ हिल-डुल रही थीं। मामा के बैठने के लिए जीप का गेट खोल ही रहा था कि रमेसर की दुलहिन ने युवती के हाथ से लेकर एक लोटा रंग मामा के सिर और कुर्ते पर डाल दिया फिर हँसते हुए बोली—फागुन में ससुराल आए हैं तो बिना होली खेले कैसे चले जाएँगे?

मामा के मटमैले कुर्ते पर रंगीन धारियाँ बन गईं। सफेद बाल गुलाबी हो गए। मामा के मुख पर खुशी की छाया तैरी और उन्होंने पद में सलहज लगने वाली रमेसर की दुलहिन को एक मीठी गाली देकर कृतार्थ किया।

जीप चल पड़ी। मैंने पीछे मुड़कर देखा—ढिबरी की काँपती रोशनी में तीनों मूर्तियाँ खड़ी हमारी ओर देख रही थीं।

सड़क पर आकर सोचने लगा कि मैं मामा को लेकर यहाँ क्यों आया? इस यात्रा से किसको क्या हासिल हुआ? यह मेरी नादानी नहीं तो और क्या है?

नाले के पुल की चढ़ाई पर जीप की गति धीमी हुई और पुल पर आते-आते रुक गई। मैंने ड्राइवर की ओर देखा। वह नीचे उतरकर जीप के पीछे से टिन का डिब्बा निकालते हुए बोला—रेडिएटर लीक कर रहा था। पानी चू गया। मैं नीचे नाले से लेकर आता हूँ।

मैं भी जीप से नीचे उतर आया। मामा ने पूछा—क्या हुआ?

मैंने बताया—थोड़ा रुकना पड़ेगा।

उन्होंने लघुशंका की इच्छा व्यक्त की। मैंने उन्हें भी नीचे उतार लिया।

पूरब से लगभग तीन-चौथाई चाँद निकल आया था। मद्धिम चाँदनी फैली हुई थी। नाले के पश्चिम की झोपड़ियों से मन्द-मन्द बहती पछुआ पर उड़कर ढोलक की थाप और गाने की आवाज आ रही थी। मामा ने निवृत्त होते हुए कान लगाकर सुना और उठकर पास आए तो पूछा—होली पास आ गई क्या भैने? यह तो 'फगुआ' की धुन है!

मामा का सिर उस धुन पर धीरे-धीरे डोलने लगा।

—हाँ, मामा। चार दिन बाद होलिका जलेगी।—फिर बोला—आप भी तो बहुत अच्छा फगुआ गाते थे मामा। एकाध कड़ी सुनाइए।

—अब हम क्या सुनाएँगे भैने! अपनी ही याद नहीं रह गई तो फगुआ क्या याद रहेगा?

—याद कर लीजिए। आज के बाद फिर पता नहीं कब मौका मिले आपसे सुनने का?

मैंने सोचा, मामा को उनके प्रिय फगुआ की याद दिलाऊँ—गोरी, तोहरी नजरिया मा भाला...

मामा कुछ देर शून्य में देखते रहे। खँखारकर गला साफ किया फिर काँपते स्वर में कहा—अच्छा, एक डेढ़ताल सुनो—

सब दिन बसन्त जग थिर न रहै
आवत पुनि जात चला...रे...
पपिहरा प्या...रे...

[ऐ पपीहे, हमेशा नहीं रहता बसन्त। आता है और चला जाता है।]

धन धरती बन बाग हबेली।
चंचल नयन नारि अलबेली।।
भवसागर के जल धुलि जइहैं।
तोरे मनवा के रंग दिलवा...रे... ।।
पपिहरा प्या...रे...

गाने के बाद मामा थोड़ी देर चाँद को देखते रहे फिर बोले—छिनरी ने पूरा भिगो दिया। ठंड लग रही है।

बनाना रिपब्लिक

ठाकुर की दालान से निकला तो उसका दिल धाड़-धाड़ कर रहा था। इतनी खुशी वह कैसे सँभाले? कहाँ रखे?

घुप्प अँधेरा। ओस से गीली घास पर चलते हुए पैरों में कीचड़ सने तिनके चिपकने लगे। पहर रात बीते ही इतनी ओस! जाते समय जल्दी में एक पैर की चप्पल ढूँढ़े नहीं मिली तो वह नंगे पैर ही चला आया था। अक्सर एकाध चप्पल छोटा पिल्ला मड़हे के पीछे तक उठा ले जाता है।

खेतों के बीच पहुँचकर वह रुका। दूर जा रही दसबजिया पसिंजर के इंजन ने लम्बी सीटी मारी। फिर सन्नाटा। धान की फसल कटने से ज्यादातर खेत खाली थे। ऊपर देखा, तारों की चमक कुछ ज्यादा ही लगी। आसमान में तारे कुछ बढ़ गए हैं क्या? इस साल अगहन में ही इतनी ठंड! अपने टोले की ओर बढ़ते हुए वह कानों पर अँगोछा लपेटने लगा।

हैंडपम्प पर पैरों का कीचड़ धोकर वह मड़ई में घुसा और जमीन पर बिछे बोरे में पैर रगड़ते हुए चारपाई पर सोए बाप को पुकारा—बप्पा, ए बप्पा!

कथरी में लिपटे बाप की आवाज आई—हूँ...

सो गया है, सोचकर उसने भी बगल में पड़ी चारपाई पर कथरी बिछाई और लेट गया। लेकिन इतनी बड़ी बात पेट में रखकर लेटा नहीं गया। फिर आवाज दी—बप्पा! सो गए क्या?

—क्या है?

मुँह पास ले जाकर उसने कहा—ठाकुर कहता है, परधानी लड़ जा।

—क्या ऽ-ऽ-ऽ?

—परधानी लड़ने को कहता है ठाकुर।

बाप कथरी उलटकर बैठ गया। वह बाप के पैताने आ गया।

—इसीलिए बुलाया था?...कहा नहीं कि मुझे पागल कुत्ते ने काटा है जो

ठाकुरों-बाभनों के गाँव में परधानी लड़ूँगा? लड़कर उनकी आँख का काँटा बनना है क्या?

—काँटा क्यों? वे तो लड़ ही नहीं सकते। इस बार अपने गाँव की परधानी हरिजन कोटे में आ गई।

कुछ देर चुप्पी रही।

—इसलिए ठाकुर मुझे लड़ाना चाहता है। कहता है—मैं नहीं बन सकता तो मेरा आदमी बने। लाखों की कुर्सी दूसरे के पास क्यों जाए? कहता था, खुलकर मदद करूँगा। रुपए-पैसे से भी।

—न बेटा। ए काम ठीक नहीं। परधानी का बवंडर हम नहीं सँभाल सकते। उड़ जाएँगे।

बाप मुँह ढककर लेट गया। थोड़ी देर तक खड़े-खड़े बिसूरने के बाद वह अपनी चारपाई पर आ गया। लेकिन अब नींद कहाँ?

ठाकुर कहता था—सालाना पन्द्रह-बीस लाख तक खर्च करने का चान्स रहता है। मनरेगा की मद से तो चाहे जितना निकालो। बस, कागज का पेटा पूरा करते रहो। नीचे से ऊपर तक सबका मुँह बन्द करने के बाद भी रुपए में चार आना कहीं गया नहीं। पाँच साल में पचीस लाख की बचत। एक लाख में सौ हजार होते हैं। एक हजार...दो हजार...सौ हजार। पचीस बार। हर महीने हजार रुपए मानदेय अलग। थाना पुलिस में पूछ-पहचान हो जाती है। फौरन बन्दूक का लायसेंस मिलता है। रोज सौ लोगों का सलाम मिलता है। बेटे की शादी में मोटरसाइकिल मिलती है। बेटी की शादी में हजारों रुपए न्योता मिलता है।

उसने करवट बदली।

कहता था—दो-तीन तालाबों का जीर्णोद्धार करने का मौका मिल गया तो तेरी सात पुस्त का जीर्णोद्धार हो जाएगा।

कहता था—ब्लाक प्रमुख का चुनाव आने दे। हर कैंडिडेट आकर तीन से पाँच लाख तक गिनेगा।

कहता था—वृद्धावस्था पेंशन, विधवा पेंशन, विकलांग पेंशन, मिड डे मील और पता नहीं कितनी-कितनी मदों से रुपया पानी की तरह बरसता है। पाँच साल में कितनी कमाई होगी, उसका क्या कोई हिसाब लगा सकता है?

लेकिन जितना लगा सका, वह रात भर हिसाब लगाता रहा। सबेरे उठते ही उसने एक बार फिर आमदनी और रोब-रुतबे का लेखा-जोखा बाप के सामने रखा। फिर समझाया—हम नहीं लड़ेंगे तो ठाकुर किसी और को लड़ा देगा। अपना आदमी समझकर पहले मुझे बुलाया है। समझो, लक्ष्मी खुद चलकर आ रही हैं। पचीस लाख!

बाप झुँझला गया—इतने पैसे का हम करेंगे क्या? रखेंगे कहाँ? वही ठाकुर रात में सब लूट ले जाएगा।

बीड़ी का सुट्टा लगाते, हाथ में पानी भरा लोटा झुलाते बाप खेतों की ओर निकल गया।

ऐसा घामड़ बाप किसी को न मिले। उसने कपार पीट लिया।

ठाकुर ने कहा था—सबेरा होते ही अपनी बिरादरी के बड़े-बुजुर्गों के दरवाजे जाना। पैर छूकर कहना, आशीर्वाद लेने आया हूँ। सिर पर हाथ रखिए तो खड़ा होऊँ, नहीं तो चुपाई मारकर बैठ जाऊँ।

सबसे पहले मुरारी मास्टर को पटाना होगा। गाँव में बिरादरी के इकलौते मास्टर हैं। मीन-मेख निकालने में आगे।

मास्टर ने देखते ही पूछा—सबेरे-सबेरे कैसे राह भूल गए?

—मास्टर चाचा, सुना है, अपने गाँव की परधानी अपनी बिरादरी के लिए रिजर्व हो गई!

—सिर्फ अपनी नहीं, किसी भी दलित बिरादरी के लिए।

—तब आप खड़े होइए इस बार।

—सरकारी नौकरी वाला नहीं खड़ा हो सकता जग्गू।—मास्टर की आह निकली—नौकरी से इस्तीफा देना होगा।

—ऐं, यह तो ठीक नहीं। इस्तीफा क्यों देंगे? लेकिन चान्स आया है तो बिरादरी का कोई आदमी जरूर खड़ा होना चाहिए।

—तो तुम्हीं खड़े हो जाओ।

—मैं?—जग्गू उनकी आँखों में झाँकने लगा—आप साथ देंगे?

—अकेले मेरे साथ देने से क्या होगा? सारे गाँव का साथ चाहिए।

—नहीं चाचा। आप अकेले एक तरफ, बाकी सारा गाँव एक तरफ।

खुशामद रंग लाई। मास्टर ढीले पड़ गए। बोले—जाओ, पहले और लोगों का मन-मुँह तौलो। मैं तो घर का आदमी ठहरा।

मास्टरवा से इतना मिल गया, यही बहुत है। अब यहाँ पल भर भी रुकना खतरे से खाली नहीं। क्या पता, बात का रुख किधर मुड़ जाए! जग्गू ने लपककर मास्टर के पैर छुए—जो आज्ञा!—और उँगलियों को माथे से लगाते हुए चल पड़ा।

बिरादरी में सबसे बुजुर्ग पहाड़ी बाबा हैं। मड़ई के एक कोने में झिलंगा खटिया पर पड़े-पड़े मौत के दिन गिन रहे हैं। लेकिन बिरादरी उनकी बात से बाहर नहीं हो सकती। जग्गू ने उनका पैर थोड़ा जोर लगाकर छुआ।

पहचानने की कोशिश करते हुए पूछा बूढ़े ने—के?

—मैं हूँ बाबा। तुम्हारा भतीजा, जग्गू।

पहाड़ी ऊँचा सुनते हैं। जग्गू ने ऊँची आवाज में देर तक उन्हें पूरी बात बताई। बुढ़ऊ खुश हुए। पोपले मुँह में हँसी घोलकर कहा—तुम्हारे कन्धे पर बैठकर वोट देने चलूँगा।

टोले में चमकट बिरादरी के सात घर हैं। इतनी देर में पूरे टोले में बात फैल गई।

दसई के दुआरे तक पहुँचते-पहुँचते नौजवानों ने जग्गू को घेर लिया—फिर से पूरी बात बताओ भैया!

अपनी बिरादरी में परधानी की कुर्सी आए, इससे बढ़कर खुशी की बात क्या होगी? पासी, धोबी, खटिक, चमार की बिरादरी के परधान तो आस-पास बहुत सुने गए हैं लेकिन अपनी बिरादरी का? एक भी नहीं। हम लोग तुम्हें जिताने के लिए रात-दिन एक कर देंगे।

नौजवानों की खुशी देखते बन रही है।

—लेकिन लड़ने में तो बहुत खर्च होगा। कैसे करोगे?

—तीनो घेंटे बेंच दूँगा।

—उतने से हो जाएगा?

—ठाकुर ने कहा है कि वह भी कुछ मदद करेगा।

—लेकिन उसको लौटाओगे कहाँ से?

—जीतने के बाद सब वसूल हो जाएगा।

—और कहीं हार गए तो?

—अरे शुभ-शुभ बोलो भइया! आप सब लोग साथ देंगे तो हार कैसे जाएँगे? यह हम सभी के मान-सम्मान की लड़ाई है।

—सही बात। सही बात।

—दरअसल ठाकुर भी पूरी ताकत लगाएगा। उसे पदारथ दूबे से अपनी पिछली हार का बदला लेना है। बीच में फायदा हम लोगों को मिल जाएगा।

—सही बात! सही बात! पदारथ किसे खड़ा कर रहे हैं?

—एक-दो दिन में पता चल जाएगा।...चलता हूँ...

ठाकुर ने कहा है—दोपहर तक दलित बस्ती को कवर करके शाम तक ब्राह्मणों, खासकर पदारथ के पट्टीदारों के दरवाजे पर पहुँचना है। कह रहा था कि जो पहले पहुँचता है, उसका पहला हक बनता है। रात में जाकर बताना है कि किसने क्या कहा।

दोपहर ढल गई। होंठों पर पपड़ी पड़ गई। लेकिन भूख का कहीं नामोनिशान नहीं। जितने लोगों के पैर आज छूने पड़े उतने तो सारी जिन्दगी में नहीं छुए होंगे। इसमें दूर से हाथ जोड़कर ब्राह्मणों को की गई पैलगी शामिल कर लें तो यह संख्या दो सौ तक पहुँच जाएगी।

घर पहुँचा तो दसबजिया पसिंजर आने का समय हो रहा था। दुआर पर अँधेरा और सन्नाटा था। मड़हे में बप्पा की नाक बज रही थी। दरवाजे को धक्का देकर वह आँगन में पहुँचा। रसोई से ढिबरी के प्रकाश की पतली फाँक आँगन तक आ रही थी। लगता है, खवाई-पियाई हो गई।

पत्नी रसोई से जूठे बर्तन लेकर निकल रही थी। पूछा—कहाँ थे दिन भर?

—लाओ, क्या है?—बाल्टी टेढ़ी करके हाथ धोते हुए वह बोला।

बर्तन नाबदान के पास रखते हुए पत्नी ने बताया—थाली ड्योढ़ी के पास ढकी रखी है।

वह लोटे में पानी लेकर लौटी।

—न कुल्ला, न दातून। सबेरे के गए अब घर की सुध आई?

वह सिर झुकाकर खाने में जुट गया।

—दिहाड़ी कमाने क्यों नहीं गए? सुअर दस बजे तक बाड़े में बन्द घुर्र-घुर्र करते रह गए तो मैंने बेटी को उन्हें चराने-बजराने भेजा। बेटी कह रही थी कि बप्पा बभनौटी में हाथ जोड़े घूम रहे थे। ऐसी क्या गलती कर दिये कि बाभनों के आगे हाथ जोड़ने की जरूरत पड़ गई?

—गलती नहीं, अपनी गरज से...

—अपनी कौन-सी गरज?

—सारे गाँव में हल्ला हो गया और तुझे कुछ खबर ही नहीं?...अरे, सहसा वह चौंका—अभी तो मुझे ठाकुर के घर जाना था।

—क्यों?

—अरे, काम से।

—ठाकुर से क्या काम पड़ गया?

—अरे भाई, जैसे पहले बप्पा ठाकुर का खेत जोतने जाते थे, बाद में ठाकुर अपने ट्रैक्टर से हम लोगों का खेत जोतने लगा। वैसे ही पहले वह परधान बनने के लिए हम लोगों के टोले में वोट माँगने आता था। अब मुझे बनना है तो उसके पास जाना होगा।

—क्या अंड-बंड बोल रहे हो। कहीं से पी-पाकर आए हो क्या? इधर आओ। तुम्हारा मुँह सूँघूँ।

—अरे हट! मुँह में क्या रखा है? हाँ, चुम्मा लेने का मन हो तो साफ-साफ बोल।...और दौड़कर तेल गरम कर ला। मालिस करना होगा। पैर दर्द से फटे जा रहे हैं।

पत्नी बाहर जाने के लिए मुड़ भी न पाई थी कि उसने जूठे हाथ ही उसे अंकवार में भरा और लिये-दिये बगल की खटिया पर गिर पड़ा।

खटिया की पाटी टूटी—चर्र-ऽ-ऽ!

गाँव में जैसे भूडोल आ गया है।

आज भी यहाँ ऐसे लोग मिल जाएँगे जिन्होंने जिला मुख्यालय का मुँह नहीं देखा। बस, घर से खेत तक। बहुत हुआ तो बाजार तक चले गए। साल में एकाध मेला और एक-दो बारात।

पिछड़ी या दलित औरतें तो सभा, जुलूस या मेले-ठेले में चली भी जाती हैं, सवर्ण औरतों की बड़ी आबादी अभी भी गाँव से बाहर नहीं निकलती। मायके से विदा हुईं तो ससुराल में समा गईं। ससुराल से निकलती हैं तो सीधे श्मशान के लिए। देवी के थान पर लपसी, सोहारी चढ़ाने के लिए जाना ही उनकी तीर्थयात्रा या पिकनिक है। ऐसी एक बड़ी आबादी है जो आज भी जाति-व्यवस्था को ब्रह्मा की लकीर मानती है। वह मानती है कि सवर्णों के गाँव में दलित को परधानी की कुर्सी पर बैठाना सवर्णों के सिर पर बैठाना हुआ। लोहिया तो समाजवाद नहीं ला पाए लेकिन आज की सरकारें, लगता है, ला के रहेंगी। किसी आदमी ने ऐसा किया होता तो उसका मूँड़ फोड़ देते। सरकारों का कोई क्या करे?

ठाकुर अपना दुख किससे कहें? असली रोब-रुतबा तो जमींदारी के साथ ही चला गया था। रहा-सहा परधानी के साथ चला गया। तीन बार उनके बाप परधान रहे। दो बार वे खुद थे। यह नाहरगढ़ गाँव उनके पुरखों का बसाया हुआ है। पुराना खँडहर हो चुका घर अभी भी गढ़ी कहलाता है। मास्टराइन राजगढ़ स्टेट की राजकुमारी हैं। किसी गैर की मौजूदगी में वे उन्हें हमेशा रानी साहब ही कहकर पुकारते हैं। पिछली हार से उन्हें इतना झटका लगा कि महीने भर चारपाई पकड़े रहे। सोचा था कि इस बार सीट निकालकर पिछली हार का बदला ले लेंगे, तो इस आरक्षण ने सब मटियामेट कर दिया।

ट्यूबवेल घर के ओसारे में चारपाई पर बैठे-बैठे वे वोटर लिस्ट के पन्ने पलट रहे हैं। चारपाई के नीचे जातिवार और घरवार गणना कर-करके फेंके गए रद्दी कागजों का अम्बार लग गया है।

उजाला होते ही आने के लिए कहा था जगुआ को। राह देखते-देखते आँखें पक गईं। अब दिखाई पड़ा है, पहर दिन चढ़े। मुँह से गाली न निकले तो क्या निकले?

जग्गू ने दोनों हाथ जोड़कर, झुककर सलाम किया।

—अब तेरे आने का समय हुआ? इसी सहूर से परधानी करेगा?

—क्या करें मालिक! सुअरों को बजराना जरूरी था। बेटी को बुखार है। और कोई है नहीं।

—यह पकड़ कागज-कलम और लिख।

जग्गू चारपाई के सामने जमीन पर उकड़ूँ बैठकर लिखने लगा।

—जो काम तहसील और ब्लाक से करवाना है, उसे ठीक से नोट कर ले। नम्बर एक, जाति प्रमाण-पत्र बनवाना। आगे लिख—तहसील में बनेगा। फार्म

भरकर जमा करना होगा। पचीस रुपए फीस जमा होगी। पक्की रसीद ले लेना। फोटो भी लगेगा। सौ रुपए अलग खर्च होगा।

—ठीक।

—ठीक नहीं। एक-एक प्वाइंट नोट कर ले, नहीं तो वहाँ एक का तीन लेने वाले घात लगाए बैठे हैं।

—फोटो पहले लगेगा कि जिस दिन प्रमाण-पत्र लेने जाएँगे?

—पहले बे। खिंचाकर साथ ले जाना।

जग्गू घुटने पर कागज रखकर जल्दी-जल्दी घसीट रहा है। लिखने की आदत कब की छूट गई। पढ़ना तो चाय की दुकान पर अखबार के साथ कभी-कभी हो जाता है।

—नम्बर दो लिख, नो ड्यूज सर्टीफिकेट बनवाना। आगे लिख—दो जगह से बनेगा। ब्रेकेट में लिख—क। उसके आगे लिख—पंचायत सेक्रेटरी बनाएगा। सौ रुपया लेगा। फिर नई लाइन से ब्रेकेट में लिख—ख। अमीन की रिपोर्ट पर नायब तहसीलदार की दस्कत से जारी होगा। खर्चा दो सौ।

रिजर्व की खबर आते ही उन्होंने अन्दाजा लगा लिया था कि पदारथ मुन्दर धोबी को खड़ा करेंगे। उससे जमकर पैसा खर्च कराएँगे। उसका बड़ा बेटा सउदिया कमा रहा है। पाँच साल में रुपए का पहाड़ खड़ा कर दिया है। खुद छोटे बेटे और बहू के साथ बाजार में लांड्री चलाता है। जितना चाहे, खर्च करे। लेकिन धोबियों के वोट हैं कितने? तीन घर तेरह वोट। उन्होंने डायरी के पन्ने पर विपक्ष वाले कालम में लिखा—धोबी, तीन घर तेरह वोट। खास अपने पट्टीदार ठाकुर भी उनके कहने से जग्गू को वोट दे देंगे, इसमें सन्देह है। उनके पिता कहते थे—बनिया तो एकजुट रहते ही हैं। ब्राह्मण भी जाति के नाम पर एकमत हो जाएँगे। लेकिन ठाकुर अगर गाँव में दो घर हैं तो भी दो गुट बना लेंगे। इस तरह ठाकुरों के साठ वोट में चालीस की उम्मीद कर सकते हैं। उन्होंने पक्ष वाले कालम में लिखा—ठाकुर चालीस वोट।

—बस?—इन्तजार करता जग्गू पूछता है।

—अबे, बस कैसे? अगला नम्बर डाल। शपथ-पत्र बनवाना कि मेरे खिलाफ कोई मुकदमा, कोई एफ.आई.आर. नहीं है। इसी में आगे लिख—न कभी सजा हुई है, न दिवाला निकला है।

मुंशी गरीब नेवाज किसी के खेत से एक गोभी और तीन-चार मूलियाँ लेकर सामने चकरोड से गुजर रहे थे। ठाकुर की बात सुनकर रुक गए। हँसते हुए पूछा—किसका दिवाला निकलवा रहे हैं राजन?

—आइए, मुंशी जी, आइए! अपना जगुआ है। इस बार इसी को खड़ा कर रहे हैं परधानी के लिए। उसी के लिए एफिडेविट का मसौदा लिखवा रहे हैं। अभी तक आपके पास आशीर्वाद लेने नहीं पहुँचा? उठ बे...। मुंशी जी के पैर तो छू।

पैर छूते हुए जग्गू ने सफाई दी—गया था। चाची मिली थीं। मुंशी चाचा तब तक कचहरी से नहीं लौटे थे।

—कोई बात नहीं राजन।—मुंशी जी जाते-जाते बोले—जहाँ आप हैं, वहीं हम हैं और वहीं विजय है।

ठाकुर दूर तक मुंशी को जाते देखता रहा फिर जग्गू को सावधान किया—इस मुंशिया के आगे-पीछे घूमते रहना लेकिन अपना भेद हरगिज मत देना। फौरन पदारथ के पास पहुँचाएगा...आगे लिख—शपथ-पत्र का खर्च दो सौ रुपए।

बनिया पार्टी का भेद मिलना तो मुश्किल है। अन्त तक पता नहीं चल सकता कि किसको देंगे। हाँ, मुसलमानों के सत्रह घर अपनी तरफ आ जाएँगे, बशर्ते उन्हें कायदे से याद दिला दिया जाए कि बाबरी मस्जिद विध्वंस के समय पदारथ महीने भर तक उस मुंड़खोल्ली सधुआइन का हाहाकारी कैसेट गाँव के शिवाले पर बजवाये थे। पिछली बार मुस्लिम टोले से बरकत मौलवी न खड़ा होता तो वे किसी हालत में न हारते। पूरे के पूरे एक सौ आठ वोट बरकत ने काट लिए जो मेरी झोली में गिरने वाले थे। यह तो साल भर बाद पता चला कि खुद पदारथ ने दस हजार देकर खड़ा किया था बरकत को।

—तो अब चलता हूँ।—ठाकुर को कागजों में खोया देख जग्गू कहता है।

—अरे काहे की हड़बड़ी है?

—दिहाड़ी कमाने जाना है।

—दिहाड़ी कमाने जाएगा कि ए कागज-पत्तर दुरुस्त कराएगा?

—दो-चार दिन और कमा लूँ। आखिर कागज-पत्तर बनवाने का खर्च कहाँ से आएगा?

—अब कमाने की नहीं, खर्च करने की सोच। अभी से रात-दिन एक करना पड़ेगा। घेंटे बिके कि नहीं?

—अभी कहाँ? दाम ही नहीं चढ़ा कायदे का।

—अच्छा, दो चीजें और नोट कर ले। पर्चा खरीदने का खर्चा सौ रुपए और रेजर्व की सिक्यूरिटी मनी पाँच सौ रुपए।

उन्होंने पक्ष वाले कालम में लिखा—मुसलमान 108 वोट। फिर 108 को काटकर 100 कर दिया।

—अब हाथ पिराने लगा।—दाएँ हाथ की उँगलियों को बाएँ पंजे में दबाते हुए जग्गू बोला।

—अबे चुप!—ठाकुर ने डपट दिया—चार अच्छर लिखने में पिराने लगा?

ब्लाक ऑफिस पर मेला जैसा लगा है।

दाखिल पर्चों की जाँच चल रही है। जिसके घर पर साबुत फूस का छप्पर और पैरों में चप्पल तक नहीं है, वह भी परधानी का सपना देख रहा है। पाँच जातियों में बँटे चालीस घर दलितों के बीच से जग्गू को जोड़कर तेरह उम्मीदवारों ने पर्चा भरा है।

प्रमाण-पत्र, शपथ-पत्र वगैरह बनवाने के लिए हफ्ते भर की भागदौड़ से ही जग्गू की हिम्मत पस्त हो गई। सबेरे निकलकर दस-ग्यारह बजे रात तक लौटना। तहसील के लिए एक ही बस। ब्लाक के लिए वह भी नहीं। सरकारी अमले से पहली बार पाला पड़ा था। पास के डेढ़-दो हजार कब फुर्र से उड़ गए, पता ही नहीं चला। हारकर उसने ठाकुर के आगे सरेंडर कर दिया—मेरे मान का नहीं।

तब ठाकुर ने मोटरसाइकिल सहित अपने मैनेजर रामसिंह को साथ लगाया। कागजात बनवाना, पर्चा दाखिल कराना। पर्चा दाखिले में ठाकुर खुद अपने चालीस-बयालीस लोगों के साथ शामिल हुआ। तीन बुलेरो, दस मोटरसाइकिल। गाँव के कई मानिन्द लोग। हर बिरादरी के। जग्गू के आगे मुन्दर का जुलूस फीका पड़ गया।

दो दिन से रामसिंह उसके साथ ब्लाक पर डटा है। ठाकुर ने कहा है—ब्लाक से हटना नहीं है, जब तक पर्चा पास न हो जाए। कोई लफड़ा हो तो फौरन मेरे मोबाइल पर रिंग करो।

बैठे-बैठे झपकी आने लगी तो जग्गू ने रामसिंह को आवाज दी—मनीजर साहेब, आओ, चाय पी लें।

रामसिंह नीम के पेड़ के नीचे मोटरसाइकिल की हैंडिल से सीट के पिछले हिस्से तक लम्बा होकर लेटा है। दुबारा आवाज देने पर वह चाभी का छल्ला उँगली में घुमाता जम्हाई लेता आता है। जग्गू उसके बैठने के लिए अपने अँगोछे से बेंच की धूल झाड़ता है।

रामू को अब सभी रामसिंह कहकर बुलाते हैं। ठाकुर खुद रामसिंह कहते हैं। ठाकुर के बाग में लगने वाले बरदाही बाजार की तहबाजारी की वसूली उसी के जिम्मे है। हर हफ्ते हजार-बारह सौ वसूल कर देता है। कहता है—बैलों की आमद कम न हुई होती तो ठाकुर के घर में रुपए रखने की जगह न बचती। ठाकुर को धक्का लगा है तो दोनों बेटों से। बड़ा वाला तो चलो इंजीनियर बन गया। विदेश में नौकरी लग गई। जापानी लड़की से ब्याह कर लिया इसलिए गाँव छोड़ गया। छोटा वाला तो चीनी मिल में 'मेट' लगा है फिर भी बीवी-बच्चों को लेकर चला गया। बताइए भला, जो मजा गाँव में 'राजा' की तरह रहने में है, वह कभी बाहर मिल सकता है? लेकिन कौन समझाए? बड़े ने इतना तो अच्छा किया कि जापान में भी अपनी ही बिरादरी में शादी की। समुराई वहाँ के क्षत्री होते हैं।

अब रामसिंह ही उनका हाथ-पैर है।

रामसिंह ठाकुर की ससुराल का आदमी है। पाँच-छह साल पहले आया तो देह बाँस की कच्ची कइन की तरह लचकती थी। और अब देखिए। ऐंठकर चलने, घुड़ककर बोलने, बैल जैसी बड़ी-बड़ी आँखें और दाढ़ी-मूँछ भरे चेहरे को देखकर लगता है, जैसे सचमुच ठाकुर का बच्चा हो!

—वह तो मैं हूँ ही।—रामसिंह कहता है—मेरी जाति के साथ तो ठाकुर जमाने से लगा है।

जग्गू को रामसिंह का सब कुछ अच्छा लगता है। उसका चलना-फिरना, उठना-बैठना, घूरना, अकड़ना। वह भी चाहता है कि रामसिंह की तरह अकड़कर चले। घुड़ककर बोले। लेकिन इस गाँव में रहते हुए यह कब सम्भव होगा? उसे तो अपना नाम भी पसन्द नहीं। जगत नारायण तो फिर भी ठीक था लेकिन लोगों ने उसे भी काटकर बाँड़ा कर डाला—जग्गू। परधानी मिल जाए, हीरो होंडा मिल जाए और नाम बदल जाए, या एक कायदे का 'सरनेम' मिल जाए...जिससे थोड़ा रूआब झरे। 'टाइगर' कैसा रहेगा?

दो दिन से उसे रामसिंह के नजदीक आने का मौका मिला है। कल भी उसे दो चाय पिलाई। आज भी यह दूसरी है। अगर यह मोटरसाइकिल सिखाने को राजी हो जाए...लेकिन रामसिंह उससे दूरी बनाए हुए है।

जग्गू चाय का कप खुद रामसिंह के हाथों में पकड़ाता है। फिर बातचीत जारी रखने के लिए कहता है—बेकार ही यहाँ दो दिन से पड़े हैं। जब पर्चा सही-सही भर दिया है तो खारिज कैसे कर देंगे?

—सब कुछ हो सकता है। पदारथ कितना जालिया है, तुम्हें क्या पता? मैं नहीं होता तो वह कब का ठाकुर की बरदहिया बाजार पर जिला परिषद का कब्जा करा देता। अभी तुम्हारे पर्चे में बाप के नाम पर एक बूँद स्याही गिर जाए तो वह टंटा खड़ा कर देगा कि तुम्हारे बाप का नाम बदलू राम नहीं, बदलू पांड़े है। तुम्हारा जाति प्रमाण-पत्र फर्जी है। गए बेटा काम से। जेल जाने की नौबत अलग।

बाप रे! लगा, सचमुच जेल जाने की नौबत आ गई है। नमकीन की प्लेट आगे बढ़ाते हुए उसका हाथ काँप गया।

वह बात बदलने के लिए पूछता है—अच्छा, मनीजर साहेब...

—अब जरा कायदे से बोलना सीख। मनीजर नहीं, मैनेजर बोल।

—हाँ, हाँ, मैनेजर साहेब।—वह थोड़ा रुकता है—अच्छा, मैनेजर साहेब, मोटरसाइकिल चलाना कितने दिनों में सीख सकते हैं?

—एक घंटे में।—रामसिंह उसके चेहरे की ओर देखकर मुस्कुराता है। फिर चाभी का छल्ला उसकी ओर बढ़ाते हुए कहता है—ले, चल उतार स्टैंड से।

इसको कहते हैं—लक! लक्क!

सचमुच फुलझरिया की 'लक्क' तेज है। सबसे कैचिंग सिम्बल उसे ही मिला—खुला हुआ छाता।

ठाकुर कहते हैं—ऐसा सिम्बल जो अन्धे को भी अँधेरे में दिख जाए।—फिर आह भरकर कहते हैं—हमारी ही किस्मत गाँड़ू निकली। घंटी भी कोई सिम्बल है! इससे तो अच्छा था, बिगुल बजाता सिपाही या धान ओसाता किसान मिल जाता।

—घंटी तो सबसे शुभ है। पूजा के काम आती है।—जग्गू कहता है।

—अबे! शुभ से क्या मतलब? जरूरत है पहचानने की। गाँव की औरतें घंटी को भंटा-बैगन समझ लेंगी।

ससुराल की परित्यक्ता फुलझरिया। उसके मायके में शरण लेने पर किसी को क्या एतराज? गाँव में एक सस्ता मजदूर बढ़ा। खुशी की बात। वोटर लिस्ट में नाम चढ़ गया। बी.पी.एल. कार्ड बन गया। खुद पदारथ ने बनवा दिया। यह भी ठीक। लेकिन एक दिन परधानी लड़ जाएगी, किसने सोचा था। जीते भले न, अपनी बिरादरी के पचीस-तीस वोट तो काट ही लेगी। पदारथ का मानना है कि उसे ठाकुर ने खड़े होने के लिए उकसाया। ठाकुर इसे पदारथ का काम मान रहे हैं। पर्चा दाखिले के समय भी भेद नहीं खुला। न कोई भीड़, न जुलूस। भाई-भतीजे साइकिल से जाकर पर्चा दाखिल करा लाए। जाँच में पाँच पर्चे खारिज हुए लेकिन फुलझरिया उसमें भी पास हो गई।

ठाकुर को सबसे ज्यादा निराशा मुन्दर को 'हत्थेदार कुर्सी' मिलने से हुई है। बाकी में से तीन कैंडिडेट तो ऐसे हैं कि दो जोड़ी कुर्ता-पाजामा के साथ हजार रुपए भी पकड़ा दो तो आपके पीछे-पीछे घूमने लगेंगे। माटी के मोल बिकने को तैयार। इन्तजार में रहेंगे कि कोई आकर खरीद ले तो सुर्ती-तमाखू का खर्च निकल आए।

—अब पहला काम है, प्रचार के लिए पर्चा छपवाना।—एक कागज हाथ में लेकर ठाकुर जग्गू को समझा रहे हैं—इधर बाईं तरफ हाथ जोड़े तुम्हारी फोटो। दाईं तरफ घंटी का फोटो। मजमून अभी बैठकर बना लेंगे। तुम जाकर पता करो, मुन्दर का पर्चा छपकर आ गया हो तो ले आओ। उसी की टक्कर का छपवाना होगा। घेंटे बिके कि नहीं?

—दो बिक गए। आज पैसा देकर ले जाएगा।

—गुड्ड! एक काम और करो। रजिस्टर में उन लोगों की लिस्ट बना लो जो परदेस में रह रहे हैं। उन सबको चिट्ठी लिखो कि बाइस तारीख को वोट पड़ेगा। आप के भरोसे ही खड़े हुए हैं। चिट्ठी पाते ही चले आवैं। चिट्ठी को तार समझें।

—सबको?

—बिलकुल। जिसका वोट मिलने की उम्मीद न हो, उसको भी। भाई, हम

अपनी ओर से क्यों मान लें कि कोई हमें वोट नहीं देगा ?...यह भी लिखो कि आने-जाने का किराया मेरे जिम्मे रहेगा। और सुनो। अपनी राइटिंग में मत लिखना। किसी बच्चे से लिखवा दो।

—क्यों ?

—क्योंकि तुम्हारी राइटिंग में रहेगी तो वही चिट्ठी मतदाताओं को लालच देने का सबूत हो जाएगी।

—तो फोन क्यों न कर दूँ ?—जग्गू ने जेब से मोबाइल सेट निकालकर दिखाया—कल ही खरीदा है।

—वेरी गुड्ड !—ठाकुर की आँखें खुशी से फैल गईं—देखें ?—ठाकुर ने हाथ बढ़ाकर मोबाइल ले लिया।

—अरे, फोटो भी खींचता है ? वेरी गुड ! लेकिन अपने सिम से फोन न करना, पी.सी.ओ. से करना। कदम-कदम पर सावधान रहना होगा।

घर लौटते हुए सिर हिला-हिलाकर सोच रहा है जग्गू—सचमुच अकल की रोटी खाते हैं ए ठाकुर-बाभन। कितनी दूर तक सोचते हैं ! इनसे पार पाना कठिन है। उसे यह देखकर बड़ी राहत महसूस हुई कि आज उसे 'इज्जत' के साथ बुला रहा था ठाकुर—लिखो, सुनो, बैठो, देखो। पहले की तरह—लिख, सुन, बैठ, देख नहीं। शुरू में एक बार 'अबे' बोला था, बस।

अरे साहेब, अरे साहेब ! हम तो हुकुम के ताबेदार हैं साहेब !—मुन्दर अकेले निकला है प्रचार के लिए। शुरुआत ठाकुर टोले से। वह चन्द्रिका सिंह को सामने पाकर हाथ जोड़ता है—कई पीढ़ी से आपकी मैल धोते आए हैं साहेब ! इस बार मन में मैल न रखिए। जो भी करेंगे, आपकी मरजी से करेंगे।

हाथ जोड़ने के तुरन्त बाद हाथ मलने की आदत है मुन्दर की। जैसे साबुन लगाने के बाद नल के नीचे धो रहा हो !

लम्बे काले अधेड़ शरीर पर सफेद धोती-कुर्ता। कुर्ते के ऊपर काली जवाहर जाकिट। बड़ा-सा सफेद साफा। पैरों में काले पम्प शू। खिचड़ी लम्बी मूँछों के ऊपर माथे पर लाल रोली का लम्बा टीका। बोलते समय तम्बाकू से काले चितकबरे लम्बे-लम्बे पाँच-छह दाँत झलक जाते हैं।

—यही कुर्सी निशान मिला है बाबू साहेब।—वह जेब से पर्चा निकालकर दिखाता है।

चन्द्रिका सिंह बैलों की सरिया से गोबर बटोरकर हाथ में फरूही का डंडा पकड़े घुटने तक लुंगी मोड़े निकल रहे थे। मुन्दर की धजा देखकर मन्द-मन्द मुस्कुराते हैं—ससुरा पूरा एमेले लग रहा है !...पदारथ चुप्पे और जबान से मिठबोले थे। यही

उनकी असली ताकत थी। दुश्मन भी सामने पड़ने पर बगुला भगत का चोला देख ठंडा पड़ जाता था। लेकिन यह तो लगता है, पदारथ का भी कान काटेगा!

चन्द्रिका सिंह की बूढ़ी माँ पीपल के पेड़ पर जल चढ़ा रही हैं। वह झुककर हाथ जोड़ता है—ए बड़की माई! आसिरबाद चाही। देखा, इहै कुर्सी निशान मिला है। इही पे हमें बैठावे क है।

—ई तो कुर्सी की छापी है बरेठा। इस पे कैसे बैठोगे?

—मतलब इसी पे मोहर लगाकर जिताओगी तब न असली कुर्सी मिलेगी।

—बरेठा।—झुकी कमर के चलते बूढ़ी को सिर ज्यादा उठाना पड़ रहा है। पोपले मुँह से मुस्कुराती हुई वे कहती हैं—तुम्हें तो असली कुर्सी मिलेगी औ हमें कागज की दिखा रहे हो। असली कहाँ है?

मुन्दर उनका पोपला मुँह देखता रह जाता है।

मुन्दर का बेटा बनिया टोले से शुरुआत करता है, बुलेट से—भड़-भड़-भड़-भड़! पर्चा डिग्गी में भर लिया है। लेई की हाँडी उसकी लांड्री के हेल्पर लड़के के कन्धे से टँगी है। पर्चा चिपकाने का काम भी साथ-साथ।

—कुर्सी तो सरकार ने हमें पहले ही सौंप दिया महाजन, कुर्सी निशान देकर। अब इस पर आप लोगों की मुहर लगने भर की देर है...घंटी नहीं, सरकार ने जग्गू को बाबा जी का घंटा थमा दिया। मतलब? गए बेटा कुकरी के सिरका में!

जग्गू का श्रीगणेश ब्राह्मण टोले से हो रहा है। सबसे आगे चित्ती कौड़ियों और छोटी-छोटी घंटियों की माला पहने लम्बी सींगों और कजरारी आँखों वाला नन्दी। उसके बगल में नन्दी का पगहा पकड़े गेरुआ लबादे वाला जटाधारी गोसाईं। बड़ी सी घंटी टुनटुनाता हुआ।

ठाकुर ने दो सौ रुपए में बुक किया है। प्रचार की शुरुआत शंकर जी के वाहन से। नन्दी के पीछे कमर में घंटियों की माला पहनकर नाचते हुए टोले के दो बूढ़े-लंगड़ और विदेशी। इनको कवर करता आगे झुककर मृदंग बजाता बदलू। माथे पर लाल चुनरी का साफा। मुँह में पान। इनके पीछे शोर मचाते, धूल उड़ाते, नाक चुआते नंगे-अधनंगे बच्चों का रेला। सबसे पीछे सफेद कुर्ता-पाजामा पहने हाथ जोड़े जग्गू और उसकी घरैतिन, हल्का-सा घूँघट काढ़े। प्रचार के लिए निकलने में देर लगा रही थी तो जग्गू ने उसे मिर्ची जैसी गालियों से सुबह-सुबह नवाजा।

—विधवा पेंशन, बुढ़ापा पेंशन चाहिए। राशन कार्ड, जाब कार्ड चाहिए। हर मर्ज की एक दवा—घंटी। दादी, काकी, भइया, भौजी—घंटी।

औरतें नन्दी को रोटी खिलाती हैं। गोद के बच्चे का माथा नन्दी के गूदड़ पर टेकती हैं।

जग्गू को लग रहा है कि अभी उसके मुँह से बात की धार नहीं फूट रही। जिस तरह शहर के कचहरी गेट पर सांड़े का तेल बेचने वाला मजमेबाज बोलता है...।

अपना चेहरा भी उसे भकुआया-सा लग रहा है—भावशून्य। मुस्कुराहट का नाम नहीं। ऐसा ही चेहरा देखा था उसने फूलन देवी का, जब वह भदोही में पहली बार अपना एम.पी. का चुनाव प्रचार करने निकली थी। आज की रात वह हँसने, लपककर मिलने और धुआँधार बोलने का अभ्यास करेगा—भाइयो और बहनो...

फुलझारी देवी अपनी दोनों भाभियों और तीन भतीजियों के साथ काला छाता लगाकर प्रचार के लिए निकली हैं। कहती हैं—पूत न भतार। बेटी न बेटा। मैं किसके लिए लूट मचाऊँगी? भगवान ने अकेला किया है तो कुछ सोचकर किया है। 'पबलिक' की सेवा के लिए। सारा गाँव मेरा भाई-बाप है।

यादव टोले की किसी दुलहिन ने पूछा—जीत गई तो परधानी कैसे करोगी बुआ?

—कुर्सी पर बैठकर करेंगे दुलहिन। सीना ठोककर करेंगे।—सीने पर मुक्का मारकर बुआ ने बताया—मेरे जीते-जी गाँव का हिस्सा हाकिम लोग खाकर दिखावें जरा! पेट में हाथ डालकर निकाल लाऊँगी।

सब हँसती हैं।

उसका भाषण सुनने के लिए औरतों की भीड़ लग जाती है।

—हिम्मत वाली है। जीत गई तो बड़े-बड़ों की बोलती बन्द कर देगी।

ठाकुर अपने ट्यूबवेल घर में जग्गू के साथ बैठ पिछले पाँच दिन में हुए भंडारे के खर्च का हिसाब जोड़ रहे हैं।

मुन्दर ने एक हफ्ते पहले तम्बू-कनात लगवाकर भंडारा शुरू करा दिया। बाजार का प्रभुदयाल हलवाई अपने तीन शागिर्दों के साथ तहमद लपेटकर जुट गया है। सबेरे नाश्ते में चने की घुघुनी, समोसा और हलवा। खाने में मांसाहारी और शाकाहारी दोनों के अलग तम्बू और अलग भंडारी। शाम को अँधेरा होते ही पीने-पिलाने का दौर। चाय तो किसी गिनती में ही नहीं है। जब चाहो, जितनी चाहो।

लोग पूछने लगे—तुम्हारा भंडारा कब से शुरू हो रहा है जग्गू?

ठाकुर से सलाह-मशविरे के बाद तीसरे दिन से जग्गू का टेंट भी ठाकुर टोले और यादव टोले के बीच गड़ गया। प्रभुदयाल का भाई शिवदयाल छन्ना-कड़ाही लेकर हाजिर हो गया।

मुन्दर और जग्गू अपने-अपने भंडारे का इन्तजाम तम्बू के बाहर रहकर ही कर रहे हैं। बारहों बरन का भंडारा है। चूल्हे-चौके में अभी भी सोलहवीं शताब्दी चल रही है। अन्दर घुसने से छुआछूत का सवाल खड़ा हो सकता है। ऐसे नाजुक मौके पर रिस्क लेना...

ठाकुर को लगा कि गाँव के मातबर लोगों, खासकर सवर्णों के लिए कुछ खास करना पड़ेगा। सब लोग गाँव में खुलेआम दारू नहीं पी सकते। पत्नी से झगड़े या

जवान बेटे से मार खाने का डर है। छोटे-बड़े का भेद भुलाकर एक ही पंगत में बैठने से भी इज्जत घटेगी। इसलिए ऐसे लोगों का इन्तजाम ठाकुर के ट्यूबवेल घर पर। मुर्गा और दारू।

लेकिन दोनों जगह मिलाकर खर्च बहुत आ रहा है। कितनी-कितनी किस्में हैं दारू की। महुआ, ठर्रा, बसन्ती, सौंफी, मसालेदार, लाल परी। जितने पीने वाले उतनी किस्में। जिन लड़कों की अभी ठीक से मूँछें भी नहीं निकलीं, वे भी गिलास पकड़कर बैठ जाते हैं। जग्गू के भंडारे से धुत होकर निकले तो गिरते-पड़ते मुन्दर के तम्बू में पहुँच गए। जिन लड़कों का वोटर लिस्ट में नाम नहीं है, वे भी...जिन्होंने जिन्दगी में कभी नहीं पी, वे भी कहते हैं—भालू चाहिए। भालू माने बीयर। भालू की गिनती दारू में नहीं। प्रचारित हो गया है कि भालू जाड़े में गठिया से जाम पैरों की जकड़न ढीली करता है। फिर तो यह दवाई हुई। दीजिए न एक बोतल। अपने बाबा को पिलाते हैं।

डबल क्रॉस। दोनों तरफ से।

अभी तक तीन लोगों ने अपनी खास ब्रांड की फरमाइश की है। मिलिटरी से रिटायर सूबेदार अनोखी सिंह को थ्री एक्स चाहिए। घर ले जाएँगे। गरम पानी के साथ रोज शाम को थोड़ा-थोड़ा लेंगे। इंटर कॉलेज में पढ़ाने वाले दोनों टीचर—भवानी बकस सिंह, एम.ए., बी.एड. और डॉ. बिकरमा पांड़े को अपने ब्रांड की व्हिस्की चाहिए। टीचर हैं, तो टीचर व्हिस्की।

—महँगी तो है, नो डाउट।—बिकरमा मुँह के पान की गड़गड़ाहट सँभालते हुए कहते हैं—लेकिन हमारा वोट भी कम कीमती नहीं है। पी.एच.डी. का वोट है।

'टीचर्स' की कीमत सुनकर पस्त हो रहे जग्गू को दिलासा देता है ठाकुर—ठीक है। ठीक है। जो मुँह खोलकर माँग रहा है, समझो, वह झंडे के नीचे आ गया।

कुल आठ-दस हजार रोज का खर्च बैठ रहा है। राशन वाले से उधार की नौबत आ गई है। शराब तो ठेकेदार उधार देगा नहीं।

—खर्चा तो होगा। क्या कर सकते हैं?

—लेकिन आएगा कहाँ से? घेंटों का पैसा तो फुर्र हो गया।

—इसी का रास्ता खोजने तो बैठे हैं...

तभी रामसिंह आकर बताता है—मुन्दर तो गाँव भर में कुर्सी बाँट रहा है।

—क्या?—दोनों के मुँह से एक साथ निकलता है।

—हाँ, मुन्दर का बेटा और दोनों पोते हर घर को एक-एक कुर्सी दे रहे हैं। रिक्शे पर लादकर निकले हैं। लाल रंग की फाइबर की हत्थेदार कुर्सियाँ।

सबसे पहले मुन्दर ने चन्द्रिका सिंह के दुआर पर जाकर आवाज लगाई—बड़की माई। आ गई आपके हिस्से की असली कुर्सी। उस दिन आपने कहा था...बाहर आइए। अपने हाथों से आपको विराजमान करेंगे।

आवाज सुनकर बड़की माई के साथ-साथ घर की बहुएँ-बेटियाँ भी निकल आईं।

मुन्दर का बेटा अपने अँगोछे से कुर्सी की धूल झाड़ता है। फिर घर के मुखिया को उस पर बैठाकर पैर छूता है—दिल खोलकर आशीर्वाद दीजिए।

ठाकुर हिसाब लगाकर देखते हैं। एक कुर्सी डेढ़-दो सौ से कम की नहीं होगी। तीन सौ कुर्सियाँ। यानी पचास-साठ हजार रुपए एक ही झटके में लुटा रहा है हरामजादा।

—इतनी गर्मी होती है सउदिया के पैसे में?

—नहीं रे, यह मनरेगा का पैसा होगा। पर्दे के पीछे पदारथ।

खेतों की ओर जा रहे मुंशी को सबेरे-सबेरे अपनी ट्यूबवेल के सामने रोका ठाकुर ने—आज हमारे खेत की गोभी खाकर देखिए मुंशी जी।

मुंशी जी ट्यूबवेल की ओर मुड़ गए।

—कैसा माहौल है, कुछ पता चल रहा है?

—आपका अकबाल बुलन्द है।

—आप भी जोर लगा दीजिए मुंशी जी। बहुत खर्चा हो रहा है। कुर्सी हाथ से गई तो समझो, हार्टअटैक हो जाएगा।

—हाँ, सुना, सारा खर्च आप ही उठा रहे हैं?

—सारा तो नहीं लेकिन लाख-डेढ़ लाख तो हो ही जाएगा।

—तो इसकी वापसी कैसे होगी राजन?

—परधानी हाथ में आ जाए तो वापसी की चिन्ता नहीं रहेगी।

—वह तो ठीक है लेकिन छोटी जाति का कौन विश्वास! जीतने के बाद हाथ से बेहाथ हो जाए? हरामजदगी पर उतर आवे तो? वक्त बदलने के साथ बड़े-बड़ों की आँख का पानी बदलते देखा है। इसको भस्मासुर बनते कितनी देर लगेगी?

यह मुंशिया मुझे डराना चाहता है क्या? वे दहाड़े—क्या बात कर रहे हैं मुंशीजी! साले को खोदकर पोरसा भर नीचे नहीं गाड़ देंगे। भस्मासुर बनेगा तो भस्मासुर की मौत मरेगा।

—न-न-न! यह तो अपने हाथ से अपने गले में फंदा कसना हो गया राजन! इसकी नौबत क्यों आए?

ठाकुर सोच नहीं पाते कि क्या बोलें। इस मुंशिया की असली मंशा क्या है?

मुंशी जी थोड़ा पास आ गए। आवाज फुसफुसाहट में बदल गई—मैं कहता हूँ, रिस्क क्यों लेते हैं? रिस्क तो व्यापारी लेता है, जुआरी लेता है।

—अब तो ले चुके। वह रास्ता तो बन्द हो चुका।

—कोई रास्ता कभी बन्द नहीं होता। एक बन्द होता है तो दस खुलते हैं। मैं कहता हूँ रिस्क उसके गले में डालिए जिसे कुर्सी मिलनी है।

—मतलब ?

—मतलब, वह जो जगुआ की बाजार वाली जमीन है, जिस पर झोपड़ी डालकर उसका बाप जूता पालिस करता है, उसका बैनामा करा लीजिए, या रेहन ही लिखवा लीजिए। फिर वही पैसा उसके मुँह पर मारकर उसी के हाथों जहाँ चाहें, वहाँ खर्च कराइए। जमीन नहीं, सोना है।...फिर जीतिए चाहे हारिए। भस्मासुर बने या हरिना कश्यप। कुछ दाँव पर नहीं रहेगा।

—ओ!—ठाकुर का मुँह खुला का खुला रह गया—क्या खोपड़ी है इस मुंशिया की! पूरा विषखोपड़ा है। भला और किसी के दिमाग में आ सकती थी यह बात? वह मुंशी की बाँह पकड़कर अन्दर ले जाते हैं—बैठिए। अब तो चाय पिलाने के बाद ही जाने देंगे।...ए रामसिंह। दौड़कर दो कप चाय लाओ। मटर की घुघुनी भी।

—आपने बहुत सही राह सुझाई चाचा। इसी से पता चल जाता है कि आप हमें कितना 'अपना' समझते हैं।...लेकिन एक बात समझ में नहीं आती। उस समय मेरे बाप जिन्दा थे। आप भी थे। आप लोगों के रहते ऐसी प्राइम लोकेशन पर इस ससुरे को चक कैसे मिल गया? आप लोग क्या करते रहे?

—था एक दढ़ियल बकचोद एसीओ साला। बाजार में क्वाटर लेकर अकेले रहता था। सो गई होगी जगुआ की अम्मा दो-चार रात उसके पास जाकर। तब कितना चमकती थी!

मटर की घुघुनी खिलाने और चाय पिलाने के बाद अपने हाथ से सुपारी काटकर खिलाते हैं ठाकुर। फिर रामसिंह से कहते हैं—जाकर यह सब्जी का झोला मुंशीजी के घर तक पहुँचा आओ।

मुंशीजी को याद है—ठाकुर का चक मौके की जमीन पर बैठाने के लिए ही तो जगुआ के बाप को वहाँ से बेदखल करके सड़क के किनारे गड्ढे में फेंका गया था। आज वही गड्ढा कीमती हो गया तो इसको काँटे की तरह गड़ रहा है।

ठाकुर की नजर जाते हुए मुंशी की पीठ पर है। उन्हें तो मालूम ही था कि आरक्षण के चक्रीय क्रम में देर-सबेर इस गाँव की परधानी शिड्यूल कास्ट के खाते में जानी है। इसीलिए उन्होंने साल भर पहले ही रामसिंह का शिड्यूल कास्ट का सर्टीफिकेट बनवा लिया था। पता नहीं, कहाँ गड़बड़ी हुई कि फाइनल वोटर लिस्ट से उसका नाम ही गायब हो गया! वरना एक बार रामसिंह को जिता पाते तो दस साल कोर्ट को यह तय करने में लग जाता कि वह असली शिड्यूल कास्ट है या फर्जी। जग्गू पर दाँव लगाने की जरूरत ही न पड़ती। जग्गू तो मजबूरी की पसन्द है।

ट्यूबवेल घर का दरवाजा बन्द करके आग तापते दोनों लोग अन्दर चिन्तित बैठे हैं। ठाकुर की समझ में नहीं आ रहा है कि जग्गू से जमीन बेचने की बात कैसे शुरू करें। वे पहले खाँसते हैं, खँखारते हैं, फिर कहते हैं—

—अभी कुर्सी बाँटे हफ्ते भर ही हुए हैं कि सुनते हैं, अब साड़ी बाँटने वाला है। कितना पैसा कमाता है इसका बेटा! मुकाबले में खड़े होकर फँसे गए। अब तो लगता है बेइज्जत होकर रहेंगे।

—जीतेंगे तो हमीं मालिक।

—लेकिन जीत तक पहुँचेंगे कैसे? पर्चा दाखिले से लेकर हफ्ते भर के भंडारे तक साठ-सत्तर हजार गल गए। हाथ एकदम खाली हो गया। उसने कुर्सी बाँटा है तो कुछ न कुछ तो हम लोगों को भी बाँटना होगा—साड़ी या कम्बल। भंडारा चलाना ही पड़ेगा। मैंने सोचा, रानी साहब से एक लाख ले लें। जीतने के बाद वापस कर देंगे। मास्टरी की तनखाह का एक पैसा खर्च नहीं करतीं। जमा करती जा रही हैं। लेकिन उन्होंने सिरे से इनकार कर दिया। अब तुम्हीं को कोई इन्तजाम करना पड़ेगा।

—हम कहाँ से करेंगे मालिक? हमें अपनी औकात पता थी। इसीलिए खड़े होने से बच रहे थे। बाप भी मना कर रहा था। आपने ललकारा तो खड़े हो गए।

फिर लम्बा मौन!

—मेरे पास तो तीनों घेंटों के पैसे थे—अट्ठाइस हजार। तीन हजार पर्चा छपाने में गल गए। बाकी भंडारे और दारू में। कुछ उधार भी हो गया। मैं तो खुद सोच रहा हूँ कि...

—बिलकुल सोचो भाई। अब तुम्हीं को सोचना है। कम से कम एक लाख फौरन चाहिए।

—लेकिन मालिक, मेरे पास है क्या जिसके सहारे सोचूँ?

—है तो तुम्हारे पास बहुत कुछ बशर्ते तुम्हारा बाप तैयार हो जाए।

जग्गू का मुँह गोल हो गया। आँखें फैल गईं।

—देखो, जगह-जमीन, गहना गुरिया ऐसे ही गाढ़े समय में काम आता है। तुम्हारी जो बाजार वाली जमीन है, इतनी कीमती है कि रेहन रख दो तो लाख-डेढ़ लाख रुपए फौरन मिल सकते हैं।

थोड़ी देर तक दोनों एक दूसरे का मुँह ताकते रहे।

—हम लोग सारी मुसीबत से उबर जाएँगे। साड़ी, कम्बल जो चाहेंगे, वह भी बाँट देंगे और भंडारा भी चला ले जाएँगे। सबसे बड़ी बात, जीत पक्की हो जाएगी। जीतने के बाद तो ऐसे-ऐसे रास्ते हैं कि दो महीने के अन्दर सूद-ब्याज समेत वापस कर देंगे। फिर तो पाँच साल तक कमाना ही कमाना है।...नहीं तो ऐसी बेइज्जती होगी, ऐसी बेइज्जती होगी कि कहीं मुँह दिखाने लायक नहीं रह जाएँगे।

जग्गू को लगा, दोनों एक दूसरे का कालिख पुता मुँह देख रहे हैं। बोला—ठीक है मालिक। मैं बप्पा को राजी करने की कोशिश करता हूँ लेकिन वह मानेगा नहीं।

—जैसे भी हो, मनाओ बेटा! इज्जत दाँव पर है।

—अच्छा, मान लीजिए, बप्पा राजी हो गए तो ऐसा है कौन जिसके पास रेहन रखने पर तुरन्त लाख डेढ़-लाख मिल सकें?

—खोजा जाएगा। बाजार के अगरवाले से मिल सकता है। नहीं तो मैं अपनी ठकुराइन पर जोर डालूँगा। समझाऊँगा कि लिखा-पढ़ी करके, रेहन रखकर दे रही हो तो पैसा कैसे डूब जाएगा? मान जाना चाहिए। बल्कि यही ठीक रहेगा। तब रेहननामे की बात भी पबलिक में नहीं जाएगी।

—ठीक है मालिक।

बाहर ठंडी हवा चल रही है। आसमान में बादल हैं। रास्ते में कुत्तों के झुंड ने भौंकना शुरू किया। लेकिन जग्गू को कुछ दिखाई-सुनाई नहीं पड़ा।

बप्पा! ऐ बप्पा!

—बोल।—बदलू कथरी में कुनमुनाया।

—अब क्या होगा?

—क्या हुआ? पानी बरसने वाला है क्या?

—नहीं, वह बात नहीं। वोट वाली बात।

बाप ने मुँह से कथरी हटा ली—अभी तो ठीक चल रहा है?

—वह बात नहीं। लगता है, भंडारा बन्द करना पड़ेगा। आठ-दस हजार उधार हो गया।

—तो शुरू क्यों किया था?

—क्या करता! जब मुन्दर ने शुरू कर दिया...उसने तो घर-घर कुर्सी भी बाँट दी। अब साड़ी बाँटने वाला है।

—उसके घर में तो नोट बरस रहा है। तेरा बाप तो जूता गाँठता है। तू उसकी बराबरी क्यों करने चला?

जग्गू का सिर और झुक गया। समझ गया कि शुरुआत ही बिगड़ गई।

—खर्चा तो ठाकुर कर रहा है?

—अब उसने जवाब दे दिया। कहता है—साठ-सत्तर हजार खर्च कर दिये। आगे तू सँभाल। दस बारह दिन बचे हैं पोलिंग के। भंडारा बन्द हो जाएगा तो बनी-बनाई हवा बिगड़ जाएगी। जाड़े में कम्बल बँट जाता तो...

—तो यह सब मुझे क्यों सुना रहा है?

—अ-अ...अगर—वह हकलाया—ब-ब...बाजार वाली जमीन रेहन रखकर किसी से लाख डेढ़-लाख ले लिया जाए तो इज्जत बच सकती है।

—क्या बकता है?—बदलू गरजा—बाप-दादों की बनाई हुई 'परापर्टी' तू जुए के दाँव पर लगा देगा?

—जुए में क्यों?

—इलेक्शन जुआ नहीं तो क्या है?

—क्या कहते हैं बप्पा! अपनी जीत एकदम पक्की है। कम से कम चार सौ वोट से। जीतते ही हम पचीस-तीस लाख के आदमी हो जाएँगे। ऐसी-ऐसी दस जमीनें खरीद लेंगे।

—यह बता कि ऐसी सत्यानाशी राह तुझे दिखाई किसने?

—दिखाएगा कौन? और कोई रास्ता ही नहीं है।

—जरूर उसी ठाकुर ने तेरी मति फेरी है। इतनी दूर का निशाना। तभी मैं कहूँ कि तुझे परधानी देने के लिए वह क्यों मरा जा रहा है? तू समझ रहा है कि वह तेरा चुम्मा ले रहा है। अरे कुलकलंकी, वह तुझे डस रहा है। उसके काटने से लहर भी नहीं आएगी।...चल भाग यहाँ से!

जग्गू बाहर निकल आया। पैर मन-मन भर के हो गए। जब से चुनाव की भाग-दौड़ हुई, वह यहीं मड़हे में सो जाता था। लेकिन इस समय पत्नी के आँचल में मुँह छिपाकर रोने का मन कर रहा है। अगर पत्नी आँचल का टोंक गीला करके उसका मुँह पोंछ दे तो कुछ राहत मिल सकती है। लेकिन अब आधी रात में उसके पास तक पहुँचे कैसे?

महुए के पेड़ के नीचे अँधेरे में खड़ा सोच रहा है जग्गू—किसकी बात का विश्वास करे वह? क्या सचमुच डसने के लिए ही परधानी का लालच दिया है ठाकुर ने?

जमीन पर ठाकुर की नजर गड़ी जानकर बदलू की नींद उड़ गई है। इसीलिए कहा गया है कि शूद्र के धन और अरहर की मधु का बहुत दिनों तक बचना मुश्किल। कैसे बचे, जब इलाके के सारे जाली-पिचाली लोगों की नजरें चौबीसों घंटे उसी पर गड़ी रहती हैं।

कितनी तपस्या के बाद मिला था सड़क के किनारे यह चक। वह भी गड्ढे में। बहुत दिनों तक लोग उसके बाप को चिढ़ाते रहे कि साल भर तक जूता चमकाने का यही ईनाम दिया रुपए में तीन अठन्नी भंजाने वाले एसीओ ने। दो हजार घूस खाकर तेरी सोने जैसी जमीन पर ठाकुर का चक बैठा दिया और तुझे ढकेल दिया गढ़ही में।

हँसी करते—सिंघाड़ा बोने के लिए दिया है। बिना जोते-बोए मुफ्त की फसल काटते रहना सालोंसाल।

लेकिन एसीओ की बात सही निकली। कच्ची सड़क दस साल में पक्की हो गई और गड्ढा चन्नू हलवाई के दोने-पत्तलों से कब का पट गया। बाप को पता था कि एसीओ की कलम से जो लिख उठेगा, वह बरम्हा की लकीर हो जाएगा। चकबन्दी दफ्तर बाजार के सिरे पर था। बाप ने बदलू की ड्यूटी लगा दी—रोज एसीओ के पैर से जूते निकालकर लाना और पालिश करके वापस पहनाना। साल भर उसने यह ड्यूटी बजाई। एसीओ खुश हो गया। चक काटते समय उसके बाप को बुलाकर कहा—बरसाती, साल भर तुमने मेरे जूते चमकाए, बदले में मैं तुम्हारी किस्मत चमकाना चाहता हूँ। बोलो, कहाँ चक काट दें तुम्हारा?

—हुजूर, जहाँ है ठीक है। बस, चौहद्दी नापकर पत्थर गड़वा दें। बेईमानों ने मेरी आधी जमीन दबा ली है।

—तो उन्हीं बेईमानों के बीच में क्यों फँसे रहना चाहते हो? वे फिर दबा लेंगे। मौका मिला है तो निकल भागो।

—हुजूर, उँचास की जमीन है। मटर बो देते हैं तो बच्चे महीना भर निमोना खाते हैं।

—निमोना को मारो गोली। थोड़ा नीचे उतरो। बारह आने से उतारकर चार आने की मालियत पर बैठा देते हैं। रकबा तिगुना हो जाएगा।

जग्गू के मन में उम्मीद जगती है। मन की बात बड़बड़ाने की आदत है बाप को। लगता है, जमीन के सोच-विचार में ही पड़ा है। वह मड़हे की ओर बढ़ता है। अगर हनुमान जी आज उसके बाप की बुद्धि पलट दें तो वह इसी मंगल को उन्हें 'रोट' चढ़ाएगा।

—कच्ची सड़क के किनारे चौराहे के पास बैठा देते हैं। सड़क पक्की होते ही यही जमीन सोना हो जाएगी। तुम रहो कि न रहो, तुम्हारा यह बेटा 'लखपती' हो जाएगा।

बरसाती हाथ जोड़े खड़ा है, मौन!

—अभी मौके पर गड्ढा है इसलिए किसी के कब्जा करने का डर नहीं रहेगा। राजी हो तो बोलो फौरन।

अचानक बाप से एक कदम पीछे खड़ा बदलू आगे बढ़कर कहता है—राजी हैं।

राजी? बाप के मुँह से 'राजी' सुनकर खटिया के बगल खड़ा जग्गू खुशी से चीख पड़ता है—बापू-ऊ-ऊ!

वह रजाई के ऊपर से बाप की देह को छाप लेता है और बीड़ी-तम्बाकू से बस्साते उसके मुँह को ताबड़तोड़ चूमने लगता है।

बदलू रजाई फेंककर उठ बैठता है—कहाँ गए एसीओ साहब?

—कौन एसीओ ?

पल-भर अँधेरे में घूरकर वह फिर रजाई तान लेता है।

बदलू का इनकार सुनकर ठाकुर का मुँह लटक गया।

—बहुत ऊँच-नीच समझाया मालिक। उसके पाँव पकड़ लिये। लेकिन वह तो एक ही मूरख। जिद कर गया तो कर गया। चाहे तो एक काम हो सकता है।

—क्या ?

—रात में उसे पिलाकर टुन्न करूँ। फिर उसका अँगूठा कजरौटे में चपोड़कर स्टाम्प पेपर पर ठोंक लूँ।

—अँगूठा तो दो गवाहों के सामने लगना चाहिए।

—गवाहों के दस्कत तो कभी भी हो जाएँगे मालिक।

ठाकुर मुतमइन नहीं दिखा। कुछ देर खड़ा सोचता रहा, फिर बिस्तर के सिरहाने से प्लास्टिक के थैले में रखा स्टाम्प पेपर निकालकर जग्गू को समझाने लगा—यहाँ नीचे दाहिनी ओर लगाना—बायाँ अँगूठा। बाईं तरफ की जगह गवाहों की दस्कत के लिए है।

—ठीक है।—जग्गू ने स्टाम्प पेपर स्वेटर के नीचे छाती पर सीधे-सीधे रखते हुए कहा—जैसे भी होगा, मैं लगाकर लाता हूँ।

खाने के बाद खटिया पर बैठकर उसने पत्नी को पुकारा—जरा कजरौटा लाना तो।

—कजरौटा ? काजल लगाओगे क्या ?

—तुम तो लगाओगी नहीं। सोचा, लाओ, मैं ही लगा दूँ।

—लगा दूँ ? किसके ? मेरे ?

—तब क्या पड़ोसन के ? लाओ जल्दी।

वह ले आई। खोलकर देखा—यह तो एकदम सूखा है। एक बूँद कड़वा तेल डाल दे। बस, एक बूँद।

—इतनी रात में काजल लगाने की क्या सूझी ?

—अपना अँगूठा इधर कर।

—मेरा ? दायाँ कि बायाँ ?

—अरे कोई भी।...तेरे अँगूठे तो बड़े पतले हैं रे। जैसे तेरा मुँह पतला, वैसे तेरा अँगूठा। जरा पैर का दिखा।

—धत ! क्या हुआ है तुमको आज ?

—अरे मेरी लछिमनिया ! ला, तेरा पैर छू लूँ। जानती है, जिस दिन जीतकर

लौटूँगा, तेरे लिए क्या लाऊँगा?...थोड़ा टेढ़ा कर। जरा काजल चुपड़।...अरे अन्दर की ओर पगली।

उसने पीढ़े के ऊपर रखकर पत्नी के दाहिने पैर के अँगूठे को दबाकर टीपा। काले निशान पर दो-तीन फूँक मारी और चल पड़ा।

—पहले तो ससुरे ने ललकारकर सूली पर चढ़ा दिया। अब मँझधार में लाकर घटियारी कर रहा है।

मुरारी मास्टर के घर तीन लड़के आए हैं। उनके बेटे के साथ यूनिवर्सिटी में पढ़ते हैं। कहते हैं, परधानी के चुनाव में दलित फैक्टर की केस स्टडी करने निकले हैं।

जग्गू और मुन्दर का ठाकुर-ब्राह्मण की सपोर्ट से चुनाव लड़ना उनको अच्छा नहीं लग रहा है।

मुरारी मास्टर की दालान में दोनों को बुलाया गया है। मुन्दर ने तो साफ कहला दिया—वह स्कूली लौंडों के आगे हाजिरी बजाने जाएगा? वह भी अपने से छोटे दलित के दरवाजे पर? हरगिज नहीं। जग्गू दो बार बुलाने पर आया है। दीवार से पीठ टिकाकर बैठा है।

वे कहते हैं—हमारा लक्ष्य सिर्फ परधानी की सीट हासिल करना थोड़े है। परधानी का रिजरवेशन तो लालीपाप है। हमारा मुँह बन्द करने के लिए! हमें तो हर चीज में हिस्सा चाहिए। जगह-जमीन में, ताल-पोखर में, खेती-बारी में, महल-अटारी में। हजारों साल से सारी धन-धरती पर उनका कब्जा रहा है। अब सौ-पचास साल हमारा भी रहे। हम भी जानें कि जगह-जमीन पर मालिकाना हक मिलने का सुख कैसा होता है! यह सवर्णों की बैकिंग से थोड़े मिलेगा?

—ऐसा कैसे हुआ कि सारी जगह-जमीन, खेती-बारी, महल-अटारी पर ठाकुर और पदारथ जैसे लोगों का कब्जा है?

—इसलिए कि जग्गू जैसे कौम के गद्दार और चापलूस सदा से होते आए हैं जो लात-जूता खाकर भी उन लोगों का जूठा पत्तल चाटने को तैयार रहते हैं।

—जग्गू या मुन्दर के जीतने से जो 'बनाना रिपब्लिक' गाँव को मिलेगा, उससे हमारे मिशन को क्या हासिल होगा? उल्टे बदनामी!

—बनाना?—न समझने के भाव से जग्गू उस लड़के का मुँह ताकता है।

—तुम्हारी परधानी उसी तरह होगी जैसे कैरेबियन देशों के गणतंत्र। मल्टीनेशनल केला कम्पनियों के हाथ की कठपुतली। कैरेबियन देशों का नाम सुना है?

—ऐसे समझो।—दूसरा लड़का समझाता है—मजा मारैं गाजी मियाँ, धक्का

सहैं मुजावर। यह भी नहीं समझे? मतलब, कुर्सी मिलेगी दलित को और मजा मारेंगे ठाकुर-बाभन।

सिर झुकाए बैठा जग्गू समझ नहीं पा रहा है कि अचानक ये लोग आकर उसके पीछे क्यों पड़ गए हैं? क्या मुरारी मास्टर की शह के बिना ये उसे इस तरह बेइज्जत करने की हिम्मत कर सकते हैं? गद्दार! चापलूस!

—हमारी मदद चाहिए तो ठाकुर की गुलामगीरी छोड़नी पड़ेगी।

जग्गू भरसक कोशिश कर रहा है कि बिगाड़ न होने पाए। वह हलीमी से कहता है—सपोर्ट लेने का मतलब गुलामगीरी कैसे हुई भाई? अपने बूते हम कैसे जीत पाएँगे?

—तो जरूरी है कि तुम्हीं जीतो? हम दूसरे को जिताएँगे। जिसकी रीढ़ में दम हो। असली स्वतंत्र उम्मीदवार तो फुलझारी देवी हैं। हम उनको क्यों न जिताएँ?

—आपके पास कौन-सी ताकत है जो जिताएँगे?—जग्गू भड़क जाता है—न आप यहाँ के वोटर हैं, न इस गाँव में आपकी कोई नाते-रिश्तेदारी है तो किसके बल पर जिताने-हराने का ठेका ले रहे हैं?

लड़के सन्न! वे एक दूसरे का मुँह देखते हैं।

लेकिन इससे तो बात बिगड़ जाएगी। सोचकर जग्गू गुस्से पर काबू करता है—गुलामगीरी करे ससुरा अँगूठाछाप मुन्दर और उसकी आल-औलाद। मैं बीस साल पहले का हाईस्कूल पास। फस्ट डिवीजन। साइन्स साइड। मार्कशीट दिखाऊँ? बाप आगे पढ़ाता तो मैं भी डी.एम., एस.पी. बन जाता। मैं इंटर फेल ठाकुर की गुलाम-गीरी करूँगा? अरे, गरज पड़ने पर गदहे को भी मामा कहना पड़ता है। लाखों खर्च कर रहा है। भंडारा खोले हुए है तो मामा नहीं कहूँगा? मेरा पैंतरा जीतने के बाद देखना। सारा गाँव आकर मेरे 'इसमें' तेल न लगाए तो कहना।

लड़के न चाहते हुए भी मुस्कुरा देते हैं।

जग्गू दीवार के सहारे बैठे मुरारी मास्टर को तिरछी नजर से ताकता है। वे मरी आवाज में कहते हैं—जो भी फैसला हो, समझदारी से...

—समझदारी-दुनियादारी तो वही कुर्सिया सिखा देती है चाचा। गदहा भी उस पर बैठते ही आलिम फाजिल हो जाता है।—वह उठकर मुरारी के पैरों में हाथ लगाता है—आपका आशीर्वाद लेकर पर्चा भरा है चाचा। जब तक आप साथ हैं, कोई रोंवा भी टेढ़ा नहीं कर सकता।

कहने के साथ वह बाहर निकल जाता है।

तभी दरवाजे के पास खड़ा जग्गू का फुफेरा भाई चिल्लाता है—अरे ये तीनों फुलझरिया के एजेंट हैं! बीस-बीस हजार ले चुके हैं।

सुनकर तीनों लड़कों का चेहरा फक हो जाता है।

खुलेआम जग्गू के समर्थन में कोई आया है तो वह है मकबूल। जग्गू का दर्जा आठ तक का क्लासफेलो। बचपन में दोनों ने साथ-साथ बुलबुल फँसाया है। नहर में कटिया लगाया है। गर्मी की दोपहरी में जंगल में खरगोश का शिकार किया है।

वह सीना ठोंककर कहता है—साथ हैं तो हैं। खुल्लमखुल्ला हैं। किसी साले से डरते हैं?

कहता है—पदारथ जैसे 'फराडी' के कैंडिडेट को हमारे टोले से एक भी वोट मिल जाए तो जो सजा चोर की, वह मेरी। चाहे जितनी कुर्सी-कम्बल बाँटे।

मकबूल बताता है—पिछले चुनाव की तरह इस बार भी पदारथ कोशिश में थे कि मुसलमान टोले से कोई वोटकटवा कैंडिडेट खड़ा हो जाए। कितनी मुश्किल से रोका गया।

जग्गू को ठाकुर की सीख याद आती है। वह कहता है—मैं मसजिद के लिए हजार रुपए चन्दा देना चाहता हूँ। यह भी ऐलान करना चाहता हूँ कि परधान बन गया तो मसजिद के सामने का डेढ़ बीघा बंजर मसजिद के नाम पट्टा कर दूँगा।

—तुम शाम को बड़े मौलवी साहब की सहन में आओ। वहीं सबके सामने ऐलान करो। रसीद कटाओ। बाकी सब मैं सँभाल लूँगा।

बड़े मौलवी साहब के घर जाने की बात पर जग्गू को सहजादी खाला की याद आती है। रास्ते में ही घर पड़ेगा। उनसे भी मिलना हो जाएगा। अकेले रहती हैं। बचपन में जाता था। माँ भेजती थी। कभी उनकी टूटी चप्पल मरम्मत के लिए लाने। कभी आम, अमरूद, करौंदा या बेर देने। माँ सिखाती थी—कहना, सलाम वालेकुम खाला। खाला खुश होकर असीसती थीं। खुश रहो। आबाद रहो। हुनरमन्द बनो। खाने को लइया, गुड़ या बताशे देती थीं। चप्पल सिलाकर लाने पर चवन्नी देती थीं। न वह हुनरमन्द हुआ, न आबाद हुआ। अब हो सकता है, आबाद हो जाए। घंटी निशान कई बार चिन्हाना होगा। एक वोट पक्का।

वह जैसे ही पक्की से मुस्लिम टोले की ढलान पर उतरने को हुआ, सामने से सुलताना का शौहर इद्रीश इक्का लेकर आता दिखा। अरे, अब तो सुलतनवा भी यहीं आकर रहने लगी है! उसने जोर से हाँक लगाई—सलाम वालेकुम इद्रीश भाई!

बदले में इद्रीश ने चाबुक वाला हाथ थोड़ा ऊपर और सिर थोड़ा नीचे झुकाया। जग्गू को उसकी काली ट्रिम की हुई चमकती दाढ़ी बहुत अच्छी लगी।

साला, सुलतनवा जैसे मोती को रोज चुगता होगा। उसे ईर्ष्या हुई।

सु-ल-ता-ना रे-ऽ-ऽ-ऽ, मेरे दि-ल्ल में तू बसी-ऽ-ऽ है बन के नू-ऽ-ऽ-ऽ र...सु-ल-ता-ना रे-ऽ-ऽ-ऽ

सातवीं क्लास में सुलताना उसके बगल वाले टाट पर दरवाजे के पास बैठती थी। आते-जाते वह उसकी समीज के अन्दर झाँकने की कोशिश करता था। सुलताना

को सब पता था। वह सावधान हो जाती थी। समीज को पीछे से थोड़ा नीचे खींच देती थी। फिर उसकी निराशा पर मुस्कुराती थी।

आठवीं में पहुँचते-पहुँचते वह उसे रास्ते में देखकर गाने लगा था—सु-ल-ता-ना रे-ऽ-ऽ-

एक बार वह बाग से गुजर रही थी और वह कच्ची अमिया की लालच में गाना भूल गया था तो उसकी छोटी बहन घर तक ओरहन लेकर आ गई थी—आपा पूछती हैं, आज उनके नाम वाला गाना क्यों नहीं गाया?

आज वह सुलताना से क्या वादा कर सकता है? कहेगा—जिता दोगी तो तुम्हारी घोड़ी की नाँद पक्की करा दूँगा।

वापसी में बहुत खुश है जग्गू। कितनी खिली हुई है सुलताना! चाँद के गोले के बराबर है उसके चेहरे का गोला। उतना ही गोरा। चारों तरफ से हिजाब के घेरे में। जैसे अँधेरे में चाँद! अब भी हँसी में वही खनक है। दाँतों में वही चमक। कह रही थी—मतलब पड़ा तब सुलताना की याद आई? मतलबी कहीं के!

उसका मन कहता है, कहीं अकेले में बैठकर देर तक सुलताना के बारे में अच्छी-अच्छी बातें सोचता रहे। सड़क पर छलाँग लगाते हुए चलने का मन कर रहा है।

ठाकुर ने दो दिन पहले 'टीचर्स' की बोतल पकड़ाते हुए कहा था—मुंशी को दे आना।

दरवाजे पर सन्नाटा है। चारों तरफ अँधेरा। ओसारे में लम्बी खूँटी में टँगी लालटेन जल रही है जो थोड़ी-थोड़ी देर में भभकती है। जग्गू कुंडी खटकाता है।

मुंशियाइन निकलकर बताती हैं—अभी-अभी आए हैं। बैठो। भेजती हूँ।

वह पास पड़ी कुर्सी पर बैठ जाता है।

तनहा हैं दोनों परानी। एक बेटी थी, कब की ससुराल चली गई। लड़का कोई नहीं।

कहते हैं, कई लड़के हुए लेकिन कोई जिन्दा नहीं बचा। जग्गू को पता है, कचहरी में बड़ा रुतबा है मुंशी का। सारी बहस और कानूनी प्वाइंट खुद तैयार करते हैं और जिरह वाली तारीख पर किसी बड़े वकील का वकालतनामा लगवाकर बहस करा देते हैं।

मुंशीजी तौलिया से हाथ पोंछते हुए निकलते हैं। वह लपककर पैर छूता है।

—बस, बस।—मुंशीजी आशीर्वाद देने की मुद्रा में दोनों हाथ उठा देते हैं।

—कैसा चल रहा है?

—आपका आशीर्वाद लेने आया हूँ।—वह व्हिस्की की बोतल कुर्ते की जेब से निकालकर तिपाई पर रखता है।

—अरे, इसकी क्या जरूरत थी? डॉक्टर ने मना कर दिया है। अभी मुंशियाइन देखेंगी तो बिगड़ेंगी।—कहने के साथ वे खुद बोतल उठाकर तिपाई के नीचे छुपा देते हैं।

—बाजार वाली जमीन रेहन रख दिये?

—आपको कैसे पता चला?

—मेरी गवाही कराने लाए थे।

—क्या करता! खर्च इतना बढ़ गया कि...मुन्दर अथाह पैसा खर्च कर रहा है।

—डेढ़ लाख में रखना दिखाया है?

—हाँ।

—पूरा पैसा मिल गया?

—अभी तो ठकुराइन के पास पचास हजार ही थे। पचीस ठाकुर ने अपने भंडारे के लिए रख लिए, पचीस मुझे दिया है। बाकी बैंक से निकालकर देंगी तो कम्बल बाँटा जाएगा। बस, यही डर लग रहा है कि हार गया तो कहाँ से पटाऊँगा?

—हारोगे तो नहीं। लेकिन अगर तकदीर ही टेढ़ी हो जाए तो बेचकर पटा देना। आठ लाख से कम न मिलेंगे।

—बेच कैसे सकते हैं, जब तक रेहन न छुड़ा लें?

—बात तो सही है। मांस बाघ के मुँह में डाल चुके हो। लेकिन जरूरत पड़ेगी तो रास्ता निकाला जाएगा।

—कैसे?

—बेचने के पहले रेहन पटाना जरूरी है भी और नहीं भी।

—कैसे?

—पहले पटा सको तब तो ठीक ही है। नहीं तो बेचकर पैसा अपने खाते में डालो। फिर निकालकर रेहन पटाओ और खरीददार को मौके पर कब्जा दे दो।

—रेहन रहते बेच सकते हैं?

—रेहन माने कुछ नहीं। सरकार ने रेहन गैरकानूनी कर दिया है। यह तो आपसी समझ से चलता है। तुम उनका पैसा न लौटाओ तो वे तुम्हारी जमीन थोड़े हथिया सकते हैं।

—ओ!—जग्गू की आँखों के कोये फैल गए।

—सच पूछो तो तुम्हें यह जमीन दोनों हालत में बेचनी होगी। पूछो, क्यों?

जग्गू उनका मुँह ताकने लगा।

—हार गए तब तो रेहन पटाने के लिए बेचना पड़ेगा। जीत गए तब भी बेचना होगा। वह इसलिए कि नाहरगढ़ का परधान बनने के बाद तुम्हें गड़ही के किनारे की उस झोपड़िया में रहना शोभा नहीं देगा। सड़क के किनारे ग्राम समाज की एकाध

बीघा जमीन का बाप के नाम आवासीय पट्टा कराओ और बाजार की जमीन बेचकर पट्टे की जमीन पर आलीशान घर बनवाओ। जमीन बेच दोगे तो कोई यह भी नहीं कहेगा कि परधानी की लूट से बनवाया है और जितना चाहोगे, इसमें परधानी की काली कमाई भी खप जाएगी।

—बाप रे!—थोड़ी देर तक तो जग्गू के मुँह से आवाज ही नहीं निकली—कितना कानून भरा है इस बुड्ढे की गंजी खोपड़ी में!

—और सुनो, जमीन जब कहोगे, बिकवा दूँगा। मुँहमाँगे दाम में।

जग्गू झुककर दोनों हाथों से मुंशी के पैर पकड़ लेता है।

—हमेशा आपकी शरण में रहूँगा मुंशीजी। जिस तरह आप सबका भला सोचते हैं, सबको राह दिखाते हैं, वैसा कौन करता है आज के जमाने में!

बाहर भले मुंशीजी की बुद्धि और कानूनी ज्ञान की तूती बोलती हो लेकिन गाँव में तो दाँतों के बीच में जीभ की तरह ही रहना पड़ता है। सबसे मिलकर, बनाकर चलना उनकी मजबूरी है। सबके भले के लिए एक-दो प्वाइंट बताते रहते हैं तो गाँव-देश में मान-सम्मान मिलता है। अपना अपमान और तिरस्कार भी सही मौका आने तक कलेजे में दबाकर रखना पड़ता है।

मुंशीजी को ठाकुर के बाप का तीस-पैंतीस साल पुराना गुस्से से फनफनाता चेहरा याद आ रहा है। चकबन्दी के दौरान उनके घर के सामने की 'मतरूक' जमीन पर कब्जे को लेकर हुए विवाद में लाल-लाल आँखें निकालकर दाँत पीसते हुए चिल्लाया था—खबरदार जो इस जमीन पर कब्जे की सोचा। गोड़ काटकर हाथ पर रख देंगे। लाला लूली किस खेत की मूली?

वे आँखें और वे बोल मुंशीजी के कलेजे में नासूर बनकर गड़े हैं।—अब समझ में आएगा बेटा कि जब मूली अटकती है तो कितना कल्लाती है।

—जब इतनी 'किरपा' है तो कोई ऐसी दाँव बताइए चाचा कि जीत पक्की हो जाए।

—बैजनाथ बाबा से मिले कि नहीं?

—वे तो पदारथ के खानदानी हैं। वे पदारथ के खिलाफ कैसे जाएँगे?

—खुलेआम नहीं जाएँगे लेकिन वोट तो ओट में दिया जाता है।...फौरन मिलो।

—क्या कहूँगा?

—कुछ कहने की जरूरत नहीं। जो मन में आए सो कहना। बस, अकेले में मिलकर हाथ जोड़ लेना।...पदारथ ने उनका आधा रास्ता घेरकर दालान की नींव डाल दिया है। उनका रास्ता घटकर तीन फीट की कोलिया बन गई है। जीप-कार का दरवाजे तक आना-जाना बन्द। उनका खूँटा पदारथ के बेटे ने उखाड़कर मंडार में फेंक दिया था। यह बात जीते-जी बुड्ढे को नहीं भूलेगी। अभी घाव ताजा है। जाओ, अपने सत्रह-अठारह वोट पक्के कर लो।

घर जाते हुए जग्गू की खोपड़ी भाँय-भाँय कर रही है। कैसे-कैसे साँप, बिच्छू भरे हैं गाँव की खोह में! जब तक काट न लें, पता ही नहीं चल सकता।

बैजनाथ बाबा दिशा-मैदान के लिए मुँह अँधेरे जंगल की ओर जाते हैं। फिर ताल पर आकर लोटा मटियाते हैं। जग्गू ताल के पास झरबेरी के झाड़ के पीछे मुँह अँधेरे ही आकर खड़ा हो गया है। जैसे ही बाबा मुँह का कुल्ला फेंककर कान का जनेऊ उतारते हुए आगे बढ़ते हैं, वह सामने आकर साष्टांग लेट जाता है—बरदान चाहिए बाबा।

—कौन है रे? जगुआ? इतने भिनसारे?

जग्गू उठकर हाथ जोड़ता है—अपने कुल-खानदान की तरफदारी तो दुनिया करती है बाबा लेकिन आदमी वह है जो न्याय का पक्ष ले। भीखम पितामह जैसे ब्रह्मचारी बलधारी के साथ क्या हुआ? अन्यायी का साथ देने के चलते छह महीने तक न जीने में रहे न मरने में। आप के भतीजे पदारथ भी इस गाँव के दुरजोधन हैं। उन्होंने गाँव वालों के साथ कम अन्याय नहीं किया है। उनका आदमी जीत गया तो फिर करेंगे। इसलिए अन्यायी का साथ मत दीजिए। इस बार मुझे जिताइए। मैं तन-मन-धन से आपके साथ रहूँगा।—वह सिर झुका देता है।

—तू तो बड़ा चतुर है रे! किसने भेजा मेरे पास?

—गरज ने, बाबा। और कौन भेजेगा?

—हा-हा-हा-हा!—ठठाकर हँसे बाबा। खाँसी आ गई।

—तू तो खलीफा हो गया रे। जा, मेरा आशीर्वाद तेरे साथ है।

जैसे-जैसे पोलिंग की तारीख नजदीक आ रही है, चुनाव का बुखार तेज हो रहा है। रबी की पहली सिंचाई हो गई। अब खेती में ज्यादा काम नहीं। गन्ना काटकर तौलाई सेन्टर पर भेजने में जितना समय लगे। जानवरों का चारा-पानी करके लोग 'कनविंस' करने और 'कनविंस' होने के लिए निकल पड़ते हैं। जिनके खूँटे पर कोई जानवर नहीं है, वे तो परम स्वतंत्र हैं। जिस भंडारे पर पहुँचेंगे, वहीं खाना-पीना, इफरात। अब रात ग्यारह-बारह से पहले शायद ही कोई घर वापस लौटे। इतने पर भी दावे के साथ कौन कह सकता कि किसका वोट किसके खाते में जाएगा।

अस्सी साल की बूढ़ी अन्धी इतवारी लाठी से रास्ता टटोलते हुए चार-पाँच दिन से भोर में ही आकर जग्गू के दरवाजे पर बैठ जाती है। उसका बेटा अपनी मेहरारू लरिका के साथ परदेस रहता है। पिछले साल आया तो माँ से कह गया था कि हर महीने सौ रुपए भेजा करेगा। चार महीने तक पैसा मिला फिर बन्द हो गया। इतवारी दो बार कोस भर दूर डाकखाने तक गई। दिन भर बैठी रही लेकिन पैसा नहीं मिला। उसे यकीन है कि बेटा पैसा भेजता है लेकिन चिट्ठीरसा देता नहीं, दबा लेता है।

पदारथ से कहने पर वे हँसने लगते हैं। उसका कहना है कि जग्गू चाहे तो उसका वोट अभी ले ले लेकिन डाकखाने चलकर उसका पैसा दिला दे।

फुलझारी के दुआर पर सुबह-शाम औरतों का मेला लगता है। किसी को विधवा पेंशन चाहिए, किसी को बुढ़ापा पेंशन। कमर में लाल चुनरी बाँधे फुलझरिया बायाँ हाथ कमर पर रखकर दाहिने हाथ को हवा में चमकाती है—पदारथ ने तेरह औरतों को बिधवा बनाया है। मरद आछत बिधवा! उन्हें फर्जी पेंशन दिला रहे हैं। और तो और, अपनी सगी पतोहू को बिधवा दिखा दिया है। कोई पूछे भला कि बिधवा है तो गोद में चार महीने की बेटी किसकी है? जग्गू और मुन्दर में इतनी हिम्मत है कि ठाकुर-बाभन टोले की फर्जी बिधवाओं की पेंशन रोक सकें? जीतते ही मैं यह जालबट्टा बन्द कराऊँगी।

फुलझरिया का टेम्पो देखकर ठाकुर और पदारथ दोनों की सिट्टी-पिट्टी गुम है।

जग्गू की बिरादरी के चार-पाँच लड़के डमी बैलेट पेपर लेकर घर-घर घूम रहे हैं।

—चाची। इस पर्चे में अपना चुनाव चिन्ह पहचानिए।

चाची कुछ देर तक ढूँढ़कर कुर्सी पर उँगली रखती हैं। लड़के हक्का बक्का—यह थोड़े। यह तो मुन्दर का निशान है। अपने जग्गू काका का निशान पहचानिए।

—हमैं का पता? तुम बताओ।

—ई देखौ घंटी। अब न भुलाइउ। ए भौजी, तुम पहचानो।

भौजी हँसते-शरमाते पर्चा देखती हैं—ई है घंटी।

—हाँ, भौजी, तुम तो पहचान लीं।

—तो हम पास हो गए देवर?—हँसती हैं। लड़के हँसते हैं।

मुसलमान टोले में मकबूल का बारह साल का लड़का और एक भतीजा घूम रहा है। जो भी मिले, बैलेट पेपर दिखाकर पूछते हैं—कहाँ है घंटी?

घंटी खोजना मुश्किल।

—ए बबलू। ई जगुआ को हाथी काहे नहीं मिला? साफ-साफ दिखाई पड़ता।

—हाथी इस इलेक्शन में नहीं मिलता खाला। हाथी बड़के इलेक्शन में लड़ता है। बड़की लड़ाई।

—नाहीं रे। कंजूरा है। पइसा नहीं खर्च किया होगा। देखु, मुन्दरवा कुर्सी रखि गवा है कि नाही! ऊ कुर्सी पाइ गवा।

—ए खाला। कुर्सिया पे बइठो मगर मोहरिया घंटिया पे लगावै का है। इहै बड़े मियाँ पास किए हैं।

—बड़े मियाँ की नबाबी चल रही है क्या रे?

बाजार के दुलीचन्द अगरवाले ने एक बार कहा था—अपने गाँव के बदलुआ की जमीन दिलाइए मुंशीजी। आपका कमीशन नहीं मारूँगा।

मुंशीजी जानते हैं कि यह जमीन मिल जाए तो अगरवाल के कोल्ड स्टोरेज की लोकेशन सही हो जाएगी। गले में हड्डी की तरह फँसा है बदलुआ। दुलीचन्द की कोठी पर देशी घी से तर सूजी का हलवा चाभते हुए आश्वस्त करते हैं मुंशीजी—अस्सी नहीं, सिर्फ पचहत्तर फीट का दाम देना होगा आपको। पूछो, कैसे? मैं समझाता हूँ। एक तरफ तीन फीट आपने दाब रखा है। दूसरी तरफ दो फीट दूसरे ने। मौके पर बची पचहत्तर फीट। इस पचहत्तर फीट का दाम बदलू के खाते में डालना होगा। जो तीन फीट पहले से आपके कब्जे में है, उसका दाम मेरे खाते में जाएगा। पैमाइश कराने के बाद दूसरी साइड का जो दो फीट निकलेगा, वह आपको फिरी में मिल जाएगा।

—लम्बाई कितनी है?

—एक सौ दो फीट।

—इतनी तो नहीं लगती।

—हो सकता है, पीछे वाले ने भी कुछ दबा लिया हो! मगर आपको जितना खतौनी में दर्ज है, पूरा दिलाएँगे। यह देखिए...वे जेब से गोल-गोल मुड़ा हुआ ट्रेस्ड नक्शा निकालकर खोलते हैं—पूरा ले-आउट मेरी जेब में है। मूल जमीन बारह आने मालियत पर दो बिस्वा से डेढ़ डिसमल ज्यादा थी। सामूहिक कटौती के बाद चार आने मालियत पर बैठने से रकबा बना छह बिस्वा यानी 1361×6=8166 वर्ग फीट। चौड़ाई अस्सी है तो लम्बाई कितनी होगी, खुद भाग देकर देख लीजिए।

—रेट?

—मेरा कमीशन दो परसेंट। रेट जो आमने-सामने बैठकर तय हो जाए।

—रेट कायदे का लगवाइए तो सोचें।...एक बात और। हरिजन की जमीन खरीदने पर तो रोक है। परमीशन का लफड़ा होगा।

—जमीन पर रोक है न, आप मकान लिखवाइए।

—जमीन को मकान कैसे लिखा लेंगे?

—अरे भाई, खँडहर लिखाया जाएगा।

दुलीचन्द मुंशीजी का मुँह ताकने लगा।

—हाँ, भाई। जो उसकी झोपड़ी है, समझो, वह पुराने मकान का खँडहर है। आपने खंडहर की रजिस्ट्री कराई और कब्जा लेकर उसे जमींदोज कर दिया। मौके पर जमीन बची रह गई। जो चाहे आकर देख ले।

—खारिज दाखिल हो जाएगा?

—न भी हो तो क्या? उसके खाते में पैसा चला गया। बाप-बेटे ने मौके पर कब्जा दे दिया। जमीन आपकी बाउंड्री के अन्दर हो गई। खेल खत्म।...आप भी

अगरवाल साहब, दुनिया चराकर बैठे हैं और हमसे पहाड़ा पूछ रहे हैं। अरे, परमीशन के लफड़े से डराया जाएगा तभी तो मनमाफिक रेट पर मिलेगी।

पैसा हाथ में आ जाने से जग्गू के भंडारे की रौनक बढ़ गई है। चार-पाँच नचनिया रिश्तेदार आ गए हैं। खाने-पीने के बाद नाच जमी है। औरतों-बच्चों का मेला जुट आया है। अलाव में मोटी-मोटी लकड़ियाँ डाल दी गई हैं। आग की लाल-पीली लपटें घटती-बढ़ती रोशनी का पैटर्न बना रही हैं। मृदंग की थाप और झाँझ की झैंयक-झैंयक। बीच में सिंघा बाजा की धू-तू, धू-तू। आधे दर्जन नर्तक-नर्तकियों की दाएँ-बाएँ हिलती कमर सिर के झूमने के साथ ताल मिला रही है। आज होश में रहने का क्या काम? नाचते-नाचते लेट जा रहे हैं। कुछ लेटे हुए उठने की नाकाम कोशिश कर रहे हैं। बदलू और उसका उससे भी बूढ़ा साला एक दूसरे से सिर जोड़े पंजे मिलाए नाचते-नाचते झुके जा रहे हैं :

कटै द्या गोस रोटी कटै द्या गोस रोटी
आवै द्या शराब कटै द्या गोस रोटी

[आती रहे शराब। कटती रहे गोस्त रोटी।]

कहिलौ महिलौ...हुड़ुक दहितवा...
कहिलौ महिलौ...हुड़ुक दहितवा...

बदलू को नशे में कमर मटकाता देख जग्गू की बूढ़ी माँ पोपले मुँह से हँस रही है।

पोलिंग के चन्द दिन बचे हैं। गाँव का माहौल पूरी तरह गरम हो गया है। ठाकुर ने आज पूरी ठकुरइया को न्योता है। केवल बिरादरी भोज। गढ़ी का जंग लगा जर्जर फाटक बन्द कर दिया गया। बीच में अलाव जलाया गया है। दोनों तरफ दो गैस बत्तियाँ। दो मेजों पर मीट और मुर्गे के देग और चिखना। एक चौकी पर दारू का क्रेट और पानी की बाल्टी।

रामसिंह लपक-लपककर सबके गिलास भर रहा है। हड्डियाँ कड़कड़ा रही हैं। गिलास टकरा रहे हैं। खोपड़ी सनक रही है। जबान बमक रही है। बात चलती है कहाँ से और पहुँच जाती है कहाँ?

—...वाह, बहादुर, वाह...जमीन भी लिया, परधानी भी लेंगे। बजावे बैटा ठन ठन गोपाल...

—...सरकार बुजरी करती रहे वहाँ बैठकर रिजरवेशन। यहाँ उसकी इस्कीम में पलीता लगाने वाले हम लोग कम हैं क्या?

—...अच्छा, बाबू भवानी बकस सिंह, आप तो पालिटिक्स पढ़ाते हैं, ऐसा नहीं हो सकता कि जीते कोई भी साला, उसे पकड़कर अपने नाम मुख्तारनामा लिखाओ...क्या कहते हैं उसे अंगरेजी में?

—पावर ऑफ एटार्नी...

—हाँ, वही। फिर ठाँस के परधानी करो।

—...उससे अच्छा कि बेचीनामा लिखा लो। पकड़ बेटा एक लाख और लिख परधानी मेरे नाम। बस्ता मोहर रखकर फूट...

—ठाकुर होकर बेची-खरीदी क्यों करेंगे? दो लाठी मारकर छीन नहीं लेंगे?

—आप लोगों पर ज्यादा चढ़ गई है। ऐसा कहीं हो सकता है?

—क्यों नहीं हो सकता? क्या नहीं हो सकता? बुलाओ मुंशिया को। ससुरा साँझ से ही मुंशियाइन के लहँगे में घुस जाता है। बुढ़ापे में भी अलग नहीं सो सकता। बुलाओ, 'कायस्थ बुद्धी' लगाकर कोई रास्ता निकाले।

लहँगे में घुसना कब का छूट गया लेकिन घुसने की कल्पना करके अधगंजे सर के सफेद बाल भी परपराकर खड़े हो जाते हैं।

—कैसा जमाना आ गया!—एक डूबी हुई आवाज उभरती है—राजशाही के साथ ठकुरई भी चली गई।

—फिर राजशाही आने वाली है बाबा। एक बहुत लम्बी दाढ़ी वाले ज्योतिषी ने भविष्यवाणी किया है।

—क्या-या-या... ?

—हाँ, कलजुग के आखिरी चरन में एक दिन ऐसा आएगा जब एमपी, एमेले की सारी सीटों पर खूनी-कतली लोगों का कब्जा हो जाएगा। तब सब मिलकर 'देसवा' का बँटवारा करेंगे। उस बँटवारे में हम लोगों को भी हिस्सा मिलेगा...

—वाह, बाबू झल्लर सिंह। 'बिलायती' की झोंक में कितनी ऊँची बात बोल गए।

भवानी बकस सिंह की लड़खड़ाती आवाज अचरज में डूबी है—क्लेप्टोक्रेसी-ई-ई! क्लेप्टोक्रेसी-ई-ई-ई!

—ए रमुआ...पुचुर-पुचुर दो-दो घूँट क्या डालता है बे...भर पूरा गिलास ऊपर तक...और डाल...और...बहता है तो बहने दे...तू डालता रह...

ठाकुर डर रहे हैं कि चंडूखाने की यह गप्प बाहर गई तो हुआ बँटाढार।

—...अंय, बोटी खतम? प्याज भी? का बाबू दलगंजन सिंह, इसी सहूर से परधानी करोगे?

—धात्त!—नीम के पक्के चबूतरे से टकराकर गिलास के सौ टुकड़े हो जाते हैं।

पोलिंग से तीन दिन पहले पदारथ ने इन्द्रजाल फेंका। चुनाव घोषित होने से कुछ दिन पहले तालाब का जीर्णोद्वार हुआ था। तीस-पैंतीस लोगों की बीस-बाइस दिन की मजदूरी बकाया है। पदारथ का कहना है कि 'हाजिरी' बनाकर 'ऊपर' भेज

दी गई है। पास होकर आती, इसके पहले चुनाव घोषित हो गया इसलिए पेमेंट फँस गया। अगर नया परधान जीत गया तो पूरा पेमेंट कैंसिल करा सकता है। पेमेंट लेना है तो मेरे आदमी को जिताइए। जिताने पर पेमेंट की गारंटी है। हारने पर कोई गारंटी नहीं।

पदारथ के आदमी मजदूरों को अलग-अलग समझा रहे हैं—एक वोट की ही तो बात है। उसके चलते दो-ढाई हजार रुपए पानी में डालने से क्या फायदा? वोट का क्या अचार डालोगे?

ऐन मौके पर तुरूप चाल। सुनकर ठाकुर घबराए। दोपहर से ही अपनी कोठरी की साँकल अन्दर से बन्द करके जाने कहाँ-कहाँ मोबाइल मिलाते रहे। अँधेरा होने पर बाहर निकले तो रामसिंह को बुलाकर कहा—ब्लाक ऑफिस जाकर जनार्दन बाबू से मिलो, अभी तुरन्त। कहना, नाहरगढ़ के दलगंजन सिंह ने भेजा है। उन्हें यह लिफाफा दे देना। वे कुछ पेपर देंगे। उनकी पचास-साठ फोटो कापियों का सेट बनवाकर लाना है। आज ही चाहिए।

रात ग्यारह बजे शाल लपेटे, कान बाँधे, नाक से पानी चुआते रामसिंह की मोटर साइकिल ट्यूबवेल घर की ओर मुड़ती है तो उसकी हेड लाइट में ठाकुर मंकी टोपी लगाए ओसारे की चारपाई पर बैठे इन्तजार करते दिखाई पड़ते हैं।

रामसिंह ठंड से अकड़ी उँगलियों पर फूँक मारते हुए सफाई देता है—जनार्दन बाबू ने कागज बहुत देर से दिया। फिर शहर जाने, दुकान खुलवाने, जनरेटर चलवाने में बड़ा समय लग गया।

ठाकुर को कुछ सुनाई नहीं पड़ता। वे टार्च की रोशनी में देर तक पेपर पढ़ते हैं—गुड्ड। तुरूप का जवाब तुरूप का इक्का।

सबेरे ठाकुर खुद, रामसिंह, जग्गू और जग्गू के टोले के दो लड़के फोटोस्टेट कागजों का सेट लेकर गाँव भर में फैल गए। जग्गू ने एक सेट मकबूल के पास भेजवाया और ठाकुर से उसकी बात करा दी।

घंटे भर में पूरे गाँव को पता चल गया कि पक्की सड़क से मुसलमान टोले तक के करीब आधा कि.मी. और हरिजन टोले के करीब ढाई-तीन सौ मीटर लम्बे कच्चे रास्ते पर कागजों में दो साल पहले ही खड़ंजा बन गया है।

—लीजिए, अपनी आँख से पढ़ लीजिए आप लोग। यही हैं भुगतान किए गए बिलों की फोटो कापियाँ।...और मौके पर? एक भी ईंट लगी हो तो बताइए। चार लाख सत्तर हजार रुपए पूरे के पूरे हजम। लोग दस-बीस परसेंट खाते हैं। चग्घड़ से चग्घड़ विधायक भी विधायक निधि का पचास परसेंट से ज्यादा नहीं खा पाता। लेकिन आपका परधान सौ का सौ परसेंट हजम कर गया। अब आप लोग खुद फैसला करें...

परदेस रहने वाले वोटरों को कई उम्मीदवारों ने चिट्ठी लिखकर बुलाया है। सबने लिखा था—आने-जाने का खर्चा मेरे जिम्मे। सभी जानते हैं कि गुजरे गवाह

और लौटे बराती का कोई पुछत्तर नहीं होता। गुजरा वोटर भी इसी श्रेणी में आता है। इसलिए पोलिंग के पहले वे अपना किराया-भाड़ा वसूल पाना चाहते हैं। किसी एक से नहीं। हर चिट्ठी लिखने वाले से।

—अगले परधानी चुनाव तक एक वोट की कीमत पाँच हजार रुपए हो जाएगी। इस बार पाँच सौ फी वोट तो दे दीजिए। सिर्फ किराया भाड़ा देकर पल्ला झाड़ लेंगे?

—पहले कुछ कमाने का मौका तो दीजिए काका। अगली बार मुँहमाँगा देंगे।

इतने लम्बे जनसम्पर्क से हर उम्मीदवार जान गया है कि वह कितने पानी में है। मुन्दर ने तो अपनी ओर से पूछकर, जिसने जो रकम बताई, उसमें पाँच सौ रुपया जोड़कर दे दिया। जग्गू से भी जिसने जितना बताया, पा गया। लेकिन जिन्हें जीतने की कोई आशा नहीं है, वे टाल-मटोल कर रहे हैं। जो कुछ जेब में बचा रह जाए, वही अच्छा।

पोलिंग से एक दिन पहले मुँह अँधेरे हल्ला मचा—फुलझरिया दल्लू के बेटे शंकर के साथ बंसवारी में पकड़ी गई।

दिशा-मैदान का समय। सारा गाँव ही बाहर था। लोग दौड़े—क्या हुआ? क्या हुआ?

फुलझरिया ने कसकर एक तमाचा शंकरवा के गाल पर जड़ा और गाँव के पिचालियों को ललकारती अपनी राह चली गई। किसी की हिम्मत उसके सामने पड़ने की नहीं हुई। लेकिन भागते हुए शंकर को लोगों ने दौड़ा कर पकड़ लिया। लगे पिटाई करने।

पाँच सौ रुपए के बदले शंकर केवल इतना करने को तैयार हुआ था कि वह बंसवारी से लौटती फुलझारी बुआ के सामने पल भर के लिए खड़ा हो जाएगा। तभी पहले से 'सधे बधे' लोग दोनों को घेरकर हल्ला मचा देंगे।

पदारथ को यह जानकर बड़ी राहत मिली कि पिटने के बावजूद शंकर ने उनका नाम नहीं लिया। नहीं तो बड़ा अनर्थ हो जाता।

—बड़ी छतीसी औरत निकली गुइयाँ। औरतों का झुंड दाँतों तले उँगली दबा रहा है।

—कब से है यह आशनाई? किसी को भनक तक नहीं लगी।

—कहाँ चालीस-पैंतालीस की फुलझरिया, कहाँ बीस-बाईस का शंकरवा! दूने की चोट। माई रे!

—इसीलिए मूसल जैसा मनसेधू छोड़कर नैहर में डेरा डाले पड़ी है।

स्कीम भले पदारथ ने बनाई लेकिन बदनामी फैलाने में ठाकुर के आदमी भी जुट गए हैं।

फुलझरिया के दोनों भतीजे लाठी लेकर शंकरवा को खोज रहे हैं।

पोलिंग पार्टी आ गई। बिना खिड़की-दरवाजे वाले प्राइमरी स्कूल के खुरदरे फर्श पर प्लास्टिक की सीट बिछाकर सबने डेरा डाल दिया। घंटे भर के अन्दर ठाकुर और पदारथ के घर से चाय, बिस्कुट और पकौड़ियाँ आ गईं। पीठासीन अफसर कहता है—नहीं, नहीं। चुनाव आयोग का सख्त निर्देश है। मतदानकर्मी किसी उम्मीदवार से खाने-पीने की कोई चीज नहीं ले सकते।

—लेकिन साहब, हमारा भी तो कोई फर्ज बनता है। आप हमारे गाँव के मेहमान हैं। मेहमान भूखे रहेंगे क्या?

पार्टी में साल-भर के बच्चे वाली एक सुन्दर महिला भी है। बहुत उदास है। लाख जतन के बाद भी वह अपनी ड्यूटी नहीं कटवा सकी। सभी महिला को देख-देखकर बच्चे से प्यार जता रहे हैं। उसके पीने के लिए दूध आ गया है।

—ए, टेंट उखाड़ो। बर्तन-भांड़े हटाओ। भंडारा खत्म। सेक्टर मजिस्ट्रेट राउंड पर आने वाले हैं।...हिसाब-किताब परसों होगा। पोलिंग के बाद। कहीं भागे जा रहे हैं क्या?...

पीठासीन अधिकारी का 'सरनेम' नहीं पता लग रहा है। कैसे पटाया जाए? सात बजे के करीब ठाकुर और पदारथ के घर से पूड़ी-सब्जी के टिफिन आ जाते हैं। रामसिंह पीठासीन अधिकारी के कान में धीरे से पूछता है—साहब 'लालपरी' चलेगी?

रात दस बजे के बाद पदारथ की दालान से तीन लोगों की दो टोलियाँ निकलती हैं। पहली टोली के हाथ में छानबे चउवा के जनेऊ और दूसरी के हाथ में बानबे चउआ के। एक ब्राह्मण टोले में घुसती है, दूसरी बनिया टोले में। युद्ध के अन्तिम पहर में ब्रह्मास्त्र का प्रयोग। एक-एक घर के मुखिया को जगाकर जनेऊ अर्पण और गुहार—अब तक पदारथ ने जो भी सही-गलत, स्याह-सफेद किया, उसे भूल जाइए। शिकवा-शिकायत भूल जाइए। जोड़ा जनेऊ की इज्जत दाँव पर है। इसकी इज्जत बचाइए।

बनिया टोले में एक पद और—ब्राह्मणों की महिमा इस कलजुग में महाजनों के बल पर ही टिकी है आज तक। इस बार भी इसकी रक्षा कीजिए।

बादल हैं। रात से ठंडी हवा चल रही है। फिर भी सबेरे आठ बजे ही बूथ पर लम्बी लाइन लग गई। जग्गू अपनी जोरू और मुन्दर अपने बेटे के साथ सात बजे से ही एक-एक वोटर को घर से निकालने में लगा है।

अन्दर सारे एजेंट चौकन्ने हैं। जरा-सा सन्देह होते ही चैलेंज करो। बाहर बच्चा-बच्चा सतर्क है—विरोधी पार्टी कोई फर्जी वोटिंग न करा दे। साथ ही अपने

पक्ष में फर्जी वोटिंग के लीकप्रूफ तरीके खोजे जा रहे हैं। फर्जी वोटिंग सबेरे-सबेरे हो जाती है या शाम को सबके थक जाने के बाद।

औरतों का झुंड लाइन में लगा है। ज्यादातर घूँघट वाली दुलहिनें। एक एजेंट ने टाँका भिड़ा लिया है। वह कहता है—साहेब, जरा जल्दी करा दीजिए। दुलहिन बलहिन हैं। घर पर छोटे बच्चे रो रहे होंगे।

इस झुंड में कुछ महिलाएँ घूँघट निकालकर दूसरे के नाम पर वोट देने आई हैं। उन औरतों के बोलने से पहले एजेंट ही उनका नाम बता देता है। थोड़ी देर तक एजेंटों में काँव-काँव होती है फिर शान्ति छा जाती है।

महिला पोलिंग अफसर थोड़ा मेहरबान लगती है। वह भरसक ऐसी दुलहिनों की उँगली पर अमिट स्याही का निशान नहीं लगाएगी। लगाएगी भी तो जरा-मरा। दोपहर बाद जब साड़ी बदलकर अपने असली नाम से वोट देने आएगी तब लगाएगी। गाँव की जो लड़कियाँ ससुराल में हैं, जो बहुएँ मायके में हैं, जो लोग परदेस में हैं, किसी का वोट छूटना नहीं चाहिए।

दूसरी पार्टी ने दूसरा रास्ता निकाला है। पर्ची बाँटने वाले टेंट से थोड़ा पहले गली के मोड़ पर एक किशोर अपने खास वोटरों की पहली उँगली पर गूलर का दूध पोत रहा है। इसी पर पोलिंग के समय स्याही लगेगी। गूलर के दूध के ऊपर लगाने पर अमिट स्याही 'अमिट' नहीं रह जाएगी। जरा-सा रगड़ते ही दूध की परत के साथ निकल आएगी। अब यह उँगली दुबारा वोट देने के लिए 'रेडी' है।

वोटर लिस्ट से खाला का नाम ही गायब है। पीठासीन अधिकारी को अपना वोटर आईडी कार्ड दिखाकर देर तक चिरौरी की, फिर लड़ीं। वह बार-बार हाथ जोड़ता रहा। बूथ के बाहर घंटे भर तक अदृश्य को सरापने के बाद लाठी टेकती लौट गईं।

सफेद दाढ़ी-मूँछ की खूटियों और सन जैसे सफेद बिखरे बालों वाले पहाड़ी बाबा झिलंगा खटिया पर बैठे धूप सेंकते मुँह में बचे आखिरी तीन लम्बे पीले दाँत दिखाते रिरिया रहे हैं—ए भइया, कोई हम्मै भी लै चलो। हम भी दे आवें।

जग्गू सबेरे-सबेरे आया था। कह गया कि अभी ले चलेंगे। लेकिन लगता है, भूल गया। बूढ़ा उधर से गुजरने वाले हर आदमी को टेर रहा है—ए भइया...

बूढ़े की पतोहू अन्दर से निकलकर डाँटती है—एकदम्मै सठिया गए हैं क्या? कबर में पाँव लटकाएँ हैं और वोट देने के लिए मरे जा रहे हैं।

कन्धे पर बैठकर वोट डालने जाने की 'इच्छा' खाली चली जाएगी क्या?

लड़ते-झगड़ते चैलेंज करते एजेंटों और 'स्टान्च सपोर्टरों' के मुँह से तीन-चार बजते-बजते फिचकुर निकल आया है। सारी चिक-चिक, झाँय-झाँय ठंडी। कहाँ तक जान देंगे? होने दो जो हो रहा है।

आखिरी वक्त में फिर कोलाहल। सील होते बैलेट बाक्स के मुँह पर सब अपनी-अपनी सील लगाने को आतुर।

दोनों बक्सों को सँभालती पोलिंग पार्टी ट्रक पर लद गई। धुएँ का काला गुबार गाँव के मुँह पर मारता ट्रक गड़गड़ाता हुआ चल पड़ा।

खटिक टोले का गोलू साइकिल नचाते गाते हुए जा रहा है—

प्रजातंत्र को चोट दे गए।
मुर्दे आकर वोट दे गए।।

पहले तो लोग ध्यान नहीं देते। तुक्कड़ जोड़ता है। कवि सम्मेलनों में जाता है। कहीं सुन लिया होगा, गा रहा है। लेकिन फिर लोग चौकन्ने होते हैं। खुसर-पुसर होती है। थोड़ी देर में बात फैलती है कि साल भर पहले दिवंगत हुई पदारथ की अम्मा वोट डाल गईं। मुसलमान टोले की तीन 'मरहूमाएँ' भी डाल गईं। गजब।

काउंटिंग आठ बजे से है।

पन्द्रह-बीस दिन से रात-दिन दौड़ते-दौड़ते ठाकुर को हरारत आ गई है। ठंड से बचाव भी हो जाए और हनक भी बढ़ जाए इसलिए काउंटिंग में चलने के लिए बोलेरो बुक की गई है।

अगर शुभ समाचार रहा तो वापसी में चौराहे से जुलूस बनाकर गाँव में प्रवेश का मंसूबा बनाया गया है। बहुत दिनों बाद गढ़ी में जश्न मनाने का मौका आने वाला है।

जग्गू ठाकुर के दरवाजे पर नहा-धोकर पहुँचा तो बोलेरो आ गई थी लेकिन रामसिंह ने बताया—अभी तो बाबू साहेब उठे ही नहीं।

—क्यों?—दालान में जाकर खिड़की से झाँककर देखा, रजाई से सिर ढका है।

—लम्मरदार!—उसने पुकारा।

ठाकुर ने मुँह खोला। लेकिन जग्गू का चेहरा देखकर उनकी देह में सिहरन दौड़ गई। जूड़ी आएगी क्या?

—मेरी तबीयत ठीक नहीं है।—वे कमजोर आवाज में कहते हैं—तुम रामसिंह के साथ चले जाओ।

रात के रागने ने उनकी आवाज में कम्पन पैदा कर दिया है। सपना देखा कि जग्गू हाथी की नंगी पीठ पर बैठा उन्हीं की ओर आ रहा है। उसके हाथ में लम्बा अंकुश है। उनको देखकर अट्टहास करता है—तुम्हीं को खोज रहा हूँ ठाकुर। और हाथी उनकी तरफ दौड़ा देता है। निचाट मैदान में वे अकेले भागे जा रहे हैं लेकिन पैर ही नहीं उठते। पीछे हाथी की चिंग्घाड़। रामसिंह पहले ही भाग खड़ा हुआ।

उनकी धोती खुल गई है। धोती की लोंग लम्बी होकर पूँछ की तरह घिसट रही है। पैरों में लिपट रही है।

जगने के बाद भी उनकी साँस देर तक धौंकनी की तरह चल रही थी। वे रामसिंह को इस बात के लिए डाँटने जा रहे थे कि वह उन्हें अकेला छोड़कर भागा क्यों। लेकिन समझ गए।

वे बोलेरो वापस कर देते हैं। रामसिंह जग्गू को लेकर मोटरसाइकिल से चला जाता है। वे फिर लेट जाते हैं लेकिन सपने का असर डेढ़-दो घंटे में समाप्त होता है तो पछताने लगते हैं—चले जाना चाहिए था।

ग्यारह बजते-बजते बेचैनी बढ़ जाती है—काउंटिंग में भी बेईमानी हो सकती है। मौके पर जो पार्टी कमजोर होती है, उसी के वोट सबसे ज्यादा 'इनवैलिड' होते हैं।

वे रामसिंह को फोन मिलाकर सचेत करते हैं—इनवैलिड होने वाले अपने हर वोट पर हल्ला-गुल्ला करना और जब तक बैलेट पेपर फिर सील न हो जाए, वहाँ से हटना नहीं।

फिर हर आधे घंटे बाद रामसिंह को फोन मिलाते हैं—क्या पोजीशन है?

दोपहर बीतते-बीतते उन्हें ठकुराइन पर तेज गुस्सा आता है—पता नहीं अन्दर घुसी अकेले क्या सिंगार-पटार कर रही हैं! यह नहीं, आकर थोड़ी देर पास बैठें।

चार बजे रामसिंह बताता है—फुलझरिया आठ वोट से आगे चल रही है। उनका जी धक् से हो जाता है। फिर बड़ी देर तक रामसिंह का फोन नहीं मिलता।

अँधेरा होते-होते रामसिंह बताता है—मुन्दर पन्द्रह वोट से आगे है।

—बाप रे!—उनकी धड़कन बढ़ जाती है—हार जाएँगे क्या?—फिर पूछते हैं—मुस्लिम टोले के बक्से की गिनती हो गई?

—नहीं, अब शुरू हुई है।

वे ठकुराइन को आवाज देते हैं—जरा एक गिलास और प्याज, दालमोठ दे जाओ।

रामसिंह का मोबाइल स्विच ऑफ आ रहा है। जग्गू का मोबाइल नम्बर उन्होंने फीड नहीं किया। किया होता तो भी अब मिलाने की हिम्मत नहीं है। लगता है, जो नहीं होना था, वही हो गया। अच्छा किया जो जमीन कब्जे में कर लिया।

सात बजे के करीब जग्गू का फोन आता है—सात वोट से जीत गए, लम्मरदार।

—अरे वाह!—अब यह दूसरी तरह की धड़कन है—धाड़-धाड़...

वे मास्टराइन को गले लगाने के लिए दौड़कर आँगन में जाते हैं लेकिन उनके पास फर्श पर बैठकर महरिन की बेटी सब्जी काट रही है। उनके कदम थम जाते हैं। वहीं से बताते हैं—तुम्हारी विजय हो गई रानी। जरा नहाने के लिए पानी गरम करवाइए।

फिर लौटकर अपनी 'शेविंग किट' ढूँढ़ने लगते हैं।

जग्गू का फोन फिर आया—पदारथ चिल्ला रहे हैं कि बेईमानी हो गई। रिकाउंटिंग के लिए हाईकोर्ट तक जाएँगे।

—सुप्रीम कोर्ट तक जाएँ। कौन रोकता है? पदा-पदाकर झिलंगा कर देंगे। — उनकी भुजाएँ फड़कने लगी हैं—किस प्वाइंट पर कोर्ट जाएँगे सरऊ?

—उनके चौंतीस वोट इनवैलिड हुए हैं, अपने इक्कीस। चिल्ला रहे हैं कि फर्जी इनवैलिड करके हराया गया।

—चिल्लाने दो। पाँच साल तक चिल्लाते रहें। तुम प्रमाण-पत्र लेने के बाद ही हटना। और रामसिंह के मोबाइल का क्या हुआ?

—उसकी बैटरी डिस्चार्ज हो गई।

वे कुछ और पूछना चाहते थे कि कट गया।

जीत का प्रमाण-पत्र पकड़ते हुए जग्गू के हाथ काँप रहे हैं। वह छोटे से बेरंग कागज को सिर से लगाता है फिर ट्यूबलाइट के पास आकर पढ़ता है—प्रमाणित किया जाता है कि श्री जगत नारायण पुत्र श्री बदलू राम साकिन...नाहरगढ़...

जग्गू का विजय जुलूस पक्की सड़क से गाँव की ओर मुड़ा तो वे नहा-धोकर प्रेस किया हुआ कुरता, धोती, जाकिट, मोजा और काला पम्प शू पहनकर तैयार हो चुके थे। कंट्रोल में रहने की अन्दर से मिल रही चेतावनी के तहत दो पेग के बाद गिलास तखत के नीचे रख चुके थे।

विजय जुलूस दरवाजे पर आए तो उन्हें खुद माला पहनाकर जग्गू का स्वागत करना चाहिए।

—अरे!—वे ठकुराइन को आवाज देते हैं—भाई, रामसिंह तो है नहीं, किसे कहें! जरा सामने से दस-बारह गेंदे के फूल तोड़कर एक माला बना दो, प्लीज!

जब से उन्हें 'प्लीज' की ताकत पता चली है, ठकुराइन से कोई अप्रिय कार्य कराने के लिए वे इसी का सहारा लेते हैं—प्ली-ई-ई-ज!

राजगढ़ स्टेट की राजकुमारी ठकुराइन शिवराज कुँवरि आँखें तरेरकर देखती हैं।—यानी मैं माला गूँथूँगी? जगुआ के लिए?

—गूँथना पड़ेगा रानी।—ठाकुर आजिजी से कहते हैं—जमाने के साथ चलना पड़ेगा। समझो, वह नहीं, मैं जीता हूँ। असल में तो परधानी मुझे ही करनी है। वह ससुरा तो चिड़ी का गुलाम है।

ठाकुर उनके पास जाकर उनकी लम्बी केशराशि पर हाथ फेरने लगते हैं—वह जीत का जुलूस लेकर तुम्हारे दरवाजे पर आ रहा है।

कन्धे से पकड़कर वे ठकुराइन को पलंग से नीचे उतारते हैं।

उन्हें रामसिंह पर गुस्सा आ रहा है। जुलूस में शामिल होने के बजाय उसे सीधे घर आना चाहिए था। अभी आधा गाँव उनके दरवाजे पर बधाई देने जुटेगा। दो-चार डिब्बे मिठाई मँगवा लेते। कुछ पान, बीड़ी, सिगरेट। दस-बीस कुर्सियाँ...

वे खुद गैसबत्ती जलाने लगते हैं।

कितनी देर कर रहे हैं ससुरे? वहीं नाचते रहेंगे कि आगे भी बढ़ेंगे?

—अरे, जुलूस तो लगता है सीधे जग्गू के घर की ओर मुड़ गया!

ढोल-तासे की धमक अचानक उनकी छाती पर धमकने लगती है। सिंघा बाजा की आवाज डरावनी लगने लगी है।

वे बेचैन हो जाते हैं। रात का सपना याद आ जाता है—हाथी की चिंग्घाड़!

शिवराज कुँवरि हाथ में माला लिये उनसे एक कदम पीछे बगल में खड़ी हैं। वे उनकी ओर देखते हैं। उनका चेहरा भी झाँवा हो गया है। वे उनका हाथ पकड़कर खींचते हुए कहती हैं—जाने दीजिए हरामजादे को। दोगला निकला। आप अन्दर चलिए।

वे गुस्से में हाथ की माला सामने चौकी के नीचे फेंक देती हैं।

लेकिन थोड़े असमंजस के बाद तय करते हैं कि वे खुद जाएँगे। जाना ही होगा। एक लाख से ज्यादा 'इनवेस्ट' कर चुके हैं। बात बिगड़नी नहीं चाहिए।

घुटने टेककर वे चौकी के नीचे से माला निकालते हैं और कुर्ते की बगल वाली जेब में डाल लेते हैं। मंकी टोपी उतारकर फेंकते हैं और कुबरी लेकर निकल पड़ते हैं।

गोले दग रहे हैं। छुरछुरिया छूट रही हैं। सरगबान आकाश में छेद कर रहे हैं। दो पेट्रोमेक्स की रोशनी नाचने वालों के लिए कम पड़ रही है।

जग्गू को बीच में करके हाथ की बोतल नचा-नचाकर वही लड़के मटक रहे हैं जिनकी सूरत ठाकुर को पसन्द नहीं। प्रचार के दौरान ये लड़के एक बार भी उनके दरवाजे पर नहीं आए।

लंगड़ और बिदेशी टोले के पुराने नचनिया हैं। इनकी टक्कर आज भी कोई नौजवान नहीं ले सकता। लंगड़ के सिर पर लाल अँगोछा डालकर किसी ने घूँघट बना दिया है। एक पैर की भचक अलग समाँ बाँधती है। दोनों हाथ फेंककर मटक-मटककर गा रहे हैं—जग्गू जांबाज ने जग जीत लिया, दइया रे...

—नहीं-ई-ई-एक लड़का चीखता है—जग्गू नहीं, टाइगर। जीत गया भई जीत गया, जे.एन. टाइगर जीत गया!

ठाकुर बड़ी देर तक उपेक्षित से भीड़ के बाहर खड़े रह जाते हैं। कोई उनकी तरफ देख नहीं रहा। मन करता है, कुबरी उठाकर सीधे जग्गू की खोपड़ी पर...

नहीं। गाली और गुस्सा दोनों उनके खानदानी दुश्मन रहे हैं। इन पर काबू पाना होगा। पिताजी कहते थे—जब सब साथ छोड़ जाते हैं तो धीरज साथ देता है।

वे भीड़ को चीरते हुए सीधे जग्गू के सामने आ जाते हैं। जेब से माला निकालकर उसके गले में डालते हैं और उसे अपनी भुजाओं में भर लेते हैं। देर तक भरे रहते हैं। जकड़ से छूटते ही जग्गू अपने गले की माला निकालकर ठाकुर के गले में डाल देता है।

बाजे की लय थोड़ी भंग होती है फिर तेज हो जाती है। एक लड़का लड्डू का डिब्बा उनकी ओर बढ़ाता है। वे एक लड्डू उठाकर मुँह में डाल लेते हैं। दूसरा लड़का उन्हें पानी का गिलास पकड़ाना चाहता है लेकिन वे टाल जाते हैं।

—पानी नहीं पिएँगे? पीजिए।

ठाकुर अनसुना करके मुँह घुमा लेते हैं। लेकिन वह बदमाश फिर आगे आ जाता है। ठाकुर उसे घूरते हैं। हाथ से मना करते हैं।

—जब आप हम लोगों के गिलास का पानी नहीं पी सकते, हमको अभी भी 'वही' समझते हैं तो हमारा-आपका साथ कितने दिन निभेगा?

ठाकुर की भृकुटि पल भर के लिए टेढ़ी होती है फिर सामान्य हो जाती है। कहते हैं—पानी पीने से ही साथ पक्का होता हो तो कहो, बाल्टी भर पी जाऊँ।

कहने के साथ वे लड़के के हाथ से गिलास लेकर गट-गट पी जाते हैं।

एक लड़का उन्हें नाचने के लिए लड़कों की गोल की ओर खींचता है। दूसरा उनके पंजे में पंजा फँसाकर दाएँ-बाएँ हिलाते हुए कहता है—जरा कमरिया भी लचकाइए ठाकुर!

नाचते हुए लड़कों के बीच कुबरी वाला हाथ उठाकर वे मटकने-लचकने लगते हैं।

कुच्ची का कानून

गाँव की औरतों ने दाँतों तले उँगली दबाई।

अचरज तो इस बात का है कि गाँव की उन बूढ़ियों, सयानियों को भी कानोंकान भनक नहीं लगी जो अपने को तीसमार खाँ समझती हैं। जो मानती हैं कि गाँव की किसी बहू-बेटी की सात पर्दे में छिपाकर की गई 'हरक्कत' भी उनकी नजरों से बच नहीं सकती। वे अब भी अन्दाजा नहीं लगा पा रही हैं कि इस साँड़नी ने किस छैल-छबीले को भेंड़ा बनाया और भेंड़ा बनाया तो छिपाया कहाँ। झटके में हुई 'राहचलंतू' कमाई तो यह हो नहीं सकती। चार-छह दिन का इत्मीनानी संग साथ चाहिए।

सबसे पहले चतुरा अइया की नजर पड़ी। नई पीढ़ी की उन कुछ बहू-बेटियों को छोड़कर जिनके घर में पक्के संडास बन गए हैं, गाँव की औरतें अब भी दिशा-मैदान के लिए सुबह-शाम बाबा के पोखरे वाले जंगल में जाती हैं। जिन घरों में संडास बन चुके हैं, उन घरों की बूढ़ियाँ और चिरानी पुरानी हो चुकी बहुएँ भी जंगल जाना ज्यादा पसन्द करती हैं। उनकी यह आदत मरने के साथ ही जाएगी। पानी-बूँदी के मौसम में मजबूरन घर में जाना पड़ा तो नाक-मुँह पर कपड़ा लपेटकर अन्दर घुसती हैं।

जंगल जाना सिर्फ जंगल जाना नहीं होता। जो सुख झुंड में 'बतकूचन' से मिलता है, वह घर में कैद रह जाने से कैसे मिलेगा? एक की बात खतम नहीं होती कि दूसरी की शुरू हो जाती है। घर वापसी हो जाती है और बात खत्म नहीं होती है। तब चलते-चलते पूरा झुंड रुक जाता है।

उस दिन वापस लौटते-लौटते उजास फैल गई थी। पुरवा के झोंके से पल भर के लिए कुच्ची का आँचल उड़ा कि चतुरा अइया की नजर उसके पेट पर पड़ी। इतना चिकनाया पेट! पाँच महीने का उभार! उनकी आँखों के कोए फैल गए। अभी तक सबकी आँखों में धूल झोंकती रही यह बछेड़ी? लेकिन एकदम मुँहामुँही कहें कैसे? पद में वे कुच्ची की अजिया सास यानी सास की भी सास लगती हैं।...लेकिन इतनी बड़ी बात पेट में दबाकर रखें भी तो कब तक? अफारा हो जाएगा।

वे सारे दिन बेचैन रहीं। बाई उभर आई। साँस उखड़ने लगी। किसी तरह राम-राम करके दिन काटा। शाम को मिलते ही उसे घेरा—बाय गोला का रोग कहाँ से ले आई रे बहुरिया?

अन्दर तक हिल गई कुच्ची। हाथ-पैर के रोएँ परपराकर खड़े हो गए। चतुरा अइया जैसी छछंदी दूसरी कौन है गाँव में? बहुत कुछ सुन रखा है उसने। पाँच-छह बच्चों की महतारी होने तक जिधर से निकलती थीं, पानी में आग लगाती चलती थीं। जिसके मर्द से हँसकर बोल लेतीं, उसकी 'जनाना' को जूड़ी चढ़ जाती थी। काँपती आवाज को काबू में करती हुई वह मिमियाई—बाय गोला का रोग सात दुश्मन को लगे अइया।

—फिर यह कोंछ में क्या छिपा रखा है?—अइया ने उसकी नाभि में उँगली धँसाते हुए पूछा—मुझे तो पाँच-छह महीने का लगता है।

—तुहूँ गजब बाटू अइया! जब देने वाला ही चला गया तो 'बाय गोला' क्या मैं 'परुआ' पा जाऊँगी?

बगल में चलने वाली पड़ोसन ने टहोका मारा—'गोला' देने वालों की कौन कमी है इस गाँव में! जरा-सी नजर फँसी नहीं कि ले 'गोला'।

तब तक कुच्ची सँभल चुकी थी। छिपाने से कितने दिन छिपेगा? जवाब तो देना ही पड़ेगा, लेकिन इतनी जल्दी देना पड़ेगा, यह नहीं सोचा था।

—जिसको आना है, वह तो अब आकर रहेगा अइया। छिपाने से लौट थोड़े जाएगा।

—न आने के भी हजार रस्ते हैं बहू। तेरे आदमी को मरे दो साल से ज्यादा हो गए होंगे। आने वाला आ गया तो किसका नाम धरेगी?

—किसी का नाम धरना जरूरी है क्या अम्मा? अकेले मेरा नाम काफी नहीं है?

चतुरा अइया कुच्ची के आगे आ खड़ी हुईं। उसकी दोनों बाँहों को पकड़कर झिंझोड़ते हुए फुसफुसाईं—कैसे बोल रही है रे? किसी ने भूत-प्रेत तो नहीं कर दिया? तेरे जेठ बनवरिया को खबर लगी तो पीसकर पी जाएगा।

—जेठ से क्या मतलब अइया? मैं उनकी कमाई खाती हूँ क्या? उनका चूल्हा अलग, मेरा अलग।

ऐसे करम और ऐसा जवाब! सब सन्न रह गईं।

ससुर तो पहले ही कम बोलते थे। इकलौते जवान बेटे की मौत ने उन्हें एकदम गूँगा कर दिया। श्राद्ध का सारा कर्मकांड उन्होंने सिर झुकाए-झुकाए निपटाया। घुटा सिर, बिना दाढ़ी-मूँछ वाला चेहरा। अन्दर को धँसीं आँखें। उनको लगता रहा

होगा कि बेटा कमाने-धमाने लगा। अब उन्हें गृहस्थी के झंझटों से मुक्ति मिल जाएगी। हाईस्कूल में दो बार फेल होने के बाद बजरंगी चचेरे भाई बनवारी के साथ बोरिंग के काम में लग गया था। इलाके में धरती का पानी तेजी से नीचे खिसक रहा था, जिससे पट्टा पुल्ली वाले पुराने ट्यूबवेल पानी छोड़ने लगे थे। हर साल एक-दो ट्यूबवेल पानी छोड़ते थे। अब बिना डेढ़-दो सौ फीट गहरी बोरिंग किए, बिना सबमर्सिबल मोटर डाले पानी नहीं मिलने वाला था। दोनों भाइयों ने सही समय पर इस काम में हाथ सधाया। हजार-पाँच सौ रुपए रोज की कमाई करने लगे। मोटर और पाइप की खरीद पर डीलर से मिलने वाला कमीशन अलग। इस साल खुद अपने चक में बोरिंग कराने का इरादा किए था बजरंगी कि वज्रपात हो गया।

तेरही के दूसरे दिन जब सारे मेहमान चले गए तो कुच्ची के बाप ने उसे एक किनारे बुलाकर मद्धिम आवाज में समझाया—तुम्हारा दाना-पानी अब इस घर से रूठ गया बिटिया। अब यहाँ की मोह-माया छोड़ो। कुछ खा-पी लो और चलने की तैयारी करो। यहाँ की चीजें, गहना-गीठी सास को सौंपकर चलना है।

पैर के नाखून से नम फर्श की मिट्टी कुरेदते सिर झुकाए उसने सुना, फिर अन्दर जाकर अपनी कोठरी में घुस गई। खड़े नहीं रहा गया। एक कोने में जमीन पर बैठ गई।

यहाँ की चीजें? क्या हैं यहाँ की चीजें? अभी तक यहाँ और वहाँ की चीजों को अलगाने की जरूरत नहीं पड़ी थी। आज पड़ गई। उसे परम्परा से पता था कि अब यह घर उसका नहीं रह जाएगा। जिस खूँटे से बाँधने के लिए उसे लाया गया था, जब वही नहीं रह गया तो...। उसकी आँखें झरने लगीं। ससुराल से मिले गहने—पायल, बिछुआ, झुमका और अँगूठी तो उसने उतार लिया लेकिन नाक की कील उतारते हुए उसके हाथ काँपने लगे। कील के अन्दर के पेंच ने घूमने से इनकार कर दिया। कल तक ये चीजें उसकी थीं। आज परायी हो गईं।

दो चप्पलें थीं। एक गौने में मिली थी, एक अभी दो महीने पहले 'वे' लाए थे। क्या दोनों छोड़नी पड़ेंगी? नंगे पाँव जाना पड़ेगा?

सास कोठरी में घुसीं तो वह कील की पेंच खोलने में ही परेशान थी। उसने सास से मदद ली। सूनी नाक को उँगलियों से छूते हुए उसे अजीब लगा।

सास ने उसे अंकवार में भरते हुए कहा—चाहती तो हूँ कि तुम्हें कभी न जाने दूँ लेकिन किस अख्तियार से रोकूँ? जाओ, तुम्हें इससे अच्छा घर-वर मिले। हमसे अच्छे परानी मिलें। कोस-दो कोस पर रहना तो कभी-कभार हमारी खबर भी लेती रहना।

गले लगकर दोनों कुछ देर तक सिसकती रहीं।

अचानक उसे याद आया कि अभी जानवरों को पानी नहीं पिलाया। बिना पिलाए चली गई तो कहो, दिन भर प्यासे ही रह जाएँ। वह बाल्टी लेकर बाहर आई

और हैंडपम्प से भरकर उन्हें पानी पिलाने लगी। कुएँ से पानी भरने की मेहनत से बचाने के लिए बजरंगी ने पिछले साल यह हैंडपम्प लगवा दिया था।

नीले वेलवेट की एक छोटी-सी थैली में वह अपने गहने रखती थी। इसमें सोने के टॉप्स और जंजीर थी। इनको 'उन्होंने' दो महीने पहले खरीदकर दिया था। अभी सास को इनकी जानकारी नहीं थी।

हर महीने-दूसरे महीने मोटरसाइकिल पर बैठाकर वे उसे पिक्चर दिखाने शहर ले जाते थे। पिक्चर दिखाने और गोलगप्पे खिलाने। उसे गोलगप्पे का खट्टा पानी बहुत पसन्द था।

वह कराहते हुए कहती—पेट में बहुत दरद हो रहा है अम्मा।

सास घबरा जातीं। 'उनसे' कहती—ले जा, किसी डॉक्टर को दिखा दे।

लौटने पर पूछतीं—क्या बताया डॉक्टर ने? कुछ उम्मीद है?

वह मुस्कुराकर इनकार में सिर हिला देती। कभी-कभी ब्लाउज से निकालकर कैल्सियम या क्रोसीन की गोलियों की स्ट्रिप दिखा देती। पेटदर्द महीने-दो महीने के लिए बन्द हो जाता।

टॉप्स और जंजीर भी लौटा दे कि साथ लेती चले? वह कुछ देर तक दुविधा में रही फिर तय किया—क्या फायदा? जब देने वाला ही चला गया।...वह जब भी इन्हें पहनेगी, 'वे' आकर सामने खड़े हो जाएँगे।

सास के हाथ में पकड़ाने से पहले उसने थैली का मुँह खोलकर गिना दिया—आपके दिये पाँचों थान, साथ में ये टाप और जंजीर। इन्हें वे दो महीना पहले लाए थे। सहेज लीजिए।

सास ने बिना देखे थैली का मुँह बन्द करके कमर में खोंस ली।

कुच्ची ने बक्से का ताला खोलकर लाल रूमाल में लिपटा एक छोटा पैकेट निकाला और सास के हाथों में पकड़ाते हुए बताया—इसमें सात हजार रुपए हैं। उन्होंने हमें रखने के लिए दिया था।

पैकेट लेकर सास ने फिर उसी बक्से में डाला और जमीन पर पड़ा ताला बक्से में लगाकर चाबी अपने आँचल की टोंक में बाँध ली।

सास बाहर निकलीं तो वह फिर अपना सामान सहेजने लगी। अपना क्या था? सब तो यहीं का था। वह खुद भी यहीं की हो चुकी थी। आज फिर मायके की हो रही थी। बल्कि अब कहीं की नहीं रह गई थी। किनारी वाला एक झोला और प्लास्टिक की डोलची ही उसके मायके की थी। दो साड़ी, दो ब्लाउज, पेटीकोट, एक छोटा शीशा, एक कंघी, सिन्दूर की छोटी डिब्बी, क्लिप का पैकेट और सूती शाल जो विदाई के समय उसकी मामी ने दिया था, उन्हें रखने के लिए डोलची और झोला पर्याप्त थे। फ्रेम में मढ़ा पति के साथ तीन महीने पहले खिंचाया हुआ एक फोटो भी आले से झाँक रहा था। इसे वह अपनी चीज मान सकती थी कि नहीं? जो भी हो, उसे भी उसने सँभालकर झोले में डाल लिया।

विदाई की बात जानकर आसपास की औरतें भी आ गईं। एक लड़की ने उसकी डोलची और झोला उठा लिया। जेठानी उसे अंकवार में लेकर बाहर निकलने में मदद करने लगी। दो साल पहले घूँघट निकाले, गर्दन झुकाए, चूड़ियाँ खनकाते धीमे कदमों से चलते हुए उसने इस ड्योढ़ी में प्रवेश किया था। तांबे के पुराने बड़े पैसे के बराबर बुंदा लगाए, पान खाए, महावर से एड़ी रँगे, चुनरी ओढ़े, हँसती हुई सास ने परिछन करने के बाद बड़े दुलार से उसे डोले से उतारा था। पलाश के ताजे नरम पत्तलों पर एक-एक पैर रखवाते हुए अंकवार में समेटकर ड्योढ़ी के अन्दर 'परवेश' कराया था। एक-एक पत्तल बिछाने के एवज में नाउन ने नेग में एक-एक रुपए लिये थे। ग्यारह कदम के ग्यारह रुपए।

काँपते कदमों से चलती हुई वह बाहर आई। एक तरफ ससुर चारपाई पर बैठे थे। सिर का पल्लू थोड़ा आगे खींचकर उसने ससुर के पैर पकड़ लिए—खता कसूर माफ करना बाबू।

बुढ़ऊ फफक पड़े—बेटे को तो भगवान ले गए समधी। उन पर कोई जोर नहीं चला, बहू को आप लिये जा रहे हैं। अब हमारे दिन किसके सहारे कटेंगे?

—वापस ले जाने के लिए तो भेजे नहीं थे समधी, लेकिन...कुच्ची के बाप का गला रुँध गया। वे अँगोछे से आँसू पोंछने लगे।

लड़की ने झोला और डोलची साइकिल के हैंडिल में दोनों तरफ टाँग दिया। जेठानी को भेंटने के बाद कुच्ची ने सास के पैर छुए फिर औरतों के समूह से गले मिलने, पैर छूने लगी।

लौटी तो बाप ने पूछा—दे दिया सब?

उसने घूँघट तनिक उठाते हुए स्वीकार में सिर हिलाया।

बाप ने ऊँची आवाज में बताया—आपका दिया हुआ गहना-गीठी सास को सौंपकर जा रही है मेरी बेटी। उसे इसी समय सहेज लीजिए समधी जी ताकि बाद में कोई तकरार न पैदा हो।

इतनी भीड़ देखकर बाहर बँधी भैंस खूँटे के चारों तरफ पगहे को पेरते हुए चोकरने लगी। यह भैंस भी गौने में उसके साथ मायके से आई थी। उसके 'आदमी' को गवहीं खाने के नेग में दिया था उसके बप्पा ने। तो क्या उसके साथ भैंस को भी लौटना होगा?

वह धीमे कदमों से भैंस के पास गई और उसके गले लग गई। किसी की नजर उसके नंगे पैरों पर पड़ गई। एक लड़की दौड़कर अन्दर गई और चप्पल की जोड़ी लाकर उसे पहनाने लगी। सास को अचानक दाँती लग गई। औरतों ने उन्हें गिरने से बचाया और जमीन पर लिटा दिया। उनके मुँह में सीपी से पानी डालने की कोशिश होने लगी। मुँह पर छींटे मारे जाने लगे। औरतों के बीच फुसफुसाहट तेज हो गई।

चतुरा अइया ने आगे बढ़कर उसके बाप से कहा—अभी बूढ़े-बूढ़ी बहुत सदमे में हैं समधी। खुद अपने खाने की सुध नहीं है और खूँटे से चार-चार जानवर बँधे हैं। ये बिना चारा-पानी के मर जाएँगे। जाना तो एक दिन है ही लेकिन आज का जाना ठीक नहीं लग रहा है। महीने खांड़ में जब ये दोनों परानी कुछ सँभल जाते तब ले जाते तो न अखरता।

बाप ने बारी-बारी सबके चेहरे देखे। फिर बेटी का मुँह जोहा। कुच्ची ने स्वीकृति में सिर हिलाया—ठीक है।

—हम एकाध महीने में आकर लिवा चलेंगे बिटिया।—और साइकिल के हैंडिल में टँगी डोलची और झोला उतारकर बेटी के हाथ में पकड़ा दिया।

बजरंगी की लाश चिता पर रखने के साथ ही किसी चोर दरवाजे से बनवारी के मन में यह बात आई थी कि अब बजरंगी की खेती-बारी, घर-दुआर पर उसी का हक है। खून के रिश्ते में सबसे नजदीक वही ठहरता है। जगेसर और रमेसर दो सगे भाई। जगेसर से वह और रमेसर से बजरंगी। उसे आज से ही काका-काकी का विश्वास हासिल करना होगा। पूरे चार बीघे की खेती है। चार बीघे का लालच कम नहीं होता। जमीन की कीमत पिछले पाँच-छह साल में किस तरह आसमान पर चढ़ी है, इसे क्या किसी को बताने की जरूरत है? यह तो कहो कि अभी काकी जिन्दा हैं। न होतीं तो कौन रात के अँधेरे में अपनी औरत को काका का पैर दबाने के लिए भेज देता? कोई ठिकाना है, कौन कब बूढ़े को रातोंरात बोलेरो में बैठाकर ले उड़े! तहसील ले जाकर खुद को वारिस दर्ज करा ले या घर-बार, खेती-बारी की रजिस्ट्री करा ले, कोई ठिकाना है! जालिया लोगों के गिरोह मोटरसाइकिल पर इन दिनों गाँव-गाँव घूम रहे हैं। किसकी खतौनी लगाकर दस-पाँच लाख का लोन ले उड़ें, कोई ठिकाना है! बूढ़े, अशक्त, नावल्द या विधवा, तो उनके लिए नरम चारा हैं। पकड़ में भी आ गए, मुकदमेबाजी भी हो गई तो उन्हें चिन्ता नहीं। मुकदमे का फैसला होने के पहले वे बूढ़े, विधवाएँ बैकुंठ धाम चले जाएँगे। इसलिए न सिर्फ काका-काकी के खाने-पीने का बढ़िया इन्तजाम करना है बल्कि उनकी चौकीदारी भी करनी है। कौन उनके घर आ-जा रहा है, इस पर नजर रखनी होगी। उसने अपनी सुलछनी को अच्छी तरह समझा दिया है कि सुबह-शाम जाकर हालचाल लेती रहे। क्रियाकर्म का खर्च-वर्च भले काका ने किया लेकिन दौड़-धूप का सारा काम उसी ने सँभाला। यह औरत पता नहीं क्यों अब अपना रास्ता नहीं लेती, वरना वह काका-काकी को अपने चौके में ही खिलाने लगता। बाप तो विदा कराने आया ही था। गाँव की औरतें राह का रोड़ा बन गईं। काकी को भी उसी समय दाँती लगनी थी? बेटा मरा तो नहीं लगी दाँती और पतोह जाने लगी तो दाँती लग गई! उसने सुलछनी को

भी सहेज दिया है कि जितनी जल्दी हो सके, इस औरत के लिए दूसरा घर-वर खोजने में अपने भाइयों को लगा दे।

इस औरत के जाते ही वह सबसे पहले काका को तहसील ले जाकर खतौनी में अपनी वरासत दर्ज कराएगा। फिर दोनों को लेकर उधर से ही चारों धाम की यात्रा पर निकल जाएगा। इस साल बजरंगी दोनों लोगों को भेजने ही वाला था। कहूँगा, बजरंगी नहीं है तो क्या ? मैं कोई गैर हूँ ? मैं भी तो बेटा ही हूँ। सिर्फ खर्चा नहीं दूँगा, साथ-साथ चलूँगा भी। सगे बेटे से बढ़कर सेवा करूँगा।

कहते हैं, बदरीनाथ का रास्ता इतना बीहड़ है कि कब कौन किस खड्ड में समा गया, कुछ पता नहीं चल सकता। सीधे पातालपुरी पहुँचता है गिरने वाला। पहले के जमाने में तो जाने वाला अपना अच्छत, चावल, छीट परोर जाता था, यानी घर-परिवार से अन्तिम विदा लेकर। लौट आए तो ठीक, नहीं तो जै सियाराम। रोते-पीटते लौटकर दोनों का किरियाकरम कायदे से निपटा देना होगा, बस।

सहसा एक खयाल ने उसके बदन में झुरझुरी पैदा कर दी। कहीं इस औरत की कोख में बजरंगी का अंश न ठहर गया हो ! तब ? आखिर दो महीने हो गए, यह जाती क्यों नहीं ? इसके बाप ने लौटकर खबर नहीं ली। बिना इसके गए तो कोई 'इस्कीम' आगे बढ़ नहीं सकती।

वह सोचता है कि इतनी गुप्त स्कीम बनाने के पहले गाँव के एकाध पिचाली लोगों का मन मुँह भी ले ले। कहीं फँसने-फँसाने का खतरा हो तो उसकी काट भी खोज ली जाए। तीन-चार दिन पहले बलई बाबा बुलाने आए थे। सुलछनी बता रही थी कि उनकी ट्यूबवेल ने पानी पकड़ना बन्द कर दिया है। वह टाल गया था। सोच रहा था कि एकाध चक्कर और लगा लें तब जाए।

बलई बाबा खा-पीकर रात के अँधेरे में दुआर से थोड़ा हटकर पाकड़ के पेड़ के नीचे मूँज की चारपाई पर बिना कुछ बिछाए लेटे हैं। नंगे बदन। पसीने से लथपथ। धोती को ऊपर तक खींचकर लंगोट की शक्ल दे दिया है। बाध पर पीठ रगड़-रगड़कर खुजला रहे हैं। हाथ का बना बेना डुलाकर मच्छर भगा रहे हैं।

—बाबा, पाय लागी।

बनवारी उनका पैर छूने के साथ-साथ दबाने भी लगता है।

—कौन, बनवारी ? खुश रहो बेटवा ! इतनी रात में ?

—आप गए थे न मुझे खोजते हुए घर तक ?

—हाँ-हाँ, बेटवा। बोरिंग पानी छोड़ रही है। घंटे भर भी चलना मुश्किल।

—कल आकर देख लेते हैं।

—लेकिन छोड़ काहे रही है ?

—पाइप में लीकेज होगा या पानी का लेवल नीचे चला गया होगा। एक लेंथ पाइप लाकर डालना पड़ेगा।

—कितने की आएगी एक लेंथ? पैसा अभी लेते जाना।

—पैसा कहीं भागा जा रहा है बाबा! पहले ठीक कर दें फिर ले लेंगे।

—बहुत अच्छा किया जो तुमने यह काम सीख लिया। घर का आदमी घर का ही होता है। नहीं तो किसके पास दौड़कर जाते? और बताओ?

—और क्या बताएँ बाबा, भगवान बड़ी विपत्ति में डाल गए। लछिमन जैसा भाई साथ छोड़कर चला गया। सचमुच बजरंगबली की तरह आज्ञाकारी था। जहाँ लगा दो, जुट जाता था। उसी के बल पर मैंने बोरिंग का काम इतना फैला लिया था। समझिए, दाहिना हाथ टूट गया। अब काका-काकी का बोझा भी मेरी खोपड़ी पर आ गया।

—तुम्हारी खोपड़ी पर क्यों? अभी तो रमेसर दोनों खुद टांठ हैं!

—रखवाली तो करनी होगी बाबा। पता नहीं, कब कौन किधर को भरमाने लगे, बहलाने-फुसलाने लगे! प्रापर्टी का मामला बहुत खतरनाक होता है। वारिस कमजोर दिखा तो जमीन फोड़कर दस दावेदार पैदा हो जाते हैं। बुढ़ापे में बुद्धी भी बहुत आगे-पीछे चलने लगती है।

—तो साफ-साफ क्यों नहीं कहते कि तुम्हारी नजर अभी से रमेसर की जगह-जमीन पर लग गई है!—कहने को तो कह दिया लेकिन उन्हें तुरन्त महसूस हुआ कि ज्यादा कड़ी बात कह दी। सबेरे उससे ट्यूबवेल बनवाना है। ऐसे में ऐसी कड़ी बात सर्वथा नीति विरुद्ध है।

—जगह-जमीन का लालच मुझे नहीं है बाबा। काका जब तक जिन्दा हैं, जोतें-बोएँ। लेकिन उसके बाद तो मेरा हक बनता ही है। मैं यह तो न होने दूँगा कि कोई गैर उसके नजदीक फटके। मेरे भी तीन-तीन बेटे हैं।

—तो गैर कहाँ से आ जाएगा? अभी तो बजरंगी की बेवा ही मौजूद है।

—वही तो! अब उसका यहाँ क्या काम? दो महीने से खूँटा गाड़कर बैठी है। जवान-जहान बिना बाल-बच्चे वाली। उसे तो खुद ही अपना रास्ता पकड़ लेना चाहिए था। अब क्या मारकर निकाला जाए तब जाएगी?

—अरे भाई, मारकर कैसे निकालोगे? ब्याहकर आई है।—कहने के साथ बलई बाबा ने अपनी जीभ काटी—यही आदत नहीं गई उनकी। चाहे जितनी कड़वी हो, सही बात मुँह से निकलकर रहती है। जीभ यह भी नहीं सोचती कि किस आदमी से क्या गरज अटकी है। वे बहकी बात को सँभालने की कोशिश करते हैं।

—अगर इतनी दूर की सोच रहे हो तो तुम्हीं क्यों नहीं रख लेते?

—मैं?—बनवारी का मुँह आश्चर्य से खुला का खुला रह गया।

—और क्या! लम्बी-चौड़ी है, कमासुत है, हँसलोल और जवान है।

—लेकिन वह तो मेरी भयहू लगेगी बाबा! भयहू को तो छू भी नहीं सकते। बजरंगी मुझसे दस साल छोटा था। गोसाई जी बहुत पहले मना कर गए हैं—अनुज बधू भगिनी सुत नारी...। पाप पड़ेगा।

—पाप तो तब पड़ेगा जब कुदृष्टि से बिलोकोगे। उसे राजी कर लो। उसका मन जीत लो। सौ बात की एक बात, पट जाए तो सब जायज है।

बनवारी का हाथ बाबा के पैरों पर तेज-तेज चलने लगता है। कुछ देर की चुप्पी के बाद फिर कहता है—मजाक तो नहीं कर रहे हैं बाबा? ऐसा हो सकता है?

—क्यों नहीं? उसे मर्द चाहिए, मर्द मिल जाएगा। तुम्हें परापर्टी चाहिए, परापर्टी मिल जाएगी। रमेसर दोनों परानी को रोटी चाहिए, उनकी रोटी पक्की हो जाएगी। सबका उखड़ा कूल्ह बैठ जाएगा। लेकिन...

—लेकिन क्या बाबा?

—कहते हैं, दो औरतों के बीच पड़ा मर्द वैसे ही जलता है जैसे देशी भट्ठे की ईंट। धुआँ निकलने का रास्ता भी नहीं मिलता। सुलछनी तुम्हारा जीना हराम कर देगी।

बनवारी कहीं खो जाता है। देर तक खोया रहता है। फिर उठते हुए कहता है—चलता हूँ बाबा। ट्यूबेल कल शाम तक पानी देने लगेगी। परनाम।

नई और मनमाफिक राह पाकर बनवारी का दिमाग और तेज चलने लगा है। इस इलाके में जमीन का रेट पाँच-छह हजार का विस्वा चल रहा है। चार बीघा माने पाँच-छह लाख। सुलछनी इतनी बुद्धू तो है नहीं जो हाथ आती परापर्टी को लात मारे। और मारेगी तो रहेगी कहाँ? अपनी जनाना का मुँह बन्द करना कौन मुश्किल काम है! रोज सुबह-शाम चार डंडा पड़ेगा तो दस दिन में बोलती बन्द हो जाएगी।

कुच्ची को उसने कभी भर नजर नहीं देखा। ऐसे तो रोज ही काम पर निकलते समय बजरंगी को लेने उसके दरवाजे पर जाता था। मोटरसाइकिल की आवाज सुनते ही वह खाने के डिब्बे का झोला बजरंगी को पकड़ाने के लिए घूँघट काढ़े निकलती थी। उसकी जवान देह की महक हवा के झोंके के साथ उसकी साँसों में भी समाती थी। हवा के झोंके से कभी घूँघट हिलता तो लाल होंठों के बीच उजली हँसी की झलक भी मिल जाती थी। एकाध बार आँखों की मछलियाँ घूँघट के पीछे कौंधी भी थीं।...और आवाज कितनी मीठी है! बोलती है तो लगता है, गा रही है। वह कल्पना की आँखों से देखने लगा—कितनी मोटी-मोटी जंघाएँ! उसकी आँखों को सबसे ज्यादा पकड़ती हैं, उसकी भरी-भरी छातियाँ। उनका कदम-कदम पर हिलना, दलकना। बाँधकर नहीं रखती। सुलछनी तो एकदम सीक-सलाई है। उसका सब कुछ बहुत छोटा-छोटा है। उसके दाहिने पंजे में चुनचुनाहट होने लगी। साल भर पहले बाजार में एक गीत बजता था—गोरिया कै जोबना खजाना, गोरी दिलदार कब होए?

कैसे कोई दिलदार बनता है?

आड़े-ओटे, अँधेरे-उजाले में घात लगाकर 'पटक' तो कभी भी सकता है,

लेकिन पटाना ? पटकना जितना आसान, पटाना उतना ही मुश्किल। पटाने की विद्या वह आज तक नहीं सीख पाया...और आज देखो, उसी विद्या की जरूरत पड़ गई !

उस दिन दोपहर में पता चला कि कोऑपरेटिव के गोदाम पर यूरिया बँट रही है। यूरिया की इतनी किल्लत रहती है कि आते ही खरीददारों की लाइन लग जाती है। गोदाम खुलते ही ढाई-तीन घंटे में सारा स्टाक खतम। पिछड़ गए तो गए। रबी की फसल के लिए पन्द्रह-बीस दिन बाद जरूरत पड़ने वाली थी। बुढ़ऊ यूरिया लेने चले गए तो जानवरों को चराने के लिए उसे जाना पड़ा। शाम को जानवरों को चराकर लौट रही थी तो देखा, खोर के बगल वाले खेत में जेठ धान के आखिरी बोझ के पास खड़े हैं। अब तक तो जेठानी भी साथ-साथ ढो रही थी लेकिन लगता है, आग-अदहन के लिए वह घर चली गई। इन्तजार कर रहे होंगे कि कोई उधर से गुजरे तो उसे बोझ उठाने के लिए आवाज दें। वह पास पहुँची तो उन्होंने हाथ के इशारे से बुलाया—जरा उठा दे रे छोटकी।

वह न हाँ कह सकी, न नहीं। सारी दुनिया को पता है कि छोटे भाई की पत्नी को छूने का पद नहीं पहुँचता बड़े भाई का। बनवारी के दुबारा बुलाने पर वह खेत की मेंड़ तक पहुँचकर बोली—हम कैसे उठा दें ? छू नहीं जाएगा ?

—छू कैसे जाएगा ? बीच में तो बोझ रहेगा।

वह दुविधा में पड़ गई।

पीठ पर पति की छाया रहती तब भी एक बात थी। बेवा औरत को ज्यादा ही फूँक-फूँककर कदम रखना होगा। पता नहीं, किस बात का क्या मतलब निकाल लिया जाए!

बनवारी ने मजबूरी बताई—कोई और दिखाई पड़ता तो मैं खुद ही तुझे न बुलाता।...

बात तो सही है। अगर वह बिना उठाए चली जाए तब भी ठीक नहीं लगता। अँधेरा हो रहा है। अब इधर से कौन गुजरने वाला है ? ये पता नहीं कब तक किसी के इन्तजार में यहीं खड़े रह जाएँ!

उसके गाय-बैल आगे बढ़े जा रहे थे। कहीं किसी की फसल न चौपट करने लगें। वह जल्दी-जल्दी पास पहुँची। बोझ उठाकर बनवारी के सिर पर रखवाया और जैसे ही मुड़ने को हुई कि बनवारी ने दाहिने पंजे से उसकी बाईं छाती दबोच ली।

उसने चिहुँककर उसके हाथ को झटकना चाहा लेकिन पकड़ इतनी सधी हुई थी कि मुक्त होने के लिए उसे जमीन पर बैठ जाना पड़ा। माख से उसकी आँखें भरभरा गईं। इतना पाप पाले हुए हैं ये उसके लिए अपने मन में! सँभली तो उठते हुए इतना ही बोल पाई—यह काम ठीक नहीं किया बड़कऊ।

—सब मन के मानने की चीज है रे।—बोझ को सिर पर साधते हुए मुड़कर बोला बनवारी—एक दूसरे के काम आने से जिन्दगी हलुक होकर कटती है।

रुलाई के आवेग में उसे कुछ सुनाई नहीं पड़ा। बड़ी बेरहमी से पकड़ा था। जान निकल गई। वह कुछ देर वहीं खड़ी की खड़ी रह गई।

बनवारी की इस घटियारी के बारे में सास को बताए या नहीं? अगर किसी ने देख लिया हो और बाद में सास को बताए तो वे यही समझेंगी कि जरूर यह दोनों का सधा-बधा मामला होगा वरना बहू जेठ का बोझ उठाने क्यों जाती?

बड़ी देर तक सोचने विचारने के बाद देर रात गए वह अपनी चारपाई से उठकर सास की चारपाई पर आई और उनके पैर दबाने लगी।

—इतनी सेवा मत करो बहू। तुम्हारे जाने के बाद बहुत रोना पड़ेगा।

बहू सिसकने लगी तो लगा कि वह कुछ कहना चाहती है। सास उठकर बैठ गईं। पूरी बात सुनकर वे बड़ी देर तक चुप रह गईं फिर उसका सिर अपने सीने से लगाते हुए बोलीं—जमाना कितना खराब आ गया बिटिया! दिन गिरने पर अपनों की आँख का पानी भी मर जाता है। जब घर में ही डसने के लिए घात लगाने वाले पैदा हो गए तो न अब मेरा रोकना ठीक रहेगा, न तुम्हारा रुकना। हमारी जैसी बीतनी होगी, बीतेगी। हम तो पके आम हैं। पता नहीं, कब चू पड़ें! अभी तुमने जिन्दगी में देखा ही क्या है? खेलने-खाने की उमर में ही तो सब बिगड़ गया। मन को समझा लिया है कि हमारा तुम्हारा नाता बस इतने ही दिन का था। हम अपने रिश्ते के बन्धन से तुम्हें उरिन कर रहे हैं। मैं कल खुद ही तुम्हारे बप्पा को आने का सन्देश भेजवाती हूँ।

वह चुपचाप सिसकती रही। सास उसका सिर सहलाती रहीं। फिर बोलीं—बनवारी की 'घटियारी' को पानी की तरह पी जाना। बदनामी साथ लेकर जाना ठीक नहीं।

सन्देश तो गया लेकिन इसके पहले कि उसके बप्पा आते, एक नई विपत्ति आ गई। मेंड़ से फिसलकर सास की जाँघ की हड्डी टूट गई। दूध देकर आ रही थीं। मेंड़ पसीजी हुई थी। फिसल गईं। बनवारी की मदद से टेम्पो में लादकर ससुर अस्पताल ले गए।

टेम्पो ने तो सबेरे आठ बजे ही जिला अस्पताल के गेट पर उतार दिया लेकिन दोपहर तक बूढ़ी की भर्ती ही न हो सकी। पर्ची कटवाने के बाद बनवारी इसके-उसके पास दौड़ता रहा। कभी कहा गया कि बेड खाली नहीं है। कभी कहा गया कि पहले एक्सरे कराकर दिखाओ। फ्रैक्चर होगा तभी भर्ती ली जाएगी। बूढ़ी बरामदे के एक कोने में लेटी कराहती रही। चूहे जैसी मूँछ वाला नर्सिंग होम का एक दलाल अलग पीछे पड़ा था। वह रमेसर को समझाने में लगा था कि बिना टेंट ढीली किए कुछ नहीं होने वाला। अगर हड्डी टूटी होगी और ऑपरेशन करना पड़ेगा तो सरकारी डॉक्टर भी बिना दस हजार एडवांस लिये हाथ नहीं लगाएगा। रॉड पड़ेगी तो उसके लिए भी चौदह-पन्द्रह हजार गिनना पड़ेगा। तब हमारे नर्सिंग होम में

अमरीकन डॉक्टर से ऑपरेशन क्यों नहीं कराते? यहाँ तो अगर इनफेक्शन हो गया, मतलब जहर फैल गया तो सीधे पैर ही काट देंगे।

बुढ़ऊ सिर पर हाथ रखकर बैठ गए।

अचानक कुच्ची को धरमराज वकील की याद आई। गाँव के पद से देवर लगता है। यहीं कचहरी में होगा। बनवारी ने धरमराज को फोन किया। थोड़ी देर में धरमराज काला कोट पहने तीन साथी वकीलों के साथ दो मोटरसाइकिल पर धड़धड़ाता हुआ आया। जो सामने पड़ गया, उसी को घेरकर हड़काया—हमें पता है कि क्यों टरका रहे हो। सीधे-सीधे कटोरा ही क्यों नहीं थाम लेते? तनखाह किस बात की मिलती है?

दो-तीन जगह हड़कम्प मचाने के बाद बुढ़िया चार बजे बेड तक पहुँची। नीचे से ऊपर तक का सारा स्टाफ मन ही मन उन्हें कोस रहा था। अब तक तो पत्रकार ही नाक में दम किए हुए थे, अब काले कोट वाले भी पहुँचने लगे।

जाते-जाते धरमराज ड्यूटी के डॉक्टर को हड़काता गया—पॉकेट से खर्च करके दवा खरीदने वाले मरीज नहीं हैं हम। जो दवा स्टोर में न हो, उसकी लोकल परचेज करके दीजिए। स्टोर में पहुँचने के पहले तो बिक जाती है। रहेगी कैसे?

एक्सरे हुआ तो पता चला कि फ्रैक्चर है। ऑपरेशन होगा। पन्द्रह-बीस दिन अस्पताल में और दो-ढाई महीना घर में बिस्तर पर लेटे रहना पड़ेगा।

सही कहा था नर्सिंग होम के दलाल ने। पैसा न पाने के चलते डॉक्टर तीन दिन तक ऑपरेशन टालता रहा। सबेरे कहता कि कल करेंगे। कल आता तो फिर कल पर टाल देता। देर होने से मवाद पड़ जाने का डर था। वार्डब्वाय और नर्स पहले दिन से ही डरा रहे थे कि जमराज से झगड़ा करके पार नहीं पाओगे तुम लोग, देहाती भुच्च। एक इंच भी पैर छोटा हो गया तो जिन्दगी भर भचकते हुए चलेगी बुढ़िया। उस वकील से कहो कि अपना रुआब कचहरी में ही दिखाए। इस बार आ गया तो हाथ-पैर तुड़ाकर इसी वार्ड में भर्ती होना पड़ेगा।

सारे मरीज पैसा दे रहे थे। तय हुआ कि देने में ही भलाई है। ऑपरेशन के पहले शाम को दस हजार गिनने पड़े। रॉड भी उसी दुकान से खरीदना पड़ा जहाँ से डॉक्टर ने कहा था।

ससुर और पतोहू के बीच ड्यूटी का बँटवारा हो गया। दिन में तो नर्स हैं, दाई हैं, जरूरत पड़ी तो बुलाने पर आ जाती हैं लेकिन रात में दाइयाँ और नर्सें भी इधर-उधर झपकी लेने लगती हैं। बुलाने पर नहीं सुनतीं इसलिए औरत मरीज के पास औरत तीमारदार का रहना जरूरी हो जाता है। खासकर जब मरीज हिलडुल पाने की स्थिति में न हो। कपड़े बदलने के लिए या नीचे पैन लगाने के लिए।

वह जानवरों का चारा-पानी करके, खाना बनाकर, दूध दुहकर, अपना और सास का दोनों जून का खाना लेकर शाम को बाजार से टेम्पो पकड़ती है। आधे घंटे

में शहर। फिर टेम्पो अड्डे से पैदल अस्पताल। तब ससुर घर लौटते हैं। सबेरे जानवरों को चारा देकर, शाम का बना खाना खाकर नौ–दस बजे तक वापस अस्पताल पहुँचते हैं, तब वह लौटती है।

उसकी सास के बगल वाले बेड पर एक बारह–तेरह साल का लड़का है। पेड़ से गिरकर एक बाँह और एक पैर तुड़वाकर आया है। उसका बाप महीने भर का राशन रखकर चला गया। गया तो फिर लौटकर नहीं आया। लड़के की माँ एक जून रोटी सेंकती है, दो दिन खाती है। दाल, सब्जी कुछ नहीं। बस, चटनी–रोटी। गज की 'बोलका' है। सोते–जागते, उठते–बैठते या तो कुछ बताती रहती है या कुछ पूछती रहती है।

कुच्ची को नर्सों की सफेद वर्दी बहुत अच्छी लगती है। दूध की तरह सफेद। एक भी दाग–धब्बा नहीं। कितना साबुन खर्च होता होगा इनको धुलने में! ये लड़कियाँ एक भी गहना नहीं पहनतीं, नाक की कील के अलावा। चूड़ी, बिन्दी कुछ नहीं। कान तक सूना।

कड़क नर्स बस एक ही है, बड़ी नर्स। ऊँट की तरह लम्बी और पिपिहिरी की तरह पतली आवाज वाली। डाँटने–डपटने का बहाना खोजती रहती है। सास उससे बहुत घबराती हैं। उसकी आवाज सुनते ही आँखें बन्द करके सोने का नाटक करती हैं। लेकिन वह आते ही सीने पर थप–थप मारकर कहती है—पैर सीधा रखो। करवट नहीं लेने का। फिर सुर्ती खाया क्या? मुँह खोलो!

अपने सामने नीचे रखी बाल्टी में सुर्ती उगलवाती है फिर कुच्ची को डाँटती है—मना किया था न, फिर क्यों दिया सुर्ती? डिस्चार्ज करके भगा देंगे। गन्दी सब।

बिना सुर्ती खाए रह नहीं सकती बुढ़िया। पेट फूल जाता है। 'कड़क' के जाते ही कहती है—अब घर ले चल, आज ही ले चल। यहाँ एक दिन भी नहीं रहना। कितनी बदबू है चारों ओर! मेरी गृहस्थी बिगड़ी जा रही है।

गृहस्थी तो सचमुच बिगड़ी जा रही है। तीनों परानी अस्पताल से नत्थी हो गए हैं। जानवरों का चारा–पानी मुश्किल से हो पाता है। लगता था, खेत परती रह जाएँगे। कोई अधिया पर बोने के लिए तैयार नहीं हुआ। तेरह मूठी के जवान बैल खूँटे पर बँधे–बँधे खा रहे हैं। जोते कौन? आखिर एक दिन किराए का ट्रैक्टर मँगाकर किसी तरह बीज डाला गया। रोटोवेटर से दो घंटे की जुताई के दो हजार रुपए लग गए। फरुही करना (क्यारी बनाना) अभी बाकी ही है।

धान तो कट गया था लेकिन उसकी मँड़ाई बाकी थी, तभी अस्पताल की दौड़ शुरू हुई। अब आए दिन आसमान में बादल के टुकड़े तैरते नजर आते हैं। पानी बरस गया तो खलिहान में ही सारा धान जम जाएगा। ऐसे में सास की चिन्ता गलत नहीं है। लेकिन डॉक्टर जाने दें तब न!

अस्पताल आने पर तो लगता है, सारी दुनिया ही बीमार है। हर जगह मरीजों का रेला। इमरजेंसी वार्ड का एक नम्बर बेड अन्दर घुसते ही ठीक सामने पड़ता है। सबेरे की शिफ्ट वाली अधेड़ दाई इसे सबसे पहले 'रेडी' करती है। उस दिन एक लड़का आकर उस पर बैठ गया तो उसने फौरन उठाया—उठो-उठो। इसकी बुकिंग आने ही वाली है।

—आपको आने के पहले ही पता चल गया?

—हाँ, बेटा, रोज आती है। बिना नागा। कोई न कोई कहीं न कहीं से चल पड़ी होगी। उसके पास एक मिंट का समय नहीं होगा। शाम तक तो रवानगी भी हो जाती है, 'डिस्चार्ज'।

तब तक सचमुच अठारह-बीस साल की एक लम्बी-तगड़ी साँवली लड़की को पकड़े तीन-चार लोग लाते हैं। वह दर्द से छटपटा रही है और ओक-ओक करके 'कै' करने की कोशिश कर रही है। बेड पर लिटाने के साथ, हाथ-पैर दबाकर उसकी उछलती देह को काबू में किया जाता है। वह बार-बार उठकर भागने की कोशिश कर रही है। लगता है, पेट में आग लगी है। मुँह से झाग निकल रहा है। डॉक्टर, नर्स और दाइयों के झुंड ने बेड को घेर लिया है। नाक के रास्ते पेट में प्लास्टिक की नली डाली जा रही है। नाक पर टेप लगाकर सेट किया जा रहा है। हाथ में इंजेक्शन के लिए 'वीगो' लगाया जा रहा है। हाथ बाँधो...पैर बाँधो। छोटे पम्प से पेट की सफाई शुरू हो गई। पेट में दवा पहुँचाई गई। इंजेक्शन लग गया। हाथ से फिसलती जिन्दगी को बचाने के लिए युद्धस्तर का प्रयास।

डॉक्टर-नर्स जा चुके हैं। लड़की अब रोने लगी है। ऊपर झुकी दाई के गले में हाथ डालने की कोशिश करते हुए अस्फुट स्वर में बुदबुदाती है—बचाई लेव अम्मा, हमार बिटिया क मुँह देखाइ देव...

—धीरज धरौ बिटिया, धीरज धरौ।—दाई उसके आँसू पोंछती है फिर मुँह फेरकर बुदबुदाती है—घंटा-दुइ घंटा मा मुक्ती मिल जाए।

इस बेड का नाम ही है—'प्वाइजन बेड'। जहर खाकर आने वाली औरतों के लिए रिजर्व। रोज इसी समय कोई न कोई आती है, बिना नागा। सिर्फ औरतें। आदमी एक भी नहीं। सब बीस-पचीस साल की उम्र वाली। ज्यादातर 'सल्फास' खाकर। गाँव-देहात के घरों में वही सहज उपलब्ध है।

शाम को या रात में झगड़ा होता होगा। मार पड़ती होगी। आधी रात में खाकर छटपटाने लगती होंगी। लेकिन इतनी रात में कहाँ सवारी खोजें? सबेरे लेकर चलते हैं। तब तक जहर असर कर चुका होता है।

लड़की धीरे-धीरे शिथिल पड़ रही है। उबलती हुई आँखें पथराने लगी हैं।

शाम होते-होते खेल खतम। चमकता हुआ शरीर मिट्टी हो गया। पलकें दबाकर अधखुली आँखें बन्द की गईं। मरने का रुक्का बना। सफेद चादर से ढकी,

स्ट्रेचर पर लदकर चीरघर की ओर चल पड़ी। सात–आठ बजते–बजते बेड खाली। चादर बदलो, तकिया बदलो। अगले मेहमान के स्वागत की तैयारी।

कौन थी? क्यों खाया जहर?

हर दिन की अलग कहानी। अवैध गर्भ। पति द्वारा पिटाई। दहेज–प्रताड़ना। तीसरी बेटी पैदा कर देना।

बेड नम्बर 7 बर्न बेड है। यह भी सबेरे–सबेरे अपना चादर तकिया बदलकर तैयार हो जाता है। इस पर आने वाली औरतों में ज्यादातर नवब्याहताएँ होती हैं। किसी की गोद में साल भर की बच्ची, किसी की गोद में छह महीने की। वह बेड भी शायद ही कभी खाली रहता हो। जहर खाने वालियों की मुक्ति तो उसी दिन हो जाती है लेकिन जलने वालियाँ चार–पाँच दिन तक पिहकने के बाद मरती हैं। कभी–कभी पूरा शरीर संक्रमित होने में हफ्ते–दस दिन लग जाते हैं। कितनी बहू–बेटियाँ हैं इस देश में कि रोज जलने और जहर खाने के बाद भी खत्म होने को नहीं आ रही हैं?

सबेरे घर वापसी से पहले अब कुच्ची इमरजेंसी के 1 नम्बर और 7 नम्बर बेड का एक चक्कर जरूर लगाती है। लौटकर सास को आँखोंदेखा हाल बताती है। फिर पूरे दिन उदास रहती है। दुनिया को जितना नजदीक से देखती है उतना ही दुखी होती है।

उस दिन वापस घर पहुँची तो देखा, बैलों के खूँटे सूने पड़े थे। गाय और भैंस रह–रहकर रँभा रही थीं। शायद पगहा तुड़ाकर आसपास चरने चले गए हों! वह अगवाड़े–पिछवाड़े देख आई। तब तक सुलछनी आती दिखी। किसी के न रहने पर वह इधर का एकाध चक्कर लगा जाती है। उससे पूछा।

—बिक गए।

—बिक गए?

—हाँ। पैकवार दो दिन से आ रहा था। आज सौदा पट गया। सबेरे ही तो हाँककर ले गया।

वह चुप रह गई। बेचने के पहले ससुर ने कोई चर्चा तक नहीं की। हो सकता है, सास से सलाह की हो! जाते हुए दोनों को देख भी न पाई। थके कदमों से चले गए होंगे। गाय और भैंस उन्हीं की याद में रँभा रही हैं।

पता चला कि सास को भी नहीं मालूम। उनसे भी कोई राय–सलाह नहीं की। बेचने के बाद सारे दिन उनके पास बैठे रहे लेकिन तब भी नहीं बताया। अगले दिन सास ने पूछा तो बोले—अब कौन उन्हें खिलाता और कौन जोतता? मेरे वश का तो है नहीं। बेकार बाँधकर खिलाने का क्या मतलब?

—कभी चर्चा भी नहीं किए। पूछे भी नहीं।

—किससे पूछते? तुमसे, जो लँगड़ी होकर यहाँ पड़ी हो? कि बहू से, जो आज गई कि कल?

—कितने में फेंके?

—सोलह हजार में।

—बीस हजार में तो दो साल पहले बेटा खरीदकर लाया था। तब चार दाँत के थे। अब पचीस हजार से कम के न थे।

—मेरा दिमाग काम नहीं कर रहा है बजरंगी की अम्मा। अब न कुछ पूछो, न बताओ।

शाम को वह पहुँची तो बूढ़ी उसके गले में बाँह डालकर रोने लगी।

—सब बिगड़ गया बिटिया। उस एक के जाते ही सब बिगड़ गया। भगवान तेरे पेट में एक बिरवा रोप दिये होते तो हम जी जाते। तब मैं थोड़े तुझे कहीं जाने देती। उसी के सहारे हम सब जिन्दगी काट देते।

सास को खिलाने और दवा देने के बाद वह फर्श पर बिछे अपने बिस्तर पर लेटी तो फिर उसकी आँखों में बजरंगी का चेहरा नाचने लगा। सफेद दाँतों वाला हँसता हुआ चेहरा। मुराही (शरारत) से चमकती आँखों वाला। वे दिन में उसे कुच्चो रानी और रात में कंचनजंघा कहते थे। कहीं से आते तो कोठरी के एकान्त में पहले उसके स्तनों को दबोचते फिर पूछते—यह बायाँ वाला दाहिने से छोटा क्यों है? इसे भी महीने भर में दाहिने के बराबर कर देना है।—कभी कहते—माँ-बाप ने मेरा नाम बजरंगी रखा है। मुझे बाल बरम्हचारी रहना था। तुमने आकर सब भरभंड कर दिया।

—मैं क्या तुम्हें बुलाने जाती हूँ? कहीं से आते हो तो सीधे कोठरी में ही घुस आते हो। दिन में तो बरम्हचारी रहा करो।

वे भी इन्तजार कर रहे थे उस बिरवे के अँखुआने का। उन्होंने तो नाम भी सोच लिया था—बालकिसन। उसके पेट को सहलाते हुए पूछते—कब आएगा रे मेरा बालकिसन?—फिर पेट से कान सटाकर कहते—शायद आ गया। किलकारी की आवाज सुनाई पड़ रही है।

उमड़ते आँसुओं को आँचल से पोंछते हुए वह बुदबुदाई—हम तुम्हें तुम्हारा बालकिसन नहीं दे सके राजा।

कल से ही उनकी छवि मन में बसी है। कल शाम बितानू आया था। बजरंगी का हेल्पर। पता चला कि अम्मा अस्पताल में भर्ती हैं तो देखने चला आया। कह रहा था कि बड़े मिस्त्री (बनवारी) की खोपड़ी में पैसे की गर्मी घुस गई है। अब वह उनको और तेल नहीं लगाएगा। खुद अपना काम शुरू करेगा। उसने बताया कि बड़े मिस्त्री के पास बोरिंग का जो सामान है, उसकी खरीद में आधा पैसा बजरंगी भैया का लगा है। अगर बँटवारा करके आधा सामान उसे दिला दिया जाए तो उसका काम चल निकले। वह महीने-महीने किराया देता रहेगा।

—यह बात तो सीधे बाबू से कहो बितानू। मैं तो चार दिन की मेहमान हूँ।

—अच्छा, भाभी, जमीन वाला कागज बड़े मिस्त्री ने भइया को दे दिया था कि नहीं?

—कौन-सी जमीन ?

—पिछले साल दोनों भाइयों ने बाजार में दुकान खोलने के लिए साझे में जमीन खरीदी थी। उसकी रजिस्ट्री का कागज बड़े मिस्त्री के पास था। मुझे इसलिए पता चला क्योंकि चार-पाँच महीना पहले उसी के लिए दोनों भाइयों में कुछ कहासुनी हुई थी।

कुच्ची ने बितानू का स्टूल अम्मा के सिरहाने रखवाते हुए कहा—जरा अम्मा को बता दो यह बात।

बूढ़ी ने भी ऐसी किसी जमीन या कागज की जानकारी से इनकार कर दिया। फिर कहा—बितानू बेटवा, तुम यह बात हमारे बुढ़ऊ के कान में जरूर डाल देना।

एक और शंका पैदा कर दी बितानू ने—जैसे पिचाली हैं बड़े मिस्त्री, हो सकता है, रजिस्ट्री में बजरंगी भइया का नाम ही न डलवाए हों!

सास-बहू उसका मुँह देखने लगीं।

—ऐसा न होता तो बड़े मिस्त्री कागज देने में आनाकानी क्यों करते ?

—सही बात!—दोनों के मुँह से एक साथ निकला।

—इसलिए काका से कहिए कि रजिस्ट्री ऑफिस जाकर पता लगाएँ। अगर लिखते समय ही धोखा हो गया है तब तो अब कुछ नहीं हो सकता लेकिन अगर कागज में दोनों भाइयों का नाम है तो अपना हिस्सा नपवाकर फौरन बाउंडरी करवा लें। अगर बड़े मिस्त्री ने मकान बनवाकर पूरी जमीन घेर ली तो ताजिन्दगी कब्जा नहीं मिलेगा।

दोनों औरतों के सिर एक साथ सहमति में हिले। फिर बूढ़ी बोली—इसका पता तुम्हीं लगा सकते हो बाबू। बुढ़ऊ के वश का नहीं है।

—एक बात मेरी समझ में नहीं आती काकी। बड़े मिस्त्री बजरंगी भइया को सीधे अस्पताल क्यों नहीं ले गए ? घर क्यों ले आए। अगर वहीं से लेकर अस्पताल भागे होते तो हो सकता है, भइया की जान बच जाती। वही जहरीली दारू दो लेबर भी पिये थे। उन्हें लोग सीधे मेडिकल कॉलेज ले गए और उनकी जान बच गई।

—दारू तो वे कभी पीते नहीं थे।

—एक-दो बार पिये थे।

—दारू कहाँ मिली ?

—मधुबन के जंगली सिंह ने नई बोरिंग कराई थी। उसी दिन बिजली का कनेक्शन मिला था। उसी का जश्न था। बड़े मिस्त्री एक खराब मोटर चेक करने चले गए थे। उनके लौटने में देर होने लगी तो ये लोग पीने लगे। जब तक बड़े मिस्त्री लौटे तब तक इन लोगों की हालत खराब होने लगी तो बड़े मिस्त्री पीने से बच गए।

तब से कुच्ची को लग रहा है कि जेठ ने जानबूझकर खुद को जहरीली दारू पीने से बचा लिया और उनको अस्पताल पहुँचाने में देर कर दी। जमीन और दारू के बीच में कुछ 'कनेक्सन' जरूर है।

सारी दुनिया के मर्द कहते हैं कि औरत के पेट में बात नहीं पचती। तुम भी हमें विश्वास लायक नहीं समझे राजा।

टूटे हाथों वाला लड़का डिस्चार्ज हो गया। लेकिन जाने के पहले उसकी माँ ने कुच्ची को एकान्त में ले जाकर बहुत खाते-पीते घर के एक विधुर लड़के के बारे में बताया—अब इस बुढ़िया का पैर दबाने से क्या मिलने वाला है? अपने बाप को मेरे पास भेजना।

उसी ने सारी नर्सों, दाइयों और वार्ड ब्वाय तक को बता दिया है कि कुच्ची का आदमी मर गया है और वह जल्दी ही उसके लिए दूसरे मरद का इन्तजाम कर रही है।

एक नर्स है कुट्टी। लम्बी, पतली, साँवली। लँगड़ी हिन्दी बोलने वाली। उसको देखकर लम्बी मुस्कान बिखेरती है। कहती है—मेरा-तेरा एक नाम—कुच्ची और कुट्टी। तो दोनों सिस्टर-सिस्टर हुआ।

एक दिन मुस्कुराकर पूछा—दूसरी शादी कब बनाएँगा?

कुच्ची भी मुस्कुराई—जब तुम बनाएगा।

—ना बाबा। हम तो कब्भी नहीं बनाएँगा।

—क्यों?

—हमको जलने से बहुत डर लगता। दारू पीकर आएँगा और केरासन डालकर जला देगा।

लेकिन बाद में पता चला कि इसके तो एक बेटा भी है। सात-आठ साल का। एक दिन बस्ता टाँगे स्कूल से अस्पताल आ गया था।

कुच्ची ने पूछा—तुम्हारे तो बच्चा है?

—बच्चा बनाया, मगर शादी नहीं बनाया।

—तो बच्चा कैसे बनाया?

—बच्चा एक फ्रेंड से 'गिफ्ट' लिया। उसके साथ महीने भर सोया और बच्चा मिल गया। फ्रेंड बोला—शादी बनाएगा? हम बोला—नहीं। हसबैंड बनते ही 'लभर' डेमन बन जाता। डेमन समझती?

—मरद की जरूरत तो पड़ती है न।—कुच्ची मुस्कुराई।

—जरूरत पड़ने पर मरद मिल सकता। जरूरत पड़ने पर बच्चा मिल सकता।—सैंडिल खटखटाकर जाती हुई कुट्टी मुड़कर मुस्कुराते हुए बोली—मरद नहीं, हसबैंड खतरनाक होता।

अगले दिन, फिर अगले दिन कुट्टी ने पता नहीं क्या-क्या बताया। क्या नहीं हो रहा है दुनिया में! एक हीरोइन ने एक खिलाड़ी से 'गिफ्ट' लिया। एक लेडी डॉक्टर ने बीज बैंक से 'गिफ्ट' लिया। बाहर के मुल्कों में तो जाने कब से 'गिफ्ट' का लेन-देन चल रहा है।

गिफ्ट? माने भेंट। माने चीन्ह। माने निशानी। मुन्दरी और रूमाल का गिफ्ट तो सुना था उसने। अब यह बच्चे का गिफ्ट भी चलन में आ गया?

उस दिन शाम को कुच्ची ने जानवरों की सरिया में मच्छरों को भगाने के लिए भूसे के ढेर में नीम की पत्तियाँ मिलाकर धुआँ सुलगाया। भैंस लगाया। दूध उबलने के लिए आँगन में गोंइठे की आँच पर रखा और बगल में मचिया पर बैठकर सब्जी काटने जा रही थी कि किवाड़ खुलने की आवाज आई। देखा तो बनवारी सीधे उसी पर नजर गड़ाए आधे आँगन तक आ गया था। वह सिर से पैर तक जल-भुन गई। न खाँसना, न खखारना। खाँस-खखारकर घर के अन्दर आने का मर्दों का कायदा रहा है ताकि औरतें अपना कपड़ा-लत्ता सही कर लें। पता नहीं, कौन किस हालत में है! पहने ओढ़े है कि उघार है! पता तो है इनको कि मैं घर में अकेली हूँ। वह गुस्से से काँपने लगी। घूँघट नहीं किया। सीधे मुँह उठाकर देखा। अन्दर ही अन्दर सावधान हो गई।

—जरा आग देना रे छोटकी। बीड़ी जलाना है।

वह उठकर खड़ी हो गई।

—अकेली औरत के आँगन तक, चोर की तरह घुस आए। बाहर सरिया में उतनी आग सुलग रही है, वह नहीं दिखाई पड़ी?

ऐसी शुरुआत की उम्मीद नहीं थी बनवारी को। उसने मुस्कुराने की कोशिश की—उससे ज्यादा आग तो मेरे दिल में जल रही है छोटकी। तुमको दिखाई पड़े तब न!

—मुझे जो दिखाई पड़ रहा है, उससे परलै आ जाएगी। खैर इसी में है कि मेरे रास्ते से हट जाओ।—हँसिए वाला हाथ हवा में लहराते हुए उसने ललकारा—बाप की तरह लगते हो और राल चुआते शरम नहीं आती?

—पहले मेरी बात तो सुनो कुच्चन। मुझे दुश्मन क्यों समझती हो? मैं दोनों को रख लूँगा। इस घर में तुम राज करो, उस घर में सुलछनी। कहीं जाने की जरूरत क्या है?

—कान खोलकर सुन लो। हमारी राहें जुदा हैं और जुदा रहेंगी। फिर कभी मेरी राह काटने की कोशिश की तो अपने और तुम्हारे खून की धार एक कर दूँगी।

अब? क्या-क्या कहने की सोचकर आया था। सोचा था, कहेगी—मुझे पता है, कैसे रखोगे। आधी रात में जेठानी को घसपिटने से पीटते हो तो उसका अल्लाना सारा गाँव सुनता है।

वह कहता—कसम ले लो जो तुम्हें फूल की पंखुरी से भी मारूँ। रानी बनाकर करेजे में रखूँगा। तब हो सकता है, मुस्कुरा देती। लेकिन यहाँ तो शुरुआत ही बिगड़ गई।

अपने पचास साला हेल्पर नसीर को वह औरतों के मामले में उस्ताद मानता है। कई दिन से उस्ताद के साथ सोच-विचार चल रहा था। आगे-पीछे की सारी सम्भावना सोचकर उस्ताद ने डायलॉग तैयार कराए थे। कहा था—वह औरत ही क्या जो सीधे सीधे हाँ कर दे! औरत की 'ना' में ही 'हाँ' छिपा रहता है। उसे पहचानने की नजर चाहिए। लेकिन उसे तो कहीं से भी 'हाँ' के लच्छन नजर नहीं आते। उस्ताद ने कहा था, वह मर्द ही क्या जो 'ना' सुनकर पीछे हट जाए! हिम्मत और हिकमत से टेढ़ा काम भी बन जाता है। अकेले में मिल गई और नहीं मानती तो आगे बढ़कर गिरा देना। हो सकता है, दिखाने के लिए थोड़ी देर हाथ पैर झटके लेकिन अन्त में चुप हो जाएगी। और अगर चीखी-चिल्लाई भी तो तुम्हारा क्या! वही बदनाम होगी और धीरे-धीरे टूट जाएगी। मुँह काला कर दो तो कहीं जाने लायक रहेगी ही नहीं।

आज सबेरे से ही वह तैयारी में था। काम पर नहीं गया। बाजार जाकर फकीरे की सैलून में दाढ़ी-बाल बनवाया। मूँछें छँटाईं। उनमें पके बाल नोचवाए। नहाया-धोया, तेल लगाया। कुर्ता-धोती पहना। जूता मोजा डाटा। सुलछनी को चरी काटने भेजकर निश्चिन्त हो गया। पता था कि काका अस्पताल में हैं। वह घर पर अकेली है। मान जाती तो लोय लग जाती। इससे जो बेटे पैदा होते, वे जवान होने पर हरियाणा नसल के साँड़ों की तरह दिखते। चार-पाँच भी हो जाते तो सारे गाँव को पानी पिला देते। जिधर से हँकड़ते हुए निकलते, लोग राह छोड़कर हट जाते। सुलछनी के पेट से तो मरकट जैसे पैदा हुए हैं तीनों। एक लट्ठ पड़ जाए तो पोंक मारें।

कुच्ची की आँखों में उतरा खून देखकर उसे प्यार-मोहब्बत के सारे बोल भूल गए। हँसुए की धार के आगे कोई हिकमत नहीं सूझ रही है। लेकिन औरत के आगे से मैदान छोड़कर हटना...वह फिर हिम्मत जुटाता है। सूखे होंठ चाटकर दहाड़ने की कोशिश करता है—तो तू भी कान खोलकर सुन ले। इस गाँव में एक ही शर्त पर रह सकती है—मेरी जाँघों के नीचे बिछना कबूल करके, वरना भागना पड़ेगा। सीधे नहीं तो टेढ़े।

—मैं किस घाट लगूँगी, यह तो ऊपर वाला ही जाने। जिन्दा रहूँगी या कहीं बह-बिला जाऊँगी, क्या पता! लेकिन इस जनम में तेरी जाँघ के नीचे नहीं बिछूँगी, यह बात तू गाँठ बाँध ले। दगाबाज! हत्यारा कहीं का!

बनवारी एक-एक कदम पिछड़ते, फुफकारते हुए किवाड़ के पास तक गया फिर झटके से सीधा हुआ। ऐं! यह कौन? लाले लोहार की बहू? कब से किवाड़ से सटी खड़ी है?

वह रुका नहीं। उस पर उड़ती-सी नजर डालकर गली में गायब हो गया।

पन्द्रह दिन में ही डॉक्टरों ने तुम्हें अपने पैरों पर खड़ा कर दिया?—बूढ़ी से मिलने आई पड़ोस की औरतें अचरज करती हैं।

—डॉक्टरों ने नहीं, मेरी इस बहू ने।—बूढ़ी पास खड़ी कुच्ची की कलाई पकड़ते हुए कहती है—सगी बेटी भी पेशाब-पाखाना साफ करते हुए एक बार घिनाएगी लेकिन यह तो बेटी से भी बढ़कर निकली। इसी की सेवा से उठकर खड़े हुए हैं।

कुच्ची ने बताया—लोहे की छड़ डालकर नट-बोल्ट से कस दिया, और ऊपर से मांस-चमड़ा ढककर सिल दिया।

—अरे गजब!—उन्हें यकीन नहीं होता।

—यह जो लोहे का गोला है, इसे वाकर कहते हैं। इसके सहारे धीरे-धीरे चल सकती हैं। बस, टूटे हुए पैर पर महीने भर जोर नहीं डालना है। तीन-चार महीने में हड्डी पूरी तरह जुड़ जाएगी। इस बीच दिशा-मैदान के लिए उठते-बैठते समय किसी का सहारा लेना पड़ेगा, बस।

—राम करें, तुम्हारी जैसी बहू सबको मिले!—बूढ़ियाँ असीसती हैं।

बूढ़ी कुच्ची का हाथ पकड़े-पकड़े कहती है—लगता है, पिछले जनम में यह मेरी बेटी थी।

कुच्ची का बाप आया और सारी बात जान-समझकर लौट गया। जैसे इतने दिन बीते, वैसे चार महीना और सही।

बनवारी ने सुलछनी को बूढ़े-बूढ़ी का दिल जीतने के काम में लगा दिया। दिल जीतना और सास-बहू के बीच शंका और झगड़े का बीज बोना। जितनी जल्दी शंका का पेड़ फल देगा उतनी जल्दी यह औरत यहाँ से दफा होगी। वह खुद भी सुबह-शाम हाजिरी लगाने की कोशिश करेगा।

बुढ़ऊ का दिल जीतने के लिए ज्यादा उद्यम करने की जरूरत नहीं है। नहाते समय पहुँचकर हैंडपम्प चला देने या गीली धोती धोकर फैला देने भर से खुश हो जाने वाले जीव हैं बुढ़ऊ। बूढ़ी को सिर में तेल लगाकर कंघी करके और जुएँ निकालकर खुश कर देगी। सास को खुश करने का सबसे कारगर हथियार है बहू के काम में मीनमेख निकालना। सुबह-शाम दिशा-मैदान लेकर चली जाए तो अकेले में चाहे जितना कान भरे।

सुलछनी की सेवा देखकर तीनों परानी खुश भी हैं और हैरान भी। इसका मतलब, दिल की बुरी नहीं है सुलछनी। लेकिन बनवारी के स्वभाव में आई नरमी और अपनापन जरूर अचरज में डालता है। सिर्फ कुच्ची को बनवारी का सामने पड़ना बर्दाश्त नहीं होता। वह सामने से हट जाती है।

एक जल्दबाजी को लेकर बनवारी पछता रहा है। जब बूढ़ी अस्पताल में थी तो उसने साझी आबादी की जमीन का दो-तिहाई घेरकर अपनी सरिया की नींव डाल दी जबकि कायदे से उसका हक आधी जमीन पर ही बनता है। नींव डाली तो डाली, उसका एक मोहार (द्वार) भी काका की तरफ खोल दिया। अब यह तो कोई भी समझ सकता है कि जिस दिन वह इस मोहार के सामने चार खूँटे गाड़ देगा, लगभग सारी जमीन उसके कब्जे में आ जाएगी। यह काम करने का सही समय अभी नहीं आया था, पर चूक हो गई। भगवान करे, इस चालाकी पर काका की नजर न पड़े।

काका की तो नहीं लेकिन काकी की नजर इस पर अस्पताल से लौटते ही पड़ गई। पहले उसने कुच्ची की खबर ली। कुच्ची ने दुहाई दी कि हिस्सेदारी का मामला उसकी समझ में नहीं आया। तब बूढ़ी ने बुढ़ऊ को जाकर काम रोकवाने के लिए कहा लेकिन बुढ़ऊ की टोकने की हिम्मत नहीं पड़ी। उल्टे बूढ़ी को ही समझाने लगे—उसकी दीवारें खड़ी हो चुकी हैं। वह तो अब गिरने से रहीं। वह झगड़ालू आदमी है। अपने दिन खराब चल रहे हैं। हमेशा के लिए बिगाड़ हो जाएगा।

—जब नींव खोद रहा था तब आपकी आँखें फूट गई थीं?

—मुझे मौका कहाँ मिला पिछवाड़े जाकर देखने का? सारा दिन तो अस्पताल में बीत जाता था। और अब हमारे आगे-पीछे कौन है? किसके लिए टंटा किया जाए?

—इतनी जल्दी मरे भी नहीं जा रहे हैं। अभी से धनुहाबान रखने से कैसे बीतेगी?

लेकिन बुढ़ऊ उधर झाँकने नहीं गए।

एक दिन कुच्ची को एक किनारे ले जाकर सुलछनी बोली—तेरे लिए एक लड़का ढूँढ़ा है। एकदम गभरू जवान। मेरे जीजा का छोटा भाई है। तू देखते ही मोहित हो जाएगी।

कुच्ची उसका मुँह ताकने लगी।

—मेरे घर आकर बैठा है। बम्बई कमाता है। चल, दिखा लाऊँ।

—दीदी, उनको पहले बप्पा के पास भेजो। जो करेंगे, बप्पा ही करेंगे।

—अरे, उसके साथ सोना तुझे है कि बप्पा को? पहले तुझे तो पसन्द आए—फिर उसको गुदगुदाते हुए हँसी—अच्छा, तू बाल्टी लेकर हैंडपम्प तक आ जा। वह तो देख ले अपनी महारानी को!

फिर उसका हाथ पकड़कर बाहर खींचते हुए समझाया—सोने जैसी जवानी को अकेले गलाकर राँगा करने में कौन-सी अकलमन्दी है?

एक दिन शाम को बितानू आया। सुलछनी के रहने तक इधर-उधर की बातें करता रहा। उसके जाने के बाद बताया—कालिका बनिया की जमीन खरीदी गई है। कालिका ने बताया कि लिखाते समय दोनों भाई मौजूद थे। दोनों भाइयों की दसखत हुई है।

सुनकर तीनों परानी देर तक ऊभ-चूभ होते रहे।

—बनवारी को कागज देना होता तो बजरंगी के जिन्दा रहते दे देता। कागज पाने का और कोई रास्ता नहीं है?

—है क्यों नहीं? रजिस्ट्री ऑफिस जाना पड़ेगा। कालिका से रजिस्ट्री की तारीख पता करके काका के नाम से नकल की दरखास्त लगानी पड़ेगी। थोड़ा टैम लगेगा। थोड़ा खर्चा लगेगा।

—तो वही करो। जो भी खर्चा लगेगा, देंगे।—बूढ़ी बोली।

—ठीक है।—बितानू उठते हुए बोला—और बोरिंग के सामान का क्या सोचा काका? दिला देते तो मेरा काम भी शुरू हो जाता।

—मैं दिलाऊँगी बितानू बेटवा। मुझे ठीक हो जाने दो। ये तो बनवरिया के सामने पड़ते ही गूँगे हो जाते हैं।

बितानू के आने की खबर पाकर चौंक गया बनवारी। पता नहीं, क्या लगाई-बुझाई कर गया होगा! उसका रास्ता बन्द करना होगा।

सुलछनी को पता है कि बुढ़ऊ को महुए का ठोकवा और पना बड़ा बहुत पसन्द है। ठोकवा तो कई दिन पहले बनाकर खिलाकर गई थी। आज पना बड़ा बनाकर लाई है।

बूढ़ी कहती है—क्यों परेशान होती है?

—इसमें परेशानी की क्या बात है? मैं आपकी बहू नहीं हूँ?

—वह तो ठीक है लेकिन अभी तो तेरी देवरानी है ही पकाने-खिलाने के लिए। जब नहीं रहेगी और मेरा जांगर घट जाएगा तो तेरे सिवा दूसरा कौन है खिलाने वाला?

सुलछनी के जाने के बाद कुच्ची कहती है—अम्मा, मेरा मन नहीं करता कि इसके हाथ का बना खाना खाऊँ। इन दोनों के मन में चोर है। क्या पता, किसी दिन जहर ही खिला दें!

—हो सकता है।—बुढ़ऊ बोले—बनवरिया कुछ भी कर सकता है। लाओ, कुतवा को खिलाकर देखते हैं। अभी पता चल जाएगा।

—पागल हो गए हो क्या?—बूढ़ी डाँट लगाती है—कुतवा बेचारे की जान लेने की क्या जरूरत है? अँधेरा हो गया है। ले जाओ, घूरे में गड्ढा खोदकर गाड़ दो।

कई दिन बाद, बूढ़ी के सिर में तेल लगाते हुए सुलछनी ने गोला दागा—एक बात बताना चाहती हूँ अम्मा। फिर सोचती हूँ, बताऊँ कि न बताऊँ?

—बता न, क्या बात है?

घर के आदमी की शिकायत भी तो नहीं करते बनता।

—बुझौवल क्यों बुझाती है? साफ-साफ बोल न!

—तीन-चार दिन हुए, साँझ के झुटपुटे में मैंने देवरानी और बितानू को बैलों की सरिया से मुस्कुराते हुए आगे-पीछे निकलते देखा था।

—क्या कह रही है?

—हाँ, अम्मा! आपकी कसम। एक बार तो मुझे भी अपनी आँख पर यकीन नहीं हुआ लेकिन इतना अँधेरा भी नहीं था कि पहचान न पाऊँ।

बूढ़ी ने मौन साध लिया।

—मेरी मानो तो इस आग के गोले को जितनी जल्दी हो सके, दफा करो। मैं तो हूँ ही सेवा-टहल के लिए। मुझे परायी क्यों समझती हो?

—हूँ!—एक लम्बी हुंकारी।

—पता नहीं, देवरानी को उस नटुल्ले में मिल क्या रहा है? इतना सुन्दर लड़का मैंने दिखाया था।

—तूने दिखाया था? कब?

—कई दिन हुए।

—कहाँ?

—यहीं घर पर। मेरे जीजा का भाई है। मैंने तो कहा कि अम्मा को भी दिखा दे। आपको बताया भी नहीं?...यही कपटखेला मुझे अच्छा नहीं लगता।

बूढ़ी से कुछ कहते नहीं बना।

बितानू की सूचना से तीनों प्राणियों के मन की खदबदाहट बढ़ गई। बूढ़ी के बहुत दबाव डालने पर एक दिन बुढ़ऊ ने जमीन की चर्चा छेड़ी।

—कैसी जमीन?—बनवारी बौखला गया।

—जिसे कालिका बनिया से दोनों भाई साझे में खरीदे हो?

—साझे में? कौन कहता है? मैंने खरीदा है, तनहा।

—कागज में तो बजरंगी की भी दसखत है।

—दसखत तो है लेकिन खरीदार के तौर पर नहीं। गवाह के तौर पर।—फिर पूछा—किसने पढ़ाई ए पट्टी? बितनुआ ने तो नहीं? काला नाग है। ऐसी जगह डसेगा कि पानी भी नहीं मिलेगा।

—वह अपना बोरिंग का काम शुरू करना...

—हाँ-हाँ, खूब कराओ बोरिंग।—होंठ ऐंठ गए बनवारी के—बढ़िया से कर देगा। इसीलिए रोज घर में घुसाए रहते हो?

लाख चाहने के बावजूद बनवारी अपनी तल्खी दबा नहीं सका। उसे यह भी लग गया कि प्यार-मुहब्बत का दिखावा आगे काम नहीं आने वाला। सुलछनी का भी मानना है कि बूढ़ी के पेट से कोई बात निकाल पाना महा मुश्किल। कुछ पूछते ही गूँगी बन जाती है बुढ़िया।

—अच्छा, ऐसा कर, अब जिस दिन वहाँ बितनुआ आए, उसे बहाने से घर के अन्दर बुला। फिर आवाज देकर कुच्ची को भी बुला ले और बितनुआ की कमर पकड़कर लटकते हुए चिल्लाना शुरू कर दे कि हरामजादे, मेरा ही घर मिला तुझे घटियारी करने के लिए! घसीट सके तो चप्पल से पीटते-चिल्लाते हुए उसे घर से बाहर घसीट ला। तब तक दस-पाँच लोग इकट्ठे हो जाएँगे। उन्हें बता कि तूने देवरानी के संग उसे बदमाशी करते हुए रँगे हाथों पकड़ा है। तू इतना कर दे तो आगे मैं देख लूँगा। एक ही झटके में दोनों 'खेत' हो जाएँगे।

—झूठ बोलना पड़ेगा?

—झूठ-सच क्या होता है? चार बीघे के लिए तो आदमी दिनदहाड़े सगे बाप को काट देता है।

लेकिन सुलछनी का इन्तजार लम्बा होता जा रहा है। बितानू इधर दिखाई ही नहीं पड़ा।

बनवारी की निराशा बढ़ती जा रही है। लगता नहीं कि यह औरत यहाँ से जाएगी। इसका बाप भी पता नहीं कहाँ मर गया! वह इतना बेचैन हो गया है कि उसका हेल्पर नसीर उसे ब्लड प्रेशर जाँच कराने की सलाह देने लगा है।

वह पिछवाड़े से ईंधन लेकर लौटी तो देखा, उसकी नाद पर बनवारी की भैंस और पंड़िया बँधी थीं। यहाँ क्यों बाँध गए? उसका मन किया, तुरन्त जाकर दोनों जानवरों को भगा दे, लेकिन गम खा गई। जब सास-ससुर मौजूद हैं तो उसका आगे बढ़कर ऐसा करना ठीक नहीं होगा। क्या पता, बूढ़े-बूढ़ी को ही यह अच्छा न लगे!

मुश्किल से दस दिन हुए होंगे जब बनवारी ने साझे महुए की एक मोटी डाल काट ली थी। दोनों घरों के बीच महुए का वही एक पेड़ था जिससे हर साल डेढ़ दो मन महुआ मिल जाता था। भला कोई ऐसा फलदार पेड़ काटता है! वह भी बिना राय-सलाह के! बूढ़ी ने बुढ़ऊ को ओरहन लेकर जाने के लिए कहा तो वे टालमटोल करने लगे। बोले—मुँहफट आदमी है। कभी-कभी पी भी लेता है। क्या पता, क्या बोल दे! अपनी इज्जत अपने हाथ। झगड़ा बढ़ाने से कटी हुई डाल जुड़ तो जाएगी नहीं।

लेकिन कुच्ची का कहना था कि बात एक डाल की नहीं, अपने हक-हिस्से के लिए खड़े होने की है। वह एक-एक चीज हड़पता जा रहा है। टोका नहीं गया तो

मनबढ़ होता चला जाएगा। आम की पूरी बाग साझे में है। किसी दिन चुपके से बेच देगा तो क्या होगा?

बुढ़ऊ नहीं गए तो बूढ़ी ने सुलछनी को बुलवाया। वह एक ही मिठबोलनी। बोली—गलती हो गई अम्मा। नई सरिया के लिए 'धन्न' की जरूरत थी। कोई और पेड़ था नहीं, इसलिए काट लिए। पूछा नहीं, यही गलती कर दिये। पूछते तो क्या बुढ़ऊ मना कर देते? उनको भी अपनी गलती समझ में आ गई है इसीलिए उस दिन के बाद आप लोगों के सामने पड़ने से बच रहे हैं।

चुप हो गई बूढ़ी। गलती मान लिया तो अब क्या बोले?

लेकिन अब यह कांड। उसने आकर बूढ़ी को बताया। बुढ़ऊ बाजार गए थे। लौटे तो बूढ़े-बूढ़ी में बहस होने लगी।

बुढ़ऊ उल्टे बनवारी की तरफदारी करने लगे—अपने बैलों की जगह तो खाली ही पड़ी है। जब तक उसकी सरिया पर छप्पर नहीं पड़ जाता तब तक मेरी सरिया में बाँध ले तो क्या हर्ज है?

—बाँधने से पहले आपसे पूछा?

—पूछा नहीं, यही तो बेजह किया।

—इसलिए नहीं पूछा कि उसे किसी का डर नहीं रह गया है। उसके मन में लालच का भूत समा गया है। जबरिया कब्जियाना चाहता है। धौंस से। अभी नहीं बोले तो एक दिन घर से निकाल देगा। आपके मुँह में जीभ नहीं है? इसी दम चलकर सरिया खाली करवाइए। हम दोनों भी पीछे-पीछे आ रहे हैं।

बुढ़ऊ का मन नहीं था जाने का, लेकिन गए तो बात बढ़ती चली गई।

—तुझे किसी का डर-भय नहीं रह गया रे? क्या समझकर मेरी सरिया कब्जियाने चला है?

—तुम बहरे तो थे ही, अन्धे भी हो गए क्या काका? देख नहीं रहे हो कि हमारी पुरानी सरिया किस हाल में है? एक भी फूस उस पर बचा है? नई पर अभी छाजन नहीं पड़ी। हमारे जानवर माघ की इस ठंड में रात-भर काँपते हैं। खाली पड़ी सरिया में बाँध दिया तो क्या गुनाह कर दिया?

—बाँधने से पहले पूछना नहीं चाहिए?

—इसमें पूछने की क्या बात है? किसी गैर के खूँटे पर बाँध दिये हैं क्या? बजरंगी के बाद अब मेरा-तेरा का क्या सवाल रह गया?

—क्यों, बजरंगी के साथ हम भी मर गए क्या? तुम्हारा रवैया हम शुरू से देख रहे हैं। पहले मोटरसाइकिल दबा के बैठ गए फिर आबादी की जमीन घेर ली। फिर महुए की डाल काट ली। अब सरिया कब्जिया रहे हो। कल को घर में घुस आओगे। क्या मतलब है इसका?

—अरे काका, जब खूँटा ही बूड़ गया तो आपके जीने-मरने से कितना फरक

पड़ जाएगा? जी लो दस-पाँच साल, जब तक मन न भरे। उसके बाद तो सब मेरा ही है, कि नया खूँटा गाड़ने का इरादा है?

—तुम इतना अगाही सोच रहे हो बनवारी?

—अगाही मैं नहीं, तुम सोच रहे हो काका। और समझते हो कि किसी को कुछ पता नहीं है। तुम्हारे मन में क्या पक रहा है, यह मुझे ही नहीं, सारे गाँव को पता है। नहीं तो किसके लिए तड़तड़ पतोहू घर में बैठाकर पोस रहे हो? पड़ोसियों के लिए? लेकिन ईमान से बताना, उस नीलगाय जैसी औरत में तुम्हारा कुछ ओधता भी है? [असर भी करता है?]

दीवार की ओट लिये खड़ी कुच्ची के कान में मानो पिघला शीशा पड़ गया।

—अरे बेशरम!—बुढ़ऊ चिल्लाए—लाज-शरम सब घोलकर पी गया क्या रे?

—लाज-शरम की सोचते तो घर में ही डाका डालते? गाँव के बच्चे-बच्चे को पता है। किसका-किसका मुँह बन्द करोगे? बेटा तो कुछ उखाड़ नहीं पाया, अब बाप चला है बाझिन से बेटा पैदा करने!

बाझिन! बाझिन!—कुच्ची के कान में गोले दगे।

—लेकिन कान खोलकर सुन लो। ससुर-पतोह छिनारा करोगे तो सारा गाँव चुपचाप देखता नहीं रहेगा। मूँड़ मुँड़ाकर, मुँह में कालिख पोतकर, गदहे पर बैठाकर सारे इलाके में घुमाया जाएगा।

गुस्से में रमेसर की देह से चिनगारी निकलने लगी। वे थोड़ी दूर पड़ा एक डंडा लेकर किचकिचाते हुए उसे मारने दौड़े। बनवारी ने डंडा छीनकर दूर फेंका और बुढ़ऊ को पटककर लगा मुँह पर ताबड़तोड़ मुक्का जमाने।

बुढ़ऊ चिल्लाए—मार डाला! बचाओ!

कुच्ची दौड़ते हुए पहुँची तो बनवारी बुढ़ऊ की छाती पर बैठा उनका गला दबा रहा था। बुढ़ऊ गों-गों करते छटपटा रहे थे। कुच्ची ने बगल से बनवारी के बाएँ कन्धे पर एक लात हुमचा। बनवारी उलट गया। लेकिन उलटते-उलटते उसके हाथ में कुच्ची की साड़ी आ गई। उसने अपना सारा जोर साड़ी खींचने में लगा दिया। साड़ी सरसराकर खुलने लगी। आधी साड़ी कुच्ची के हाथ में, आधी बनवारी के। तब तक क्या करते हो, क्या करते हो, कहते हुए दोनों के बीच सुलछनी कूदी। उसने बनवारी के हाथ से साड़ी छीनकर कुच्ची के ऊपर फेंका और बनवारी की बाँह पकड़कर घर की ओर घसीटने लगी।

सुलछनी की पकड़ से छूटना कितना मुश्किल? आधे झटके में छूट जाता। लेकिन वह खुद छूटना नहीं चाहता। एक ही लात खाकर वह दहल गया है। एक बार कुच्ची के भाई ने बताया था कि प्राइमरी स्कूल में यह लड़कों से कुश्ती लड़ जाती थी। बिलकुल सही बताया था। इसलिए मुड़-मुड़कर गाली देते हुए वह सुलछनी की गिरफ्त में चलता चला गया।

आसपास के लोग पहुँचने लगे तो कुच्ची साड़ी लपेटते हुए वहाँ से हट गई। लोगों ने रमेसर को खड़ा किया। वे धूल-धूसरित थे। मुँह से खून थूक रहे थे। उनके आगे वाले तीन दाँत टूट गए थे। दो ऊपर के, एक नीचे का।

कुच्ची साड़ी ठीक करके लौटी और रमेसर को सहारा देते हुए घर की ओर ले चली। बुढ़ऊ ओसारे में पड़ी चारपाई पर भहरा पड़े। मेला लग गया। कुच्ची लोटे में गरम पानी लाई। बुढ़ऊ को बैठाकर कुल्ला कराया गया। कुच्ची ने अँगोछा गीला करके उनके चेहरे और देह की धूल-माटी पोंछी फिर लेटाकर रजाई ओढ़ा दी। वे आँख बन्द करके कराहने लगे। लोग बनवारी की ज्यादती के लिए बुरा-भला कहने लगे। पाटी पकड़कर जमीन पर पैर फैलाए बैठी बुढ़िया लोगों की सहानुभूति पाकर रोने लगी। थोड़ी देर रोती फिर आँखों देखा हाल सुनाती—कितनी बेदर्दी से घूँसे मार रहा था! छाती पर चढ़कर हुमच रहा था। भतीजा नहीं, दुश्मन है। बहू न पहुँच जाती तो मार ही डालता।

अचानक कुच्ची को इस महाभारत की जड़ याद आई। उसने नाद में बँधी बनवारी की भैंस और पंड़िया के पगहे खोले और दो-दो डंडे मारकर सिंवार की ओर खदेड़ दिया।

लोग एक-एक करके लौटने लगे। बुढ़ऊ का दर्द बढ़ गया। पीठ में धुस्स चोट लगी थी और कुहनियाँ छिल गई थीं। कुच्ची कटोरी में हल्दी-तेल गरम करके लाई और सास-बहू रजाई के अन्दर हाथ डालकर बुढ़ऊ की मालिश करने लगीं।

आधी रात होने को आई। चारों तरफ सन्नाटा छा गया। बुढ़ऊ की कराह बन्द हो गई। तब बूढ़ी ने बहू से कहा—जाकर चूल्हे पर चावल-दाल चढ़ा दे।

बूढ़ी देर तक पाटी पर सिर टेककर आँखें मूँदे बैठी रही। बुढ़ऊ की देह में हलचल हुई तो कहा—तुम्हारी थाली यहीं भेजवा देती हूँ।

—तुम लोग खाओ। मुझे बिलकुल भूख नहीं है।

—तुम नहीं खाओगे तो सभी उपवास करेंगे। आज का दिन उपवास करने का नहीं है।

—अब मैं बहू को उसके मायके पहुँचाकर ही अन्न-जल ग्रहण करूँगा। उससे कहो, सबेरे तैयार हो जाए। सारे झगड़े की जड़ खत्म हो जाए।

—क्या बकते हो?—बूढ़ी गुस्से से फुफकारी—झगड़े की जड़ बहू है कि तुम्हारा वह कसाई भतीजा, जिसके मुँह में लगाम नहीं है? जो हमारी खेती-बारी और घर दुवार पर ही नहीं, बहू पर भी दाँत गड़ाए बैठा है। बहू तो इस घर में ब्याहकर आई है। उसी का तो सब कुछ है। अभी उसे पहुँचा दोगे तो मुझे पकड़कर जंगल तुम ले चलोगे? रोटी तुम सेंकोगे? मेरे ठीक होने के बाद वह अपनी मरजी से जाना चाहेगी तो शौक से बेटी की तरह विदा करेंगे और रहना चाहेगी तो घर की मालकिन बनाकर रखेंगे। उसे कौन निकाल सकता है? ऐसी बात मुँह से निकाली कैसे? कहाँ

का गुस्सा कहाँ उतार रहे हो? चीलर के डर से कोई कथरी फेंक देता है? उठो, हाथ-मुँह धोओ।

बुढ़ऊ थोड़ी देर तक चुप रहे फिर बोले—खा नहीं पाएँगे। दाँतों में बहुत दर्द है। लगता है, मुँह सूज रहा है।

—अच्छा, धीरे-धीरे एक गिलास ठंडा दूध पी लो। भेजवाती हूँ।

बुढ़ऊ के दूध पीने के बाद कुच्ची सास की थाली लेकर उनकी कोठरी में गई तो बूढ़ी ने हाथ पकड़कर उसे भी बैठा लिया—आ, इसी में दोनों जनी खा लेते हैं।

खाकर दोनों एक ही चारपाई पर लेट गईं। किसी की आँखों में नींद नहीं थी। बहू थोड़ी देर तक सास से कुछ फुसफुसाती रही फिर उठी और दरवाजा खोलकर बाहर आ गई। मड़ई में ससुर रजाई ओढ़े बैठे थे। उनकी बीड़ी की लौ रह-रहकर तेज हो जाती थी।

—बाबू, उठिए।

—क्या हुआ?

—अन्दर चलिए। आपकी चारपाई आज से दरवाजे के अन्दर बिछाएँगे। जेठ के सिर पर लालच का भूत सवार है। आपका यहाँ खुले में अकेले सोना खतरे से खाली नहीं है।

ससुर ने उठने में आलस दिखाया तो बहू ने उनका हाथ पकड़ लिया—उठिए।

बुढ़ऊ को अन्दर सुलाकर कुच्ची ने किवाड़ की कुंडी लगाई फिर अपनी कोठरी में जाने के बजाय सास की कोठरी में चली गई। रजाई में घुसकर वह बूढ़ी के गले में बाँह डालकर लेट गई।

बूढ़ी हिचकियाँ लेते हुए बड़बड़ा रही थी—हम बूढ़े-बूढ़ी कितने दिन के मेहमान हैं! हमारे बाद तो सब उसी का होना है। फिर भी उसको सबर नहीं है।

—वह आपके मरने का इन्तजार नहीं करेगा अम्मा, मारने का इन्तजाम कर देगा। मैं ही हूँ, उसके रास्ते का काँटा। मेरे जाते ही वह आप लोगों को लील लेगा।

बूढ़ी अन्दर तक काँप गई। लेकिन प्रकट में कहा—लील लेगा, तो लील ले। जैसी भगवान की मरजी!

—लेकिन मैं उसे लीलने दूँगी तब न! सिंघी मछली बनकर उसके गले में अटक जाऊँगी। उसकी आँत में हाथ डालकर अपनी जमीन निकालूँगी। अब मैं आप लोगों को छोड़कर कहीं नहीं जाने वाली। जैसे आप लोग 'उनके' माँ-बाप थे, वैसे ही मेरे हैं।—उसकी आवाज क्रमशः ऊँची होती गई—खबर करवा दीजिए मेरे बाप को कि अब कुचिया की जिन्दगी अपने सास-ससुर की सेवा में कटेगी। करे जितनी बदनामी करना चाहे यह पापी।

बूढ़ी ने बहू को खींचकर कलेजे से लगा लिया।

—तू नहीं जाना चाहेगी तो कोई तुझे जबरदस्ती थोड़े भेज देगा बिटिया! हम

जब तक जिएँगे, तुझे पान के पत्ते की तरह फेरेंगे।...लेकिन जवान देह का भी एक धरम होता है। ये दिन अकेले काटने से नहीं कटते।

—सारे फल खाते हैं, अम्मा। एक फल नहीं खाएँगे तो क्या नहीं निभेगा?

कोठरी में सन्नाटा छा गया।

गाँव की औरतों के बीच बस एक ही चर्चा—यह गर्भ वह लाई कहाँ से?

—मुझे तो लगता है, घर में ही खेला हुआ है। अपने बुढ़ऊ को जगाया होगा।—एक बूढ़ी अनुमान लगाती है।

—बुढ़ऊ में अब क्या बचा होगा अइया? साठ पार कर गए हैं।—एक बहू की शंका।

—साठ माने कुछ नहीं।—बूढ़ी का प्रतिवाद—किसी दिन अपने बुढ़ऊ को आजमाकर देख तो पता चल जाएगा। मर्द, बर्द और घोड़े कभी बूढ़े नहीं होते। खोराकी मिलती रहे तो चाहे आखिरी दिन तक जोतो। हमारे मिट्ठू के बप्पा को देख रही हो? बजरंगी के बाप से साल-दो साल बड़े ही ठहरेंगे। लेकिन जहाँ महीना-बीस दिन गुजरा कि लगते हैं काँखने-कराहने। क्या, तो कमर चिलक गई है! क्या, तो नार उखड़ गया है! क्या, तो कपार दुख रहा है! दोपहर से ही छछंद फैलाना शुरू करते हैं।

घर की बहुएँ जान जाती हैं कि अम्मा के लिए बुलौवा आ गया। गरम तेल की कटोरी लेकर रात में बुढ़ऊ की मड़ई में जाना पड़ेगा। सब मुँह में आँचल का टोंक दबाकर हँसती हैं। मजाक करती हैं—ए अम्मा! आपकी गौने वाली साड़ी निकाल देते हैं। वही पहनकर जाइएगा।

आम धारणा के अनुसार 'बुढ़ऊ' का मतलब सत्तर-अस्सी वर्ष का आदमी होता होगा लेकिन इस इलाके में इसका मतलब सचमुच इतना बूढ़ा हो, यह जरूरी नहीं। बेटे का गौना आते ही बहू से वार्ता करते हुए सास अपने पति को 'बुढ़ऊ' कहने लगती है, चाहे 'बुढ़ऊ' अभी पचास भी न पार किए हों! इसी कड़ी में वह खुद 'बूढ़ी', 'अइया' या 'अम्मा' हो जाती है। लेकिन कहने से क्या! कभी-कभी तो ऐसा होता है कि सास-बहू की जचगी एक साथ पड़ जाती है।

—मैं बहुओं से मुँह छिपाती फिरती हूँ लेकिन जाना तो पड़ता ही है। न जाऊँ तो अगले दिन कोई न कोई बहाना निकालकर वे घर भर को गरियाना शुरू कर देंगे। घर को उनके कोप से बचाने के लिए जाना पड़ता है।

—अच्छा! अपनी खुशी से नहीं जातीं?

बूढ़ी के होंठों पर रोकते-रोकते भी क्षीण मुस्कान उभर आती है।

कुच्ची के गर्भ को लेकर औरतों में दो मत हैं। एक की राय में अगर उसे यही

करना था तो इससे अच्छा था, दूसरा खसम कर लेती। रमेसर भगत के मुँह पर कालिख पोतने की क्या जरूरत थी?

—यह तो होना ही था। जोड़ा तोप तानकर चलने लगी तभी मैंने कहा था कि जल्दी ही यह 'बज्जर' किसी न किसी पर गिरेगा।

'बज्जर' तो गिरा। सवाल है कि कौन है वह तकदीर का धनी जिस पर गिरा?

उनके बीच एक-एक नाम पेश होता है और खारिज हो जाता है।

किसी-किसी ने अपने पति से जवाबतलबी कर डाली—कहीं तुम्हारा तो नहीं है? तुम्हारा सारा चाल-चरित्तर मुझे पता है।

कुछ का कहना है कि राँड़ तो अपना रंडापा काट ले लेकिन शोहदों-छिनरों के मारे काटने पाए तब न! औरत जात कब तक जान बचाएगी?

—घर में, पर्दे में रहना हो तो बच भी जाए। खेतीबारी के काम में टैम-कुटैम निकलना ही पड़ेगा।

—जो पर्दे में रहती हैं, वही कहाँ बच पाती हैं?—एक बहू कहती है—मेरे मायके में एक बड़ी बखरी की बहू गौने के बाद ही विधवा हो गई। दूसरा विवाह उसके यहाँ होता नहीं था। विधवा होने के चौथे-पाँचवें महीने खबर फैली कि बहू तप करने बैठ गई है। एकान्त तप। अब सूरज की किरण भी उसे न देख पाएगी। बहुत बड़ा घर था। बहुत बड़ा हाता। फुलवारी। कभी बाहर नहीं निकली। कभी किसी के सामने नहीं पड़ी। दिशा-मैदान का इन्तजाम भी हाते के अन्दर कर दिया गया। घोर तपस्या। ताकि अगले जनम में विधवा का दुर्भाग्य न झेलना पड़े। चौदह साल तपस्या किया। एक दिन खबर फैली कि तपस्या में बैठे-बैठे ही उसका स्वर्गवास हो गया। वहीं हाते में उसे समाधि दे दी गई। कई साल बाद गाँव का वह घर बेचकर अगली पीढ़ी ने पक्की सड़क के किनारे घर बनवा लिया। गाँव के जिस पड़ोसी ने उस घर को खरीदा, उसने उसे गिराकर पक्का घर बनवाना शुरू किया। नींव खोदी जाने लगी तो तपस्या वाली कोठरी की फर्श के नीचे से सात नन्हे-नन्हे बच्चों के कंकाल निकले। चौदह साल की तपस्या का फल। सात बच्चे।

बूढ़ी कहती है—यह दुनिया बहुत बड़ी है। यहाँ क्या नहीं होता? सब अपनी गरज और दशा से निपटने का रास्ता खोज लेते हैं। बगल के गाँव के मथुरा का नाम तो तुम सबने सुना होगा। पाँच-छह साल पहले ही तो मरे हैं। जब मैं ब्याहकर पहली बार इस गाँव में आई तो औरतों के बीच मथुरा को लेकर बहुत हँसी-मजाक चलता था। चालीस-पचास साल तो हो ही गए होंगे। उस जमाने में जिस औरत को गौने के तीन-चार साल तक बच्चा नहीं होता था, उसके घर में चिन्ता व्याप जाती थी। डॉक्टरी का जमाना तो था नहीं, ओझाइ-बैदाई और टोना-टोटका शुरू हो जाता था। पदी-हदी औरतें मजाक करने लगती थीं कि लगता है, अब इसको मथुरा की चौरी

पर ले जाना पड़ेगा। मथुरा ओझाई करते थे। भूत-प्रेत झाड़ते थे। भूतग्रस्त औरतें दूर-दूर से आकर उनकी चौरी पर अभुवाती रहती थीं। लेकिन असली शोहरत इस बात की थी कि उनका हथियार बहुत बड़ा और अमोघ है। उनकी मेहनत बेकार नहीं जाती। पोते का मुँह देखने को आतुर सासें या ऐसी माताएँ जिनकी बेटी बाँझ का ताना सुनते-सुनते आत्महत्या करने की सोचने लगती थी या जिसका पति दूसरी शादी करने की सोचने लगता था, मथुरा की शरण में आती थीं। ज्यादातर दूर के मामले, ताकि पहचान छिपी रहे। खासकर ऐसे घरों के मामले जहाँ औरतों की चलती थी। एकाध ऐसे मामले भी जहाँ कोई सन्तान का मुँह देखने के लिए बुढ़ापे में शादी करता था लेकिन सन्तान का इन्तजार लम्बा होता जाता था।

—इलाहाबाद में पढ़ने वाले गाँव के लड़कों ने मथुरा का नाम 'महालिंगम' रख दिया था। बहुत दिनों तक कोई इसका मतलब ही नहीं समझ पाया।

—क्या होता है इसका मतलब अइया?

—इसका मतलब अपने भतार से पूछना।—फिर कहती हैं—जाने कितने खानदानों को मथुरा ने निरवंस होने से बचाया। कितनी औरतों का घर उजड़ने से बचाया। फरक इतना है कि उन औरतों के सिर पर उनके मरदों की छाँव थी, कुच्ची के सिर पर किसी मरद की छाँव नहीं है।

—किसी का तो होगा? जिसका होगा, वही छाँव करेगा।

—पेट देखने से तो लगता है कि पूस में होगा। इस हिसाब से चैत का है। चैत में कटिया-बिनिया के चलते घर के बाहर आना-जाना बढ़ जाता है। मनई मजूर से वास्ता पड़ता है।

—कौन ऐसा मनई मजूर है जिसका आना-जाना ज्यादा रहा हो?

—छोड़िए अम्मा। यह बताइए कि आपको भी कभी मौका मिला मथुरा के पास जाने का?—एक तेज-तर्रार बहू सवाल दागती है।

टोली में खिलखिलाहट गूँजने लगती है।

बूढ़ी मुस्कुराती है—कहाँ रे! मेरी पहिलौठी बिटिया तो साल भर के अन्दर ही पेट में आ गई थी।

कुच्ची की सास के पास तो इस 'आग' की खबर पहुँच गई लेकिन सुलच्छनी के पास पहुँचने से औरतें अभी तक बचाए हुए हैं। सबको पता है कि कुच्ची बनवारी की आँख की किरकिरी है। खबर पाते ही वह अगिया बैताल हो जाएगा।

कुच्ची की सास की हिम्मत नहीं पड़ रही है कि वह बहू से कुछ पूछे। दो साल में बहू ने घर-गृहस्थी का काम पूरी तरह सँभाल लिया है। खेती-बारी, बाजार-हाट, लेना-देना, धरना-उठाना—सब कुछ। बनवारी आए दिन कोई न कोई टंटा खड़ा करता है और बहू उसका मुँहतोड़ जवाब देती है। बूढ़े-बूढ़ी का दाना-पानी और

गाय–भैंस का चारा–चोकर 'टैम' पर। रमेसर अपने मन से जो करना चाहें, करें वरना सुबह–शाम चौराहे जाकर चाह पिएँ। सास से कहती—बुढ़ऊ को बहुत सँभालकर रखना होगा अम्मा। इन्हीं की छाँव में हम गाँव में टिके रह पाएँगे।

अपनी सेवा देखकर रमेसर की आँखों में पानी आ जाता। बहू की चढ़ंती की देह उनसे भर आँख देखी नहीं जाती। नजर हटा लेते।

रान्ह परोस की औरतें सिहातीं—अब किस आस में यह बावली हुई जा रही है?

बहू को आगे रखने में ही सास को भी भलाई दिखती थी। तभी तो यहाँ उसका मन लगेगा। वह न रुकी होती तो वे दोनों परानी चार छह साल से ज्यादा के मेहमान न होते। कहो, रात–बिरात बनवरिया ही गला दबाकर पार लगा देता।

लेकिन इस खबर से वे बेचैन हो गईं। उन्हें याद पड़ता है, लगभग डेढ़ साल होने वाले हैं, पिछली से पिछली होली के दिन बहू ने उनसे यह बात कही थी। उस दिन खलिहान के बँटवारे को लेकर बनवारी से झगड़ा हुआ था। बहू लपककर आगे न आ जाती तो बनवारी के डंडे का वार बुढ़ऊ का सिर फोड़ देता। बनवारी के हाथ से डंडा छीनने से पहले बहू ने उसके तीन वार अपनी हथेली पर रोपे थे। दाहिने हाथ की दो उँगलियों के बीच का मांस फट गया था। टाँके लगवाने पड़े थे।

उस रात उनके आँचल से मुँह ढँककर लेटी बहू ने कहा था—मैंने अपने मन को बहुत रोका अम्मा, नहीं तो उसी डंडे से जेठ की पीठ लाल कर देती।

—अपने यहाँ कोई भिड़ने वाला नहीं है बिटिया, इसीलिए बाघ बना हुआ है।

थोड़ी देर तक बिसूरने के बाद रंज में डूबी आवाज में कहा था बहू ने—ए अम्मा! मन करता है, एक–दो बेटे पैदा कर डालूँ जो बड़े होकर इसके 'उसमें' डंडा डालें।

बूढ़ी चोट खाई बहू के मन के उबाल को समझ रही थी। शान्त स्वर में समझाया था—यही काम तो औरत नहीं कर सकती बिटिया।

—औरत ही तो कर सकती है अम्मा। मर्द थोड़े कर सकता है।

—ऐसा मत कर डालना मेरी बच्ची! गाँव रहने नहीं देगा। बनवरिया जीने नहीं देगा।

—अभी कहाँ जीने दे रहा है अम्मा। इसीलिए तो जरूरी है।

—जरूरी तो बहुत है बिटिया लेकिन क्या कर सकते हैं! हमारा 'टैम' निकल गया।

—मेरा टैम निकल गया अम्मा। अभी तुम्हारा नहीं निकला। तुम्हीं पैदा करो।

बूढ़ी करुणा, दुःख और शर्म के मिले–जुले भावों में डूब गई थी। आँचल हटाकर बहू का गाल चूम लिया था। गाल पर आँसुओं का खारा स्वाद था।

लेकिन इसने तो सचमुच कर डाला। खाने-पीने के बाद रात में वे जाकर बहू के बगल में लेटती हैं। आसमान में बादल गरज रहे हैं। थोड़ी देर तक उसका पेट सहलाने के बाद फुसफुसाती हैं—इसमें कुछ है क्या रे?

—हाँ, अम्मा।

बिजली कड़कती है। क्षण-भर के प्रकाश में वह देखती है, उतान लेटी बहू की आँखें बन्द हैं। बूढ़ी के दिल की धड़कन तेज हो जाती है। फिसलता हुआ हाथ रुक जाता है।

—क्या जवाब देंगे रे?

—जवाब कौन माँगेगा अम्मा?

—अरे, गाँव-देश। टोला-परोस।

—गाँव-देश हमारी हर्ज-गर्ज, आफत-विपत में आज तक कभी आया है कि जवाब माँगने ही आएगा?

लम्बी चुप्पी। बाहर छकछकाकर पानी बरसने लगा है। लगता है, बहू सो गई। बूढ़ी से लेटा नहीं जाता। बरसात शायद धीमी हुई है। वह अँधरे में दबे पाँव दरवाजे में सोए बुढ़ऊ की चारपाई तक आती है। खर्राटा ले रहे बुढ़ऊ को पाटी पर बैठकर हिलाती है—सुनते हो?

—कौन?

—बहू तो पेट से है।

—ऐं!—वे चौककर बैठ जाते हैं।

—हाँ। चार-पाँच महीने से कम का न होगा। सारे गाँव में खबर है।

—किसका है?

—पता नहीं।

—तूने पूछा नहीं?

—सोचा, पहले तुम्हीं से पूछ लूँ।

—मैं क्या बताऊँगा? रात-दिन तो साथ में तू रहती है। तुझे तो पता होगा कि कौन आता-जाता था।

—घर में भला कौन आएगा?

—तब?

—तब क्या!—बूढ़ी बगल में लेटने की जगह बनाते हुए पूछती है—कहीं तुम्हारा ही तो नहीं है?

—पागल हो गई है क्या? बहू के साथ मेरा नाम जोड़ते शर्म नहीं आती?

—जरा मेरी ओर मुँह करके बोलिए।—बूढ़ी ने बुढ़ऊ का मुँह अपनी ओर घुमाते हुए कहा—तुम्हारा कोई भरोसा नहीं, अभी इतने बूढ़े भी नहीं हुए कि...

—चुप कर! बचने की राह खोज। ले जाकर कहीं गिरवा दे।

—वह गिरवाएगी नहीं।

—क्यों ?...पूछा ?

—क्या पूछूँ! मैं जानती हूँ।

बूढ़ी ने खलिहान के झगड़े वाली रात में कही हुई बहू की बात बताई फिर जोड़ा—इसके अलावा, पाँच महीने का बच्चा अगर जाएगा तो माँ को साथ लेकर जाएगा।

—क्या ?

—और क्या! इतना खून-खच्चर होगा।

—तो दोनों जाएँ। गरह कटे।

भोर में जब सास अपनी चारपाई पर लौटी तो वहाँ बहू आड़ी-तिरछी लेटी हुई मिली।

—क्या कहा बुढ़ऊ ने अम्मा ?

—बुढ़ऊ क्या कहेंगे!

—बिगड़ तो नहीं रहे थे ?

—बिगड़कर क्या कर लेंगे ? जो बिगड़ना था, बिगड़ चुका।

—बिगड़ा नहीं अम्मा, बना है।

थोड़ी देर तक चुप्पी, फिर बूढ़ी बहू का चेहरा अपनी दोनों हथेलियों में लेकर पूछती है—जिसका है, उसके साथ निकल तो नहीं जाएगी ?

लगी तो पहले भी थी गाँव में ऐसी आग। एक नहीं, कई बार। लेकिन उन्हें समय रहते बुझा दिया जाता था। यह तो डंके की चोट पर कह रही है कि पैदा करूँगी।

बनवारी खुश है। इस बार ऐसा पेंच फँसा है कि या तो रमेसर इस कुलच्छनी को घर से निकालेंगे या सारा गाँव मिलकर उसके साथ रमेसर दोनों परानी को गाँव से बाहर भगाएगा। कौन चाहेगा कि इसके चलते सारे गाँव की बदनामी हो ? इस औरत को कौन जानता है, बदनामी तो गाँव की होगी।

दोनों घरों के बीच में बोलचाल, आवाजाही बन्द है। सुलछनी और कुच्ची ने एक दूसरे को अपने दुआर पर न आने की कसम दे रखी है। सयाने कहते हैं कि उसे रमेसर से बिगाड़ नहीं करना चाहिए था। 'काका-काकी' कहकर बूढ़े-बुढ़िया के पैर छूता रहता और कुच्ची के खिलाफ दोनों के कान भरता रहता तो सब कुछ हासिल हो जाता। सब कुछ माने सब कुछ। लेकिन चूक हो गई। इस बार वह अकल से काम लेगा। खुद सामने नहीं आएगा। पूरे गाँव को मुकाबले में खड़ा कर देगा।

शायद बनवारी ने कुच्ची के मायके तक खबर पहुँचा दी। उसका छोटा भाई मिलने आया है। रमेसर कहीं निकले हैं। कुच्ची की सास ओसारे में चारपाई पर दरी बिछाकर उसे बैठाती है। एक कटोरे में दही-गुड़ और लोटे में पानी लाकर देती है।

फिर भीतर जाकर चूल्हे में रोटी सेंकती बहू को खबर करती है। कुच्ची फूला हुआ पेट लेकर सामने आने में सकुचा रही है। किवाड़ की आड़ से हालचाल पूछती है।

—बहुत दिनों बाद खबर लेने आए भइया! माई से कहना, मेरी जान सूली पर टँगी है। उनसे मिलने को मन बहुत हुड़कता है।

भाई आँख नहीं मिलाता। शून्य में देखते हुए कहता है—माई ने कहलाया है कि कुचिया अब मायके लौटने की न सोचे। वह मेरे लेखे मर गई।

वह सिहर जाती है।

—माई ने कहलाया है कि बड़की भाभी ने?

—दोनों ने।

—और बप्पा ने क्या कहलाया है?

—बप्पा को कुछ पता नहीं है।

—और तुम क्या कहते हो?

भाई, जिसको उसने गोद में खेलाया है, चुप रह जाता है।

—तुम भी अपने मन की बात कह दो दीपू।

भाई खड़ा हो जाता है।

—पानी तो पी लो बबुआ।—सास कहती है।

—माई ने मेरे घर का पानी पीने से भी मना किया है क्या?

भाई सिर झुकाकर बाहर निकल जाता है।

वह किवाड़ की आड़ से बाहर आते हुए कहती है—जाकर माई से कहना, मैं उनके घर की ओर मुँह करके रोऊँगी भी नहीं।

जहाँ जो मिलता है, बनवारी उससे कुच्ची की करतूत का बखान शुरू कर देता है। जो लोग नौकरी करने, वकालत-मुंशियाना करने या राजगीरी-दिहाड़ी कमाने शहर जाते हैं, उनके पास कहाँ फुरसत है बात सुनने की। जो सुनते हैं, वे भी हँस देते हैं—हमसे क्या मतलब?

—एतराज हो तो रमेसर दोनों परानी को हो। तुम्हें इतनी बेचैनी क्यों है?

—बोरिंग का काम मन्दा पड़ गया क्या मिस्त्री, जो दूसरे के फटे में टाँग फँसाने निकल पड़े?

—आदमी अपनी बहू-बेटी सँभाल ले, यही बहुत है। पूरे गाँव को सँभालने का ठेका कौन ले सकता है?

उसी में कोई चढ़ा देता—जब इतना ही दिल पर ले लिया था तो गाँव भर में राँड़-रोवन करने की क्या जरूरत थी? एक रात बाहर से जंजीर चढ़ाकर फूँक दिया होता। घर के अन्दर ही सब स्वाहा हो जाते और कोई जान भी न पाता।

कुछ लोग मजा लेते हैं—नाक तो सचमुच कट गई तुम्हारे खानदान की बनवारी। इससे तो अच्छा था कि तुम्हीं कुछ कर गुजरे होते।

हाँ, बूढ़े-पुरानों की नजर में जरूर यह गम्भीर मामला है—इसने तो पूरे गाँव की बहू-बेटियों के बिगड़ने का रास्ता खोल दिया। वे पूरी बात रस लेकर सुनते हैं, पूछताछ करते हैं, बच्चे के बाप का अनुमान लगाते हैं और पंचायत में पहुँचने का वादा करते हैं।

वैसे 'विलेज बैरिस्टर' तो इस गाँव में नहीं हैं जो लोगों को मुकदमे में फँसाते हैं और थाना-तहसील, ब्लाक या अस्पताल की दलाली करते हैं लेकिन तीन-चार मातबर ऐसे हैं जिनकी आँख-कान से आज तक गाँव देखता-सुनता रहा है। उनमें भी धन्नू उर्फ धनई बाबा माने धनराज मिसिर और बलई बाबा माने बलराज पांडे खास हैं। उस साल बलई बाबा के सबमर्सिबल ने पानी छोड़ दिया था तो नई बोरिंग का काम रोककर उसने एक लेंथ पाइप अपने पैसे से खरीदकर डाला था। लेकिन 'लेबर चार्ज' की कौन कहे, अभी तक पाइप का दाम भी नहीं दिया। उसने मन ही मन तय किया था कि फिर अटकेगी तो बताऊँगा।...लेकिन अब वह सारा घाटा-उधारी भुला देगा। पांडे बाबा को सारे वेद पुरान जबानी याद हैं। जिसकी ओर खड़े हो गए, उसकी विजय पक्की। उन्हें किसी भी कीमत पर अपने पाल्हे में रखना है। कोशिश तो वह धन्नू बाबा को भी पटाने की करेगा। धन्नू बाबा बिना पढ़े-लिखे बड़े-बड़े वकीलों के कान काटते हैं। मुश्किल यह है कि ये दोनों बाभन कभी एक पाल्हे में नहीं खड़े हो सकते। एक तीर घाट रहेगा तो दूसरा मीर घाट।

हल्ला है कि बनवारी ने बलई बाबा को पटा लिया। पूछने पर तम्बाकू से काले दाँतों को निपोरकर हँसता है—राम नेवाज मुंशी कहते थे कि जो चमड़े के जूते से न माने, उसे चाँदी के जूते से मनाओ। चाँदी के जूते से तो बड़े-बड़े जज-बालिस्टर मुट्ठी में आ जाते हैं। बलई किस खेते की मूली हैं! फिर जीभ को दाँत से काटकर पलटता है—सवाल यह है कि मुझे यह सब करने की जरूरत क्या है? जिसको जरूरत हो, वह पटाए।

—सुनते हैं, तुमने बचन दिया है कि जब तक जिओगे, उनके ट्यूबवेल की मरम्मत फिरी में करते रहोगे?

—वह तो मैं अब भी करता हूँ। गाँव में किसी से कभी मुँह खोलकर पैसा माँगा? जिसने जो दे दिया, बिना गिने पाकेट में डाल लेता हूँ।—फिर जाते-जाते कहता है—न अफवाह सुनो, न अफवाह फैलाओ। गाँव की इज्जत बचाओ।

बलई बाबा की सलाह से ही वह लछिमन चौधरी के घर के चक्कर लगा रहा है। लछिमन उसकी बिरादरी के चौधरी हैं। सामने के गाँव में उनका घर है। पंचायत का फैसला लागू करवाने में उनका दबदबा काम आएगा।

अपने दुआर पर नीम के नीचे चौकी पर बैठे हथेली पर सुर्ती ठोंक रहे लछिमन चौधरी के आगे वह हाथ जोड़कर कहता है—इस घोड़ी को गाँव से भगाने का

फैसला कर दो, चौधरी। मेरे खानदान की इज्जत बच जाए। मुर्रा पड़िया दरवाजे पर बाँध जाऊँगा।

पुराने घाघ हैं लछिमन। जाने कितनों का बसा घर उजाड़ा और उजड़ा घर बसाया है। सुर्ती फाँककर मुँह बन्द कर लेते हैं। आवाज तो निकलती है लेकिन कहीं और से। एक बार आगे-पीछे सिर हिला देते हैं।

गाँव की खुसर-फुसर से अनजान नहीं है कुच्ची। उसे लग रहा है कि उसने भारी जोखिम उठा लिया। कुट्टी नर्स के लिए शहर में रहकर ऐसा करना आसान था लेकिन उसके लिए गाँव में रहकर...। यह लड़ाई उसे अकेले दम पर लड़नी है। घर के अन्दर भी और बाहर भी। बुढ़ऊ मुँह दुब्बर हैं। गाँव के मुकाबले खुलकर उसके साथ खड़े हों, इसकी उम्मीद कम है। अम्मा जरूर मन से उसके साथ हैं लेकिन औरत जात, पंचों के सामने कितना मुँह खोल पाएँगी?

शाम के धुँधलके में वह धन्नू बाबा के घर जाती है। दालान और ओसारे के बीच में एक छोटी खाँची पलटकर उस पर लालटेन रखी गई है जिसकी आधी रोशनी दालान में और आधी ओसारे में बने चूल्हे तक पहुँच रही है। बाबा दालान में 'संध्या' करने बैठे हैं। मिसराइन अइया ओसारे के चूल्हे में आग सुलगा रही हैं। कोई आल औलाद न होने के चलते इस उमर में भी खुद ही चूल्हा फूँकना पड़ता है। वह पास जाकर पैलगी करती है। अइया घूमकर उसे भर नजर देखती हैं फिर पूछती हैं—कौन-सा असिरबाद दें रे? कि पाँच पसेरी का बेटवा हो?—फिर पास आते हुए कहती हैं—तैं ई का करि डारे?

—अब तो करि डारे अम्मा।—कहती हुई कुच्ची चूल्हे के पास जाती है और फूँक मारकर आग जला देती है। लपट से उसका चेहरा लाल-पीला होने लगता है।

कुच्ची जानती है कि बाबा उसे मानते हैं। जहाँ मिलते हैं, हालचाल पूछ लेते हैं। बहुत पहले एक बार वह सास के साथ खेत से लौट रही थी तो रास्ते में मिल गए। वे जंगल से आम की एक हरी डाल घसीटते हुए आ रहे थे। डाल आँधी से टूटकर गिर गई थी। गाँव की औरतों को राशन से ज्यादा चिन्ता जलावन की रहती है। डाल भारी थी। बाबा उसे खींचते-खींचते हाँफ गए थे। लेकिन राह में छोड़ भी नहीं सकते थे। कोई उठा ले जाता। कुच्ची के सिर पर घास की खाँची थी। खाँची उसने सास के सिर पर रखी और डाल को एक झटके में उठाकर अपने कन्धे पर रख लिया। लाकर सीधे बाबा के दुआर पर गिराया। पीछे-पीछे आते बाबा रास्ते भर उसे असीसते रहे। उसके बल और स्वभाव की तारीफ करते रहे।

एक बार कार्तिक एकादशी पूजने के लिए सास ने उसके हाथ से पाँच गन्ने भेजवाए। किवाड़ खटखटाने पर बाबा ने आँगन से पूछा—कौन?

—मैं, कुच्ची!

बाबा बाहर आए और हँसते हुए पूछा—यह बता, कुच्ची, तेरा बचपन का नाम है कि कुचवती होने के बाद पड़ा?

कुच्ची ने सुन रखा था कि बाबा जितने ज्ञानी हैं उतने ही मजाकिया। बारात जाते हैं तो शास्त्रार्थ में ऐसी 'कठबइठी' पूछते हैं कि बड़े-बड़े पंडितों को जवाब नहीं सूझता। जरूर कोई गहरी बात पूछ रहे हैं। उसने हाथ जोड़कर माथे से लगाते हुए कहा—हम आपकी 'अंगरेजी' नहीं समझे बाबा?

बाबा हँसे—जिस दिन समझ जाएगी, मन से महारानी बन जाएगी।

महारानी तो अब वह क्या बनेगी, बस घर से बाहर न कर दी जाए। बाबा चाहेंगे तो उसके टिके रहने की राह निकाल देंगे।

कुच्ची इस गाँव की शान है। शास्त्रों में लिखे पैमाने के अनुसार गढ़े गए हैं उसके अंग-प्रत्यंग। मोहिनी का अवतार। ऐसी लम्बी-चौड़ी चिकनी चमकती जवान जनाना का शिकार कर लेना चाहता है लकड़बग्घे जैसी खीस वाला यह बनवारी, जिसका मुँह दूर से बदबू करता है। इसको 'बेज्जत' करके तो सारा गाँव 'बेज्जत' हो जाएगा। नि:सन्तान विधवा को देखकर बाबा को उतना ही दु:ख होता है जितना सोलह आने मालियत वाले खेत को परती पड़ा देखकर होता है।

बाबा उसका मन टटोलते हैं—अगर तू अपने ससुर का नाम लगा दे तो सारी तकरार ही खतम हो जाए।

—लेकिन मैं झूठ नहीं बोलना चाहती बाबा। सही बात यह है कि मुझे बच्चे की तलब लगी, जरूरत लगी और मैंने कहीं से इन्तजाम कर लिया। मैं अपनी बात पर ही कायम रहना चाहती हूँ।

—कोई बात नहीं, तू पहली औरत थोड़े है जो इस तरह माँ बनी है। जब से यह दुनिया बनी है, ऐसे अनगिनत बच्चे पैदा होते रहे हैं। एक से बढ़कर एक प्रतापी, एक से बढ़कर एक महारथी। बाबा ने उसे कर्ण, हनुमान, सीता, पाँचों पांडवों आदि की पैदाइश के किस्से सुनाते हुए कहा कि तू पहली औरत है जो कह रही है कि अपनी जरूरत से पैदा कर रही हूँ। ऐसा सोलह आने का सच कौन बोल पाया है आज तक?

वह तीन दिन बाबा के पास गई और तीन लोक का ज्ञान लेकर लौटी। वह तो डरी हुई थी कि बाबा डाँटकर भगा न दें।

बाबा से मिले सहारे से उसे सुघरा ठकुराइन के पास जाने की हिम्मत पड़ी। सुघरा एक बेटी को जन्म देकर विधवा हो गई थीं। जेठ ने कहा—विधवा का विवाह तो इस खानदान में सम्भव नहीं लेकिन भाई मरा है, मैं तो अभी जिन्दा हूँ। तुम इस घर की मालकिन बनकर रहो। उन्होंने घर की चाबी सुघरा को सौंप दी और बाल मुँड़वा दिये। बाल क्यों मुँड़वा दिये? तो बोले—मेरा बड़ा बेटा जवान होने वाला है, इसलिए। सुघरा ने बेदाग निभाया। अपनी बेटी और जेठानी के बच्चों में कोई भेद नहीं किया। जेठानी का छोटा बेटा रणवीर तो पैदा होने के दिन से उन्हीं की गोद में

पला। उन्हीं का दूध पीकर बड़ा हुआ। उसके मुँह लगाने से सुघरा के स्तनों में दूध उतर आया, जबकि उनकी बेटी तब चार साल की हो चुकी थी।

लेकिन जेठ के मरने के साल भर बाद वही रणवीर दबाव बनाने लगा कि अपने हिस्से का चक उसके नाम लिख दें। सुघरा ने लाख कहा कि तुम्हीं को तो मैंने बेटा माना है। तुम्हारा ही तो सब कुछ है। दूसरा कौन है लेने वाला? एक बेटी थी जिसको ब्याहकर विदा किए चौदह साल बीत गए हैं। लेकिन रणवीर मानने को तैयार न था। लोगों ने उसे डराया होगा कि मोह में पड़कर बेटी-दामाद को लिख देंगी तो तुम्हारी हैसियत आधी से घटकर चौथाई रह जाएगी। सुघरा ने भी साफ कह दिया कि जीते-जी अपना हाथ नहीं कटा सकती। जो मेरा है, वह मरने के दिन तक मेरा रहेगा।

रणवीर ने उन्हें घर से बाहर निकाल दिया। जाति-बिरादरी के लोग बीच-बचाव करने आए तो साफ कह दिया—पिताजी की बात पिताजी के साथ गई। पिताजी को इन्होंने क्या बूटी पिलाई कि मेरी माँ के रहते उन्होंने इनको घर की चाबी सौंपी, इसे ये जानें या पिताजी जानें। घर में बचा क्या है धन्नि-बड़ेर के अलावा? सब तो चोरी-छिपे बेटी-दामाद के घर जाता रहा।

सबके समझाने-बुझाने के बावजूद उसने सुघरा को चक पर कब्जा नहीं दिया। गुजारे के लिए दो बीघा खेत और रहने के लिए दालान का एक हिस्सा देने को राजी हुआ। इसके बाद भी उन्हें तंग करने का कोई न कोई तरीका निकाल लेता। वे अपनी कोठरी बन्द करके कहीं जातीं तो ताला तोड़कर आटा, चावल गायब कर देता।

आखिर सुघरा मुकाबले के लिए खड़ी हुईं। खेत पर ससुर ने ही दोनों भाइयों का नाम चढ़वा दिया था। चकबन्दी में दोनों भाइयों के अलग-अलग चक कट गए थे। कब्जा भर लेना था। लेकिन यह भी आसान नहीं था। उन्हें लगता था कि रणवीर किसी रात गुस्से में आकर उनका सिर धड़ से अलग कर देगा। लेकिन उन्होंने हिम्मत दिखाई। मदद के लिए बेटी-दामाद को बुलाया। दो-ढाई साल तक थाना-कचहरी का चक्कर लगाती रहीं और चक पर कब्जा लेकर मानीं। दो साल पहले तक गाँव की परधान थीं। बातचीत में किसी को सेटतीं नहीं; खरी-खरी कहने के लिए बदनाम हैं।

सुघरा बोलीं—देख भाई, सास-ससुर की लाठी बनकर रहने के लिए दूसरा घर नहीं किया, इसे आज के जमाने में समझदारी का काम नहीं कहेंगे। हाँ, पीठ ठोंकने का काम जरूर है। अब गैर से गर्भ ले आई। यह तो एकदम नया चलन है। लेकिन तू बुलाने आई है, तो पंचायत में आऊँगी और जो सही लगेगा, बोलूँगी।

बनवारी ने दौड़-धूप कर आधे गाँव को पंचायत में आने के लिए राजी कर लिया। अभी क्वार लगा ही है। धान की फसल पक रही है। जानवरों को चारा-पानी देने और दुधारुओं को सुबह-शाम दुहने के अलावा कोई काम नहीं। आधे घरों के खूँटे पर तो कोई जानवर ही नहीं। पंचायत के लिए इससे ज्यादा फुरसत का समय और कब मिलेगा! आठ-दस दिन से पानी नहीं बरसा। जमीन सूखी चट्ट है। मिठौवा महुए के नीचे उगी हाथ हाथ भर की घास पीली पड़ने लगी है। बैठने के लिए टाट-जाजिम तक की दरकार नहीं; कुछ दूर तक मिठौवा की तीन जड़ें जमीन के ऊपर उठकर तीन दिशाओं में जाकर अन्दर धँसी हैं। बैठने के अलावा इन पर पीठ भी टिका सकते हैं। धन्नू बाबा और बलई बाबा के लिए बनवारी चारपाई लाया है। बीच में दस-पन्द्रह हाथ की जगह छोड़कर इसके पूरब बलई बाबा बैठे हैं और पश्चिम तरफ धन्नू बाबा। लछिमन चौधरी के लिए तखत का इन्तजाम है। वे उत्तर तरफ बैठे हैं। सुघरा ठकुराइन का नौकर उनके लिए खटोला लेकर आता है। वे महुए के तने के साथ खटोला सटाकर बैठती हैं—बलई और लछिमन चौधरी के बीच में। बनवारी, रमेसर, उनकी बूढ़ी और कुच्ची, सुलछनी वगैहर दक्षिण तरफ बैठे हैं—उत्तर मुँह करके। आने वाले लोग इन्हीं लोगों के पीछे चारों तरफ बैठ रहे हैं। सबको बनवारी ने ही बुलाया है। रमेसर किसी को बुलाने नहीं गए। लछिमन चौधरी का सन्देश मिला तो दोनों परानी पतोहू को लेकर हाजिर हो गए। रमेसर दोनों प्राणियों का चेहरा चूहेदानी में फँसे चूहे जैसा निरीह लग रहा है।

छिनारा की पंचायत तो गोपियों की रासलीला वाली कथा से भी ज्यादा 'रसदार' होती है। इसलिए घर का कामकाज जल्दी-जल्दी निबटाकर औरतों का झुंड उमड़ता चला आ रहा है। सास-बहू, बूढ़ी-जवान—सभी। बेटियों और बहनों को छोड़कर। गोद में, साथ में बच्चे। उनके हाथ में दालभात या मैगी की कटोरी, बहुएँ घूँघट में हैं तो क्या! बोलने की हिम्मत न सही, सुनने से कौन रोक लेगा? नए-नए जवान हो रहे लड़के भी शरमाते और एक दूसरे की आड़ में मुँह छिपाते चले आ रहे हैं।

औरतों, बच्चों का एक झुंड बनवारी के पीछे कुएँ की जगत पर जमा है। गाँव भर में यही अकेला कुआँ है जो जीवित है। पप्पू मौर्या ने इसके पेंदे में जमे गाद की सफाई कराकर, इसमें एक पम्पिग सेट फिट कर दिया है। इसी से अपनी सब्जी की सिंचाई करते हैं। जगत के बगल में सीमेंट की एक छोटी टंकी बनाकर टोंटी लगा दी है। जब से सरकारी प्राइमरी स्कूल के हैंडपम्प का हत्था चोरी हुआ, सारे बच्चे पानी पीने यहीं आते हैं। कुएँ की जगत पर बनवारी ने अपने बड़े बेटे मिठुआ को एक डलिया में बीस-पचीस भेली गुड़ लेकर बैठा दिया है। टंकी पर पानी पीने वाले को एक ढोंका गुड़ भी दिया जाए। छोटे बच्चे गुड़ की लालच में डलिया के इर्द-गिर्द अपना घेरा कसते जा रहे हैं।

बलई पांडे कहते हैं—शुरू करिए। दिन लटक गया।

लछिमन चौधरी कहते हैं—सबको पता है कि यह पंचायत बनवारी मिस्त्री ने रमेसर भगत और उनकी पतोहू कुच्ची के खिलाफ बुलाई है। दोनों फरीक बचन दें कि पंचायत जो भी फैसला करेगी, मानेंगे।

—जरूर मानेंगे। क्यों नहीं मानेंगे?—बनवारी तुरन्त उठकर कहता है।

—तुम बोलो कुच्ची।—बलई पांडे उँगली दिखाते हैं।

—पद मानेंगे, कुपद नहीं मानेंगे।

—तो क्या हम लोग कुपद करने आए हैं?—बलई नाराजगी दिखाते हैं।

—बचन तो दे दिये बाबा कि पद मानेंगे। अगर पंच दूसरे फरीक का गुड़ खाकर कहने लगे कि कुच्ची की आँख फोड़ दो, कान काट लो, तो कैसे मानेंगे?

—पंच इतने सस्ते हैं कि गुड़ पर बिक जाएँगे?

—कौन कितने सस्ते-महँगे बिकेगा, यह तो बिकने वाला जाने, लेकिन हमें भी पंच की जबान चाहिए कि वे न्याय करेंगे, अन्याय नहीं करेंगे।

—कौन तय करेगा कि न्याय हुआ या अन्याय?—धनई मिसिर पूछते हैं।

—आपका दिल तय करेगा बाबा। मेरी दादी कहती थीं कि जीभ की लगाम दिल के हाथ में रहने दीजिए, कुपद नहीं होगा।

बलई पांडे कहते हैं—जो भी पंचायत में बोलेगा, वह बनवारी का गुड़ नहीं खाएगा। अब तो ठीक है?

लेकिन लछिमन चौधरी को कुच्ची की बात में आती बगावत की बू अच्छी नहीं लगी। वह कहते हैं—जब यहाँ रमेसर भगत मौजूद हैं तो कुच्ची से पूछने का क्या मतलब? उसी की 'कुचाल' पर तो पंचायत बैठी है। जो भी सजा-जुरमाना होना है, उसी पर होना है और भुगतना है रमेसर को, तो रमेसर भगत बचन दें।

रमेसर अपनी जगह खड़े होकर हाथ जोड़ते हैं—पंच तो भगवान बराबर हैं चौधरी साहेब। भगवान से बाहर कैसे चले जाएँगे? हम पंच का 'मान' रखेंगे। पंच अपनी 'लाज' रखें। इसी में सब 'समाया' है।

—ठीक है।—बलई बाबा कहते हैं—बनवारी, अब तुम अपनी उजुरदारी लगाओ।

बनवारी कन्धे पर पड़ा तौलिया हाथ में लेकर खड़ा होता है। दोनों हाथ जोड़ता है। तौलिया माथे से लगाता है और भोली सूरत बनाकर शुरू करता है—पंचो, सबको पता है कि इस पंचायत की जरूरत क्यों पड़ी। बजरंगी मेरे लिए सगे भाई से बढ़कर था। समझो, मेरा दाहिना हाथ था। बजरंगी की अकाल मौत से हम सबकी कमर टूट गई। उसकी बेवा की अभी कोई उमर नहीं है; हमारे 'रिसी मुनी' कह गए हैं कि जवानी अन्धी होती है। उस पर किसी का जोर नहीं चलता। इसलिए हम सभी चाहते थे कि वह दूसरा घर कर ले। काका को हम खुशी-खुशी सँभालते, ताजिन्दगी। लेकिन इस औरत के मन में जाने क्या पक रहा था कि कहीं जाने को राजी न हुई। क्यों? तो सास-ससुर की सेवा करेंगे। बड़ी अच्छी बात है। कैसी सेवा की इसने,

यह तो काका जानें लेकिन मेरे खानदान की नाक जरूर कटा दी। पता चला है कि इसे छह महीने का 'पेट' है। यह कहाँ मिला? किसका है? काका बतावें या यह बतावे। काका यह भी बतावें कि सारा पाप जगजाहिर हो जाने के बाद भी उसे अपने घर में क्यों रखे हैं? कब तक रखेंगे? किसके लिए रखेंगे? पंच बतावें कि ऐसा कलंकी मुँह देखने से गाँव वालों को कब 'मुक्ती' मिलेगी?

बनवारी एक बार दाएँ-बाएँ देखता है फिर अपनी जगह बैठ जाता है। बलई पांडे, लछिमन चौधरी की ओर देखकर कहते हैं—शुरू करिए।

चौधरी इनकार में सिर हिलाते हैं—आप ही शुरू करिए महाराज।

बलई पांडे खँखार कर शुरू करते हैं—सकल गाँव को पता है कि बजरंगी को मरे दो-सवा दो साल से ज्यादा हो गए। कुच्ची बताए कि क्या उसके पेट में बच्चा होने की बात सही है?

—हाँ, महराज!—कुच्ची हाथ जोड़कर खड़ी होती है—सही है।

—यह बच्चा कहाँ से आया?

—मैंने दूसरे से बीज लिया, महराज।

—हे भगवान!—दोनों कानों पर हाथ रख लेते हैं बलई बाबा—कलजुग में ऐसी बात भी सुनना बदा था। क्यों लिया दूसरे से बीज?

—कई कारन हैं महराज।

—बता। सारा गाँव जानना चाहता है।

—मुझे जरूरत लगी महराज। मेरा आदमी तो एक बार मरकर फुरसत पा गया लेकिन बेसहारा समझकर हर आदमी किसी न किसी बहाने मुझे रोज मार रहा था। मैं मरते-मरते थक गई तो जीने के लिए अपना सहारा पैदा कर रही हूँ।

—तो तुझे दूसरी शादी करने से किसने रोका था?

—दूसरी शादी कर लेती तो मेरे सास-ससुर बेसहारा हो जाते बाबा। अपने सहारे के लिए इनको बेसहारा छोड़कर जाते नहीं बना। मेरा रिस्ता मेरे आदमी तक ही तो नहीं था।

—लेकिन तू बजरंगी की ब्याहता है। तेरी कोख पर सिर्फ बजरंगी का हक बनता है।

—मरे हुए आदमी के काम तो यह कोख आ नहीं सकती बाबा। उनके मरने के बाद किसका हक बनता है?

—दूसरा मर्द करेगी तो उसका हक बनेगा।

—दूसरा मैंने किया नहीं, तो किसका बनेगा? मेरी कोख पर मेरा हक कब बनेगा?

—तू बजरंगी के घर का हक-हकूक भी लेगी और हराम का बच्चा भी पैदा करेगी, ऐसा कैसे होगा?

—हक-हकूक की बात तो मैंने कभी सोची नहीं बाबा। मैं तो सोचती हूँ कि जो जिम्मेदारी मरने वाला मेरे ऊपर डाल गया, उसे पूरा करूँ। मेरी सास पोते का मुँह देखना चाहती थीं। मेरा आदमी बेटे का मुँह देखना चाहता था। उसने तो नाम भी सोच लिया था—बालकिसन। मैं खुद बेटी चाहती थी। नाम सोच रखा था—किसनकली। इस बात पर उनसे अक्सर तकरार होती थी कि पहले बालकिसन आवे या किसनकली। लेकिन किसी के आने के पहले ही वे चले गए।—कुच्ची की आवाज भर्रा जाती है—अब मैं उनकी आखिरी चाहत पूरी कर रही हूँ।

—वाह! दूसरे से बच्चा जनमा कर अपने आदमी की चाहत पूरी कर रही है?

—तो क्या करती बाबा? वे तो जन्माने के लिए अब सरग से लौटकर आने से रहे और अकेले मैं जनमा नहीं सकती थी।

—तो तूने हराम की औलाद से बजरंगी का वंश चलाने की ठानी है? वाह!

—उनका चले न चले, मेरा तो चलेगा।

—अरे मूर्ख, वंश माँ से नहीं, बाप की बूँद और नाम से चलता है।

—ऐसा क्यों है बाबा? पेट में तो नौ महीना सेती है महतारी। बाप तो बूँद देकर किनारे हो जाता है।

—इतनी दूर तैरने से पार नहीं पाएगी, लड़की। तू इस गाँव की बहू है। तूने क्यों नहीं सोचा कि तेरे इस कदम से गाँव की नाक कटती है?

—मेरी गोद भरने से, मुझे सहारा मिलने से गाँव की नाक कैसे कट जाएगी बाबा? क्या मेरे भूखे सोने से गाँव के पेट में कभी दर्द हुआ? जेठ की धमकी से डरकर जब हम तीनों परानी रात भर बारी-बारी घर के भीतर पहरेदारी करते हैं तो क्या गाँव की नींद टूटती है? जब यह बहाने बनाकर मुझे और मेरे ससुर को गरियाता-धमकाता है तो क्या गाँव उसे रोकने आता है? जब मेरी भूख पूरे गाँव की भूख नहीं बनती, मेरा डर पूरे गाँव का डर नहीं बनता, मेरा दुःख-दर्द पूरे गाँव का दुःख-दर्द नहीं बनता तो मेरे किए हुए किसी काम से पूरे गाँव की नाक कैसे कट जाएगी?

—अरे, यह तो वकील का बाप बन रही है!—बलई बाबा को आगे बढ़ने का रास्ता नहीं सूझ रहा है। कोई और पंच मदद के लिए आगे क्यों नहीं आता? धीरे-धीरे आगे-पीछे झूमते हुए वे नया 'पेंट' निकालते हैं—तू क्या समझती है कि यह बच्चा बजरंगी का कानूनी वारिस हो जाएगा?

—पता नहीं बाबा। कानून तो मैंने पढ़ा नहीं।

—कानून पढ़ा-बेपढ़ा नहीं देखता।—बलई बाबा की आवाज में चिढ़ समा गई है—शिकंजे में पाता है तो बड़े-बड़ों को मुर्गा बना देता है। चाँपता है तो मुँह से फिचकुर निकल आता है।

सिहर जाती है कुच्ची। कितनी मिर्च खाकर आया है यह बुड्ढा?

—आपका मुँह बहुत बड़ा है बाबा। कुछ भी बोल सकते हैं।

—कुछ भी क्यों बोलूँगा? जो कानून में लिखा है, वही बोल रहा हूँ। यह नाजायज सन्तान है। इसे बजरंगी की प्रापर्टी में धेला भी नहीं मिलेगा।

—न मिले महराज। हम बैपारी तो हैं नहीं कि घाटा-नफा जोड़कर सौदा करें।—फिर तनिक रुककर पूछती है—कानून में चाँपने की बात भी लिखी है महराज?

—अब तू मेरी जबान पकड़ेगी? इतनी सरहंग हो गई?

—मर्द की जबान पकड़ना औरत के वश में कहाँ है बाबा? लेकिन यह बता देते कि कानून लिखा कहाँ जाता है, लिखता कौन है, तो चलकर उसी से फरियाद करते कि हमारे बालकिसन जैसों के जीने-खाने के लिए भी 'दू अच्छर' कानून लिख देते।

कुच्ची की मूर्खता पर ठठाकर हँसते हैं बाबा। देर तक हँसते रहते हैं। इसका यह मतलब नहीं कि उन्हें सचमुच इतनी हँसी आ रही है। बस, मौका पाकर वे अपने मन में घुमड़कर परेशान करने वाली गैस निकाल रहे हैं।

—अरे मूरख, कानून रोज-रोज थोड़े लिखा जाता है। विरासत का कानून हमारे रिसि-मुनि हजारों साल पहले लिख गए हैं। हजार साल पहले तो याज्ञवल्क्य मुनि की पोथी की टीकाएँ लिखी गईं—मिताक्षरा, दायभाग एकाध और उसी के सहारे पंडित जवाहर लाल ने पचास-साठ साल पहले कानून पास करवाए—हिन्दू विवाह क़ानून, विरासत का कानून, गोदनामे का कानून वगैरह...। हाँ रे! गोदनामे के नाम पर एक काम की बात सूझी। अगर तू दूसरे का बच्चा गोद ले ले तो उस बच्चे को बजरंगी की विरासत भी मिल जाएगी और तुझे बुढ़ापे का सहारा भी मिल जाएगा। ज्यादा दूर जाने की जरूरत भी नहीं है। बनवारी के ही तीनों बेटों में से किसी को ले सकती है।

—वाह! क्या 'पैंट' निकाला बाबा ने!—बनवारी सिर नीचे करके अपनी मूँछें ऐंठता है—इसको कहते हैं बुद्धी!

थोड़ी देर तक चुप्पी छा जाती है। सिर्फ कुएँ की जगत पर बैठी औरतों के झगड़ने और बच्चों के गुड़ के लिए रोने-लड़ने की आवाज आती है।

पंचों की नजर कुच्ची पर टिक गई है।

कुच्ची पूरी पंचायत पर नजर घुमाते हुए कहती है—लेकिन मैं तो पहले ही ले चुकी। गोद में नहीं, सीधे कोख में।

फिर बलई की ओर मुँह घुमाकर कहती है—और आपने तो गजब का कानून बताया बाबा। दूसरे का पैदा किया हुआ गोद ले लूँ तो उसे सब कुछ मिल जाएगा और अपनी कोख से पैदा करूँगी तो उसे कुछ भी नहीं मिलेगा। जो मेरी कोख से पैदा होगा, उसका आधा चाहे जिसका हो लेकिन आधा खून तो मेरा होगा। गोद वाले बच्चे में तो मेरे खून की एक बूँद भी नहीं होगी। दोनों में से मेरा ज्यादा सगा कौन हुआ?—वह सिर घुमाकर चारों तरफ देखती है—मुझे तो विश्वास नहीं होता कि पंडित जवाहरलाल ऐसा अन्धा कानून पास कराए होंगे। फोटू में तो बहुत 'गऊ' आदमी लगते हैं।

लोग हँसने लगते हैं।

—ए भाई, ये तो बालिस्टर का कान काट रही है।—बलई बाबा झुँझला जाते हैं।

—अब इस गाँव में कुच्ची का कानून चलेगा बाबा।—पीछे से कोई कूट करता है।

—लग तो यही रहा है।—बलई कहते हैं—तुलसी बाबा ने सही कहा है, युवती नारि नृपति वश नाहीं। किसी और को कुछ पूछना हो तो पूछे।

अब पंचों में से किसी को बोलने की जल्दी नहीं दिखती। सब दूसरे को पहले सुनना चाहते हैं।

—यह भेली बूढ़े चौधरियों के दाँत से फूटने वाली नहीं लगती।—कोई ठिठोली करता है।

धन्नू बाबा लछिमन चौधरी को इशारा करते हैं—बढ़िए।

लछिमन चौधरी इनकार में सिर हिला देते हैं—आप ही बढ़ें महराज।

—अच्छा, कुच्ची!—धन्नू बाबा कहते हैं—पहले तो तू अपनी जगह बैठ जा। घंटे भर से खड़ी है। अब बैठे ही बैठे जवाब दे।

कुच्ची सूखी घास पर बैठ जाती है। दोनों हाथ पीठ पीछे जमीन पर टिकाने से राहत महसूस करती है। उसे प्यास लग गई है।

—इसके बैठने के लिए भी कोई पीढ़ा, मचिया लाओ भाई...हाँ, तू कह रही थी कि तेरे गर्भधारण करने के कई कारण हैं। एक तो बताया, बाकी?

—बाबा, बरम्हा ने औरत को कोख किसलिए दिया है?

—तू ही बता।

—मेरे जानते तो इसलिए कि वह बरम्हा की बनाई दुनिया को आबाद करती रहे। औरतें जब से दुनिया में आई हैं, वे बरम्हा का काम ही कर रही हैं।

—फिर?

बैठकर बोलने से आवाज दूर तक नहीं जा रही है इसलिए पीछे बैठे लोग उठकर आगे आने लगे हैं।

—मेरा कहना है कि कोख देकर बरम्हा ने औरतों को फँसा दिया। अपनी बला उनके सिर डाल दी। अगर दुनिया की सारी औरतें अपनी कोख वापस कर दें तो क्या बरम्हा के वश का है कि वे अपनी दुनिया चला लें?

—पता नहीं, तू ही बता।

—पाँड़े बाबा ने भी मेरे सवाल का जवाब टाल दिया और आप भी टाल रहे हैं।

—तू सिर्फ वह बता, जो पूछा जा रहा है।

—मुझे भी तो कुछ पूछने की छूट मिलेगी?

—अभी नहीं, अभी मेरे सवाल का जवाब दे।

—मैं अपनी कोख का उद्धार करना चाहती थी। बचपन से सुनती रही हूँ कि कोख का उद्धार तभी होता है जब कोख फले। अपने 'जन्मे' को दूध पिलाकर मैं माँ के दूध से 'उरिन' होना चाहती थी।

—और कोई कारण?

—हाँ, बाबा, मैं अपनी कोख पर लगा 'बाँझ' का कलंक छुड़ाना चाहती थी। मेरे जेठ ने दो साल में जाने कितनी बार 'बाझिन' कहकर मेरे करेजे में बरछी भोंकी है।

अचानक बलई बाबा कुच्ची की ओर उँगली उठाकर पूछते हैं—बड़ा कलंक क्या है? कोख का बाँझ रह जाना या कोख में हराम की औलाद पालना?

धन्नू बाबा रोकते हैं—बाद में, बाद में। पहले मेरी जिरह खतम हो जाने दीजिए।...और कोई कारण?

—हाँ, बाबा, मैं जानना चाहती थी कि बच्चा पैदा करने की पीर कैसी होती है? अपने जैसा दूसरा जीव पैदा करने का सुख कैसा होता है?

—पैदा करने का सुख?—बनवारी चिल्ला पड़ता है—साफ क्यों नहीं कहती कि छिनारा का मजा लेना चाहती थी?

—छिनारा का मजा लेने के लिए तो तुम बहुत हाथ-पाँव मारे लेकिन अपना-सा मुँह लेकर रह गए। इसी किलक के चलते तो इतना उत्पात मचाए हो। पंचो, इसने मुझे अरहर की मधु समझ लिया था कि जब चाहेगा, उँगली डुबोकर चाट लेगा। जब दाल नहीं गली तो गाँव से भगाने के लिए 'ऊधमबाँह' जोत रहा है। यह समझता है कि गाँव के लोग 'बच्चा' हैं। उन्हें गुड़ खिलाकर फुसला लेगा। पद में यह मेरा जेठ लगता है। कायदा है कि जेठ अपनी भयहु की परछाईं भी बचाकर चलेगा। सीधे छूने का तो सवाल ही नहीं लेकिन 'उनको' मरे तीन महीने भी नहीं हुए थे कि इसने धोखे से मेरी 'छाती' पकड़ ली। जब मेरी सास अस्पताल में थीं तो बुरी नीयत से मेरे सूने घर में घुस आया। बाल तो इसके आधे सफेद हो गए लेकिन दिल अभी तक काला है। मुझे पटाने के लिए महारानी बनाकर रखने का लालच दे रहा था। पूछिए इस कपटी से, सच है कि झूठ? इसी पंचायत में इसका फैसला भी होना है।

—यह तो भारी जुर्म है। किसी औरत के सूने घर में बुरी नीयत से घुसना! इसमें तो धारा 354 लग जाएगी।—धन्नू बाबा चारों तरफ देखते हुए गम्भीर आवाज में कहते हैं—अब यह धारा भी गैरजमानती हो गई है। सात साल की सजा।

—बाबा, यह एक नम्बर की 'हरहट' है।—बनवारी चिल्लाकर कहता है—सरासर झूठ बोल रही है।

—मैं मौके का गवाह पेश कर दूँगी। मेरी गवाह इसी पंचायत में बैठी है।

—पहले जो मामला पेश है, उसका तो हला-भला होने दें।—बलई बाबा कहते हैं।

—जब पंचायत बैठ गई है तो दोनों फरीकों के मामले निबटाकर उठेगी। एक दिन में नहीं, दो दिन में सही।—धन्नू बाबा समाधान करते हैं—लेकिन तुम इसे

छिनारा क्यों कहते हो बनवारी? छिनारा कहते हैं अपने आदमी और परिवार से छिपाकर दूसरे आदमी से लगने को। यह तो साफ कह रही है कि उसे बच्चे की जरूरत थी और उसका पति मर गया था।

—मर गया था तो सबर करती।—बलई गरजते हैं—और अगर इतनी जवानी चर्राई थी कि धरा थमा नहीं रही थी तो दूसरा साँड़ जैसा भतार खोज लेती।

—ए महराज, जवानी तो आपकी चर्राई थी। वह भी पचास साल की उमर में।—सुघरा ठकुराइन अचानक बलई बाबा की ओर तर्जनी उठाकर कहती हैं—ऐसी चर्राई थी कि परायी औरत को फुसलाकर घर में बन्द कर लिए और चंगुल से निकल भागी तो भोकार छोड़कर रो रहे थे।

लोग ठठाकर हँस पड़े हैं। औरतें मुँह में आँचल ठूँसकर हँस रही हैं। छोटे बच्चे भौंचक होकर रोना बन्द कर दिये हैं।

बलई बाबा का चेहरा फक पड़ जाता है।

क्या चरखा दाँव मारा ठकुराइन ने! चित कर दिया।

बात पुरानी जरूर है लेकिन लोग भूले नहीं हैं। बलई बाबा की घरैतिन को गाँव की बूढ़ी औरतें 'दयालु परानी' के रूप में याद करती हैं। तब गाँव के हर घर में दोनों जून चूल्हा जलने की नौबत नहीं आती थी। वे भूखे-दूखे के दुःख में सहारा बनकर खड़ी होती थीं। लेकिन अच्छे आदमी की जरूरत तो ऊपर भी रहती है। जिस साल उन्होंने बेटी को ब्याह कर विदा किया, उसी साल तीन दिन के दिमागी बुखार में चल बसीं। तब बाबा के बेटे सनातन दस ग्यारह वर्ष के थे। खुद बाबा अभी चालीस के अन्दर थे। यह मानकर कि कोई न कोई बेटी वाला देरसबेर घेरकर फिर बलई बाबा का ब्याह कर देगा, भावी सौतेली माँ के अत्याचार से बचाने के लिए सनातन के नाना-नानी उसे अपने साथ ले गए। बाबा की घरैतिन माँ-बाप की अकेली थी इसलिए बलई सनातन को ननिहाल भेजने के पक्ष में नहीं थे। उनका मानना था कि नानी का धन, पानी का धन (दूध में) और बेइमानी का धन सबको नहीं फलता। वे अपने बेटे को ऐसे धन का वारिस बनने से बचाना चाहते थे लेकिन सास की जिद के आगे हार गए। एक बार गया तो सनातन ननिहाल का ही होकर रह गया। नाना-नानी ने ही उसका विवाह किया। बलई बाबा बराती बनकर गए और लौट आए। बाबा गोरे-चिट्टे लम्बे सुदर्शन थे। ज्यादातर केवल धोती पहनते थे। छाती-पीठ पर सिर्फ जनेऊ। जिधर से निकलते, औरतें काम छोड़कर किवाड़ की ओट से निहारने लगतीं। अच्छी खेती-बारी थी लेकिन जाने क्यों, कोई बेटी वाला फिर उनकी ड्योढ़ी नहीं चढ़ा। बाबा तनहा रह गए। स्वपाकी हो गए। नैका कहाइन की सास दिलराजी जब तक जिन्दा थीं, उनका चौका-बर्तन कर देतीं, चूल्हा जलाकर चावल-दाल चढ़ा

देतीं। सब्जी छौंक देतीं। आटा गूँध देतीं। बाबा नहाकर बटुली-कड़ाही उतार लेते। दिलराजी बेल देतीं, बाबा सेंक लेते। बदले में बाबा ने कमाने-खाने के लिए गोयड़ का एक बीघा खेत दे दिया था। बाबा ने दिलराजी से कई बार कहा कि अब तुम्हारी उमर हो गई है। खुद खटने के बजाय अपनी बहू नैकी को भेज दिया करो लेकिन दिलराजी दिल की बड़ी कठोर निकलीं। नैकी को एक दिन के लिए भी अकेले नहीं भेजा। कभी लाईं भी तो साथ लेकर आईं, साथ लेकर लौट गईं।

बाबा ने बहुत चाहा कि इलाके में मथुरा की तरह उनका नाम भी महालिंगम मशहूर हो जाए लेकिन नहीं हो सका। हाँ, शंकर के पुजारी और बाद में शंकर भगवान के अवतार के रूप में जरूर उनकी ख्याति तेजी से फैली। उन्होंने दरवाजे के सामने पाकड़ के पेड़ के नीचे एक चबूतरा बनवाया। बनारस से रेडीमेड जटाजूट, डमरू, चाँदी का वक्र चन्द्रमा, प्लास्टिक का फनधारी कालानाग और मृगछाला लाए। लाले लोहार से ढाई गज लम्बा त्रिशूल बनवाया। भभूत पोतकर और लँगोट के ऊपर मृगछाला बाँधकर डम-डम-डम-डम डमरू बजाते हुए बाबा जब तांडव नृत्य करते तो लगता, खुद शंकर भगवान कैलाश पर्वत से उतर आए हैं। शिवरात्रि के दिन उनका नृत्य देखने सारा इलाका उमड़ पड़ता। उनका नाम ही 'तांडव बाबा' पड़ गया।

डमड्डमड्डमड्डमन्निनाद वड्डमर्वय:
चकार चंड्तांडवं तनोतुन: शिव: शिवम्

डमरू से इतनी स्पष्ट आवाज निकालते कि खुद शंकर भगवान भी न निकाल पाते रहे होंगे। तांडव देखती स्त्रियों की आँखों से झरता प्रशंसा का भाव बाबा को तृप्ति से भर देता। उनका मानुष तन किसी को तो सन्तुष्ट कर रहा है, वैसे न सही, ऐसे सही।

एक दिन शाम के झुटपुटे में बाबा दिशा-मैदान से लौट रहे थे तो पगडंडी पर एक औरत तेजी से आती दिखी। पास पहुँचकर बाबा से पूछा—मायापुर कितनी दूर पड़ेगा?

बाबा ने ध्यान से देखा। उमर पैंतीस-चालीस के बीच। रंग गेहुँआ। देखने में सीधी-सादी। माया की मूरत मायापुर का पता पूछ रही थी।

बाबा को नारदमोह हो गया। बोले—दूर तो कोस भर से ज्यादा नहीं है लेकिन तीन-चार दिन से उधर लकड़बग्घा निकला है। औरतों-बच्चों पर रोज हमला कर रहा है। इस समय अँधेरे में अकेले जाना खतरे से खाली नहीं है। सामने मेरा घर है। रात रुक जाओ। सबेरे चली जाना।

औरत मान गई। उसे क्या पता कि बाबा अपने घर में अकेले हैं। एक बार ड्योढ़ी के अन्दर गई तो कपाट बन्द। लोग कहते हैं कि बाबा ने उसे अपने हाथ से छानकर देशी घी की पूड़ियाँ और घुइयाँ की सब्जी खिलाई थीं। रात भर का साथ रहा। चौथे पहर बाबा ने प्रस्ताव रखा कि हमेशा के लिए क्यों नहीं रह जातीं मेरे घर। बारह बीघे खेत हैं। बाग-बगीचे। घरैतिन के गहने। रोटी पोने वाली के अलावा भगवान ने सब कुछ दिया है। सुख से रखेंगे। वह शायद मान भी गई। लेकिन भोर

में दिशा–मैदान जाने की बात आई तो बाबा ने सावधानी बरतना जरूरी समझा। कहते हैं, औरत तभी तक अपनी है जब तक जाँघ के नीचे है। तुलसी बाबा बहुत पहले 'मानस' में सावधान कर गए हैं—निज प्रतिबिम्ब बरुक गहि जाई, जानि न जाए नारि गति भाई।

खूँटी पर डोरी का बंडल टँगा था। पहले लोग यात्रा पर पैदल निकलते थे तो लोटा, डोरी साथ लेकर निकलते थे। जहाँ प्यास लगी, कुएँ से पानी निकालकर पी लिया। अब न कुएँ रहे, न पैदल चलने वाले। सालों से बेकार टँगी थी। प्यासे बाबा ने उसे उतारा। पानी भरा लोटा औरत के हाथ में पकड़ाकर जंगल ले गए। डोरी का फंदा उसके दाहिने पैर में फँसाकर बंडल का लपेटन खोलते हुए कहा—जाकर उस झाड़ी के पीछे बैठ जाओ। डोरी का दूसरा सिरा पकड़कर वे बीस गज दूर बैठकर इन्तजार करने लगे।

उजाला होने लगा। वे डोरी को खींचकर देखते। डोरी तन जाती। इत्मीनान हो जाता। लेकिन इतनी देर तक कर क्या रही है? रात भर की जगी थी, सो तो नहीं गई? हिचकते हुए जाकर झाड़ी के पीछे झाँका। न कहीं लोटा, न लोटे वाली। डोरी का फंदा झाड़ी की टहनी में फँसा था। बाबा आसमान से गिरे। पहर दिन चढ़े तक जंगल में ढूँढ़ते रहे फिर रोते हुए वापस लौटे।

तस्य स्थिरां रथ गजेन्द्र तुरंग युक्तां
लक्ष्मीम् सदैव सुमुखीम् प्रददाति शम्भू

कहते हैं, रावण–रचित इस शिव–स्त्रोत का पाठ करने वाले को भगवान शंकर रथ गजेन्द्र और तुरंग के साथ–साथ सुमुखि व लक्ष्मी प्रदान करते हैं। तांडव बाबा को सुमुखि तो दिये लेकिन सिर्फ रात भर के लिए।

शाम को उस औरत का आदमी लाठी लेकर खोजता हुआ आया। पूछा—कौन है इस गाँव में वह आदमी जो अपने घर का अकेला है? जिसके दरवाजे पर पाकड़ का पेड़ है? जिसके दाहिने पंजे में छह अँगुलियाँ हैं? जिसने मेरी औरत को फुसलाकर घर में बन्द कर लेना चाहा? जिसके डर से भागकर उसे रात भर जंगल में छिपना पड़ा? तब गाँव वालों को बाबा के रोने का रहस्य समझ में आया। अच्छा हुआ कि बाबा दोपहर में गंगा–स्नान के लिए निकल गए थे।

इस दुर्घटना के बाद प्रायश्चित्त स्वरूप बाबा नंगे पाँव रहने लगे। मूँज की जनेऊ पहनने लगे। खुद को 'कामारि' बनाने पर तुल गए। 'उसे' भी मूँज के बन्धन में जकड़ दिया। बहुत दिनों तक बलई का जिक्र आते ही धन्नू बाबा मुस्कुराते और तुलसी बाबा के दोहे को किंचित संशोधित करके सुर में सुनाते—

काम क्रोध लोभादि मद, प्रबल मोह की धारि
तिन्ह मँह अति दारुन दुखद मायापुर की नारि।

कुच्ची के बैठने के लिए मचिया आ गई है।
लाले लोहार की बहू पीने के लिए उसे पानी का गिलास देती है।

—परायी औरत को सूने घर में रात भर बन्द रखने का फैसला भी लगे हाथ हो जाए।—सुघरा कहती हैं।

—अरे छोड़िए ठकुराइन, पचीस साल पुरानी बातें।—धन्नू बाबा मुस्कुराकर कहते हैं—रात गई, बात गई।

—कब तक छोड़े रहेंगे बाबा? हाईकोट भी कहता है कि पुराने मामले पहले निबटाएँ जाएँ।

—पहले जो मामला पेश है, वह तो निबटे।—लछिमन चौधरी कहते हैं—एक ही दिन में क्या-क्या निबटाएँगे?

—ठीक है।—धन्नू बाबा लछिमन चौधरी से कहते हैं—अब आप बढ़ाइए।

लछिमन चौधरी सिर में अँगोछा लपेटते हुए कुच्ची की ओर देखते हैं।

—पंच जानना चाहते हैं कि यह बीज तू कहाँ से लाई?

धन्नू बोल पड़ते हैं—मैंने तो सुना है कि रमेसर चौधरी अयोध्या जी गए थे। वहाँ से खीर का प्रसाद लाए। उसी को खाने से इसे गर्भ ठहरा।

—खीर खाने से गर्भ ठहर जाएगा महराज?—लछिमन चौधरी पूछते हैं।

—ठहर जाएगा नहीं, ठहर गया। एक नहीं, चार-चार। नाम बताएँ?

—वह त्रेता की बात थी महराज। यह कलजुग है।

—जो त्रेता में हो सकता है, वह कलजुग में क्यों नहीं हो सकता? त्रेता में तो खाने से ठहरा। द्वापर में तो सुमिरन करने भर से ठहर गया। इस रफ्तार से कलियुग में देख लेने भर से ठहर सकता है।

—हे भाई!—पीछे से आवाज आती है—बहुत खुलकर कुच्ची का पक्ष ले रहे हैं बाबा। कहीं आड़े-ओटे चखा तो नहीं दिया?

—अब बहत्तर साल की उमर में चखने लायक तो क्या रह गए होंगे।—दूसरा मुस्कुराता स्वर—हाँ, चटा दिया हो तो बात दूसरी है।

—यह कौन बोला?—लछिमन चौधरी डपटते हैं—पंचायत में मसखरी करने आए हो? मुर्गा बनाकर पीठ पर दस ईंट लाद दी जाएगी तो दिमाग दुरुस्त हो जाएगा।

—इसको नहीं, इसके बाप को मुर्गा बनाओ, जिसने ऐसी मुरही औलाद पैदा की।

लेकिन पता ही नहीं लग रहा कि बोलने वाला कौन है?

कुएँ की जगत पर बैठी दुलहिनों के झुंड में खीर की बात सुनकर हँसी की लहर दौड़ गई है। एक दुलहिन चतुरा अइया के कान में मुँह सटाकर पूछती है—खीर खाने से कि खीरा खाने से अइया?

फिर हँसी की लहर!

—तू क्या समझती है, सचमुच खीर खाने से पैदा हो गए?

—रमायन में तो यही लिखा है।

—लिखने-पढ़ने से सच हो गया? सारा झूठ-फरेब तो पढ़े-लिखे लोग ही करते हैं।

—हे!—धन्नू बाबा डपटते हैं—तुम लोगों ने उधर क्या गपड़चौंथ शुरू कर दी? शान्त रहो।

कुच्ची मचिया से उठने की कोशिश करती है लेकिन लोगों के मना करने पर फिर बैठ जाती है।

—खीर-हलुआ खाने और सुमिरन करने से रानी-महरानियों के पैदा होते होंगे पंचो। उनकी मदद करने तो देवता-पित्तर सब दौड़ पड़ते हैं। लेकिन हमारे जैसों की मदद करने वाला तो कोई मानुख पुरुख ही होगा।

—पंच जानना चाहते हैं कि वह मददगार मानुख पुरुख कौन है?

—जो पुरुख मेरे मन में बस गया। जिसके जैसा बच्चा मैंने चाहा।

—तो तेरे मन में बजरंगी के अलावा कोई पुरुख बसता था?

—हर औरत के मन में कोई न कोई पुरुख बसता है। कभी वह उसे पा जाती है, कभी नहीं पाती। नहीं पाती तो जिसे पाती है, उसी में रम जाती है। मेरे मन में पहले से नहीं बसा था लेकिन जरूरत पड़ी तो बसाना पड़ा।

—वाह! विधिहुँ न नारि हृदय गति जानी!—बलई बाबा हवा में प्रणाम करते हैं।

लछिमन चौधरी हँसने लगते हैं—तू तो पूरी पंडित है कुच्ची। पंचों को भी बता कि तेरे मन में बसने वाला वह पुरुख कौन है?

—यह गुप्तदान है बाबा। दान करने वाले ने इसी शर्त पर दिया है कि उसका नाम गुप्त रखा जाएगा।

—क्यों?

—क्योंकि नाम जाहिर कर देने से दान का पुण्य मर जाएगा। इसीलिए तो बड़े-बड़े सेठ महाजन गंगा जी में डुबकी लगाकर लाखों की मोहर, असर्फी दान करते हैं और बाएँ हाथ को पता नहीं चल पाता कि दाहिने ने कितना दान किया।

एक बार फिर चुप्पी।

—अरे लछिमन चौधरी का ही नाम लगा दे।—कोई मनचला कूट करता है—इनसे पूरे गाँव के लिए पूड़ी-तरकारी का भोज लिया जाएगा।

लिहाड़ी लेने और 'व्यंग' बोलने में इस गाँव के लोगों का जवाब नहीं। वे मौका मिलने पर फब्ती कसने से नहीं चूकते। कभी-कभी आवाज बदलकर भी।

लछिमन चौधरी बनावटी गुस्सा दिखाते हैं—वाह भाई! मजा मारै गाजी मियाँ धक्का सहैं मुजावर।

सामूहिक हँसी।

—अच्छा, यह बता, अपने यहाँ तो 'मिलुअई' लाने का भी चलन है। तुझे दूसरा

घर नहीं करना था तो कोई 'मिलुअई' ही खोज लेती। बहुत लोग अकेले पड़े जिन्दगी काट रहे होंगे। वह तेरे काम भी आता और तेरी खेती-बारी भी सँभालता।

—पहली बात तो यह कि हाथ-पैर चलते मेरे सास-ससुर 'मिलुअई' क्यों आने देते? आने भी देते तो ऐसा मिलुअई कहाँ से खोजकर लाती जो मन का भी होता और मिलकर भी चलता? सास-ससुर की सेवा के लिए तो मैंने दूसरे घर-वर का मोह त्यागा। वह उँगली पकड़ने के बाद पहुँचा पकड़ने लगता तो? सास-ससुर की छाती पर मूँग दलने लगता तो? या यह भी न करता, किसी रात गहना, गीठी लेकर भाग खड़ा होता तो? धन-धरम दोनों चला जाता। ऐसे कितने मामले सुने गए हैं।

बात तो सोलह आने सही कह रही है। कई सिर सहमति में हिलते हैं।

अब? और कोई कुछ पूछना-कहना चाहें?—लछिमन चारों तरफ देखते हैं। शाम उतरने लगी है। आग-अदहन का समय हो गया है। मामला किसी सिरे चढ़ता नजर नहीं आता। अभी बच्चे भूख से रोना शुरू कर देंगे। चारा देना है। गाय-भैंस दुहना है। इक्का-दुक्का आदमी और दो-दो, चार-चार के झुंड में औरतें सिर झुकाकर धीरे-धीरे खिसकने लगी हैं।

लछिमन चौधरी को लग रहा है कि जितनी जल्दी फैसले तक पहुँचने की सोचा था, वैसा होता नहीं दिखता। यह औरत रंच भर डरने या झुकने को तैयार नहीं। सबकी बोलती बन्द कर दे रही है। इसको लपेटने के लिए नया फंदा तलाशना होगा। वे दाएँ-बाएँ देखकर कहते हैं—पंचो! लगता है, किसी नतीजे पर पहुँचने में अभी एक-दो दिन लग जाएँगे। पाँच-छह घंटे में सब थक गए हैं। दिशा-मैदान का समय हो गया है। खाना-पीना भी करना है। धन्नू बाबा और बलई बाबा को संध्या आरती के लिए समय चाहिए। सुघरा ठकुराइन काली मन्दिर में संझा की दीया-बाती करती हैं। अगर सबकी राय हो तो कल दोपहर तक के लिए पंचायत रोक दी जाए। कल दोपहर इसी जगह फिर बैठते हैं।

धन्नू बाबा कहते हैं—बात तो ठीक है लेकिन एक बार पंचायत टूटी तो फिर सबको जुटाना मेढक तौलने जैसा हो जाएगा। कोई ऊदपुर निकल जाएगा, कोई महमूदपुर। मेरी मानिए, पंचायत को रोकिए जरूर लेकिन तीन-चार घंटे के लिए। लोग अपने जरूरी काम निबटाकर दस बजे तक वापस आ जाएँ। रात में जितनी भी देर हो जाए, हला-भला करके ही उठा जाए।

यही तय होता है।

सबेरे पंचायत में जाते समय तीनों प्रणियों का मुँह लटका हुआ था। कोई किसी से बात नहीं कर रहा था। लेकिन बहू का सवाल-जवाब सुनकर रमेसर दोनों प्राणियों की अटकी हुई साँस इस समय सम पर चल रही थी। रमेसर लौटते ही जानवरों का चारा-पानी करने में लग गए।

पंचायत के डर ने कुच्ची को कल से ही अपनी गिरफ्त में ले लिया था। सबेरे किसी तरह उसने गले के नीचे एक रोटी उतारी थी। इस समय भी भूख गायब थी लेकिन सास-ससुर तो उपवास नहीं कर सकते, इसलिए पिछवाड़े जाकर वह उपले और जलावन लाई। चूल्हा पोता और ताखे से माचिस लेने के लिए मुड़ी ही थी कि कराहकर बैठ गई। बूढ़ी लपककर आँगन से आई और सहारा देकर उठाते हुए पूछा—क्या हुआ?

—लगा, जैसे पेट के अन्दर छुरी चल गई अम्मा। दर्द की लकीर आरपार हो गई।

काँपती टाँगों से चारपाई की ओर बढ़ते हुए टूटती आवाज में कहा—चक्कर आ रहा है।

उसे चारपाई पर लेटाकर बूढ़ी पाटी पर बैठकर हवा करने लगी। कुच्ची की आँखें मुँद गईं। लगा, नींद आ रही है। नींद या मूर्छा?

तब तक बजरंगी आ गया। पूछा—क्या हुआ?

—तुम कहाँ चले गए थे?

—मैं गोलगप्पे लेने गया था।

—मेरी जान साँसत में पड़ी है और तुम्हें गोलगप्पे की सूझ रही है?

—साँसत में क्यों? लो, गोलगप्पे खा लो। ठीक हो जाओगी।

जिस समय पपड़ियाए होंठों को तर करने के लिए बूढ़ी ने कुच्ची के मुँह से पानी भरी सीपी लगाई, ठीक उसी समय बजरंगी ने खट्टे पानी से भरा गोलगप्पा भी लगा दिया।

कुच्ची ने चौंककर आँखें खोल दीं।

—कहाँ गए?

—कौन?—बूढ़ी ने उसके होंठ के दोनों तरफ बहे पानी को अपने आँचल से पोंछते हुए पूछा।

कुच्ची को मुँह का स्वाद खट्टा-खट्टा-सा लग रहा था।

दाएँ-बाएँ नजर घुमाते हुए वह उठने की कोशिश करने लगी। बूढ़ी ने मना किया—लेटी रह। आराम मिल जाने दे। मैं तेरे लिए दाल का पानी तैयार करती हूँ।

बूढ़ी ने चूल्हा जलाकर अदहन चढ़ाया। अदहन गनगनाने लगा तो बटलोई में अरहर की दाल, नमक और खटाई एक साथ डाला; ईंधन तेज किया फिर आटा गूँधने लगी।

कटोरे में दाल का पानी निकालने के बाद आटे की छोटी-छोटी टिकरियाँ बनाकर बटलोई में डाला और ऊपर से पानी भरे लोटे का ढक्कन लगा दिया। बूढ़ी के मायके में इन्हें 'दलफरा' या 'दाल का दुलहा' कहते हैं। तुरन्त भोजन। झटपट तैयार होने वाला। खटाई की महक से सुवासित ऐसी टिकरियों का स्वाद ही अलग होता है। उदास-निराश मन इनके स्वाद से उछाहिल हो जाता है।

कुच्ची का दर्द तो गोलगप्पे खाने के बाद ही शान्त हो गया था। आराम करने और दाल का नमकीन पानी पीने के बाद चैतन्य हुई तो घर में रुका नहीं गया। वह धीरे-धीरे चलकर धरमराज के दरवाजे पहुँची। उसने कल धरमराज से भी पंचायत में आने के लिए कहा था लेकिन वह टाल गया। दरअसल रिश्ते में भाई लगने वाले बनवारी के खिलाफ बोलने से वह बचना चाहता था। धरमराज अपने घर के बाहर ही मिल गया। कुच्ची को देखकर झेंप गया। बिना पूछे ही सफाई देने लगा कि एक जमानत के सिलसिले में कचहरी जाना जरूरी होने के कारण...

—कोई बात नहीं देवर। अब तो चलोगे?

—बिलकुल। और अकेले नहीं। उधर देखिए...उसने सामने काला कोट पहनकर कुर्सी पर बैठी तीन महिलाओं की ओर इशारा करते हुए कहा—आपकी ओर से बहस करने के लिए शहर से तीन-तीन वकील ले आया हूँ।

कुच्ची ने हाथ जोड़कर तीनों को नमस्कार किया। धरमराज ने परिचय कराया—यही हैं हमारी कुच्ची भौजी और भौजी, ये हैं मनोरमा जी, जिला महिला मोर्चा की अध्यक्षा। साथ में दो और पदाधिकारी। औरतों के खिलाफ कहीं भी होने वाले जोर-जुल्म के खिलाफ ये हमेशा जान लड़ाने को तैयार रहती हैं। वकील तो हैं ही।

कुच्ची ने एक बार फिर सिर झुकाया।

धरमराज से इस विचित्र पंचायत की बात सुनकर ये सभी कुच्ची से मिलने के लिए आतुर थीं। जरूरत पड़े तो कुच्ची के पक्ष में बोलने का मन बनाकर आई हैं। किसी से बीज लेकर बच्चा पैदा कर लेने की कल्पना से ही वे सब रोमांचित हैं। कोई औरत इसके अधिकार की माँग कर सकती है, यह तो उन्होंने सपने में भी नहीं सोचा कभी। और यह माँग एक ऐसे गाँव की सातवीं पास औरत भरी पंचायत में कर रही है जहाँ न सड़क है, न स्कूल है। जहाँ के लोग आज भी कुएँ या हैंडपम्प का पानी पीते हैं और लालटेन या ढिबरी के प्रकाश में जीते हैं। जहाँ चौबीस घंटे में चार-छह घंटे बिजली का लगातार रह जाना किसी चमत्कार से कम नहीं है।

उनके संगठन की अधिसंख्य महिलाएँ परिवारदार हैं। बेटी-बेटा ब्याह चुकी हैं या ब्याहने वाली हैं। जब तक कोई औरत शरण, सुरक्षा और रोटी के लिए किसी पुरुष पर निर्भर है, वह ऐसी माँग कैसे कर सकती है? ऐसी माँग का समर्थन करते हुए अखबार में फोटो छप गया तो घर से निकाल दी जाएगी। उनका संकोच देखकर धरमराज कहता है—आप सबकी मौजूदगी ही बहुत कुछ बोलेगी। चलिए।

कुच्ची की पुकार सुनकर बिसुन परधान का ड्राइवर बाहर आते हुए ऊँची आवाज में बताता है—परधान जी तो ब्लाक से ही ससुराल चले गए। मैं खाली बुलेरो लेकर लौटा हूँ। फिर पास पहुँचने पर धीरे से कहता है—भीतर हलके के सिपाही के साथ चाह-पकौड़ी काट रहे हैं लेकिन बाहर नहीं निकलेंगे। आवास घोटाले की जाँच में एफआइआर दर्ज हो गई है। जमानत का इन्तजाम होने तक छुपे-छुपे दिन काटना है।

इस बीच मिठुआ ने दो गैसबत्ती जलाकर महुए की डाल से लटका दिया है। पास से जा रहे बिजली के खम्भे में कटिया लगाकर उसमें सौ वाट का बल्ब लटका दिया है। रात बारह बजे बिजली आ जाएगी।

दोपहर से शुरू हुई इस पंचायत के सवाल-जवाब की शोहरत एक किलोमीटर दूर बाजार तक पहुँच गई है। पड़ोस के बाजार में आँगनबाड़ी की कार्यकर्तियों, ग्राम सेविकाओं, स्वास्थ्य केन्द्र की दाइयों, बैंक और ब्लाक की महिला कर्मचारियों और अध्यापिकाओं की एक बड़ी संख्या किराए पर कमरा लेकर रहती है। उनके लिए यह बड़ा रोमांचक है कि गाँव की एक विधवा औरत अवैध गर्भ सेते हुए चौधरियों की घेरेबन्दी से अकेले दम मोर्चा ले रही है। यह जानकर कि रात दस बजे फिर पंचायत शुरू होगी, वे सब ऐसी औरत को देखने-सुनने के लिए बेताब हो गईं। यह बेताबी उन्हें भी पंचायत में खींच लाई है। वे झुंड बनाकर बीच की खाली जगह में बैठती हैं।

धरमराज वकील खुद महुए की जड़ पर बैठ गए हैं। महिला वकीलों के लिए कुर्सी का इन्तजाम है। दूसरे पंचों की बराबरी में काला कोट पहनकर बैठी तीन-तीन औरत वकील और बाजार से आई औरतों का झुंड पंचों को कुछ असहज कर रहा है। क्या कुच्ची के बुलावे पर आई हैं ये सभी?

लेकिन लछिमन चौधरी साँस खींचकर अपने को मजबूत करते हैं और दो टूक कहते हैं—तो तू बच्चे के बाप का नाम बताने को तैयार नहीं है?

—बच्चे के बाप का नाम जानने की न तो पंचायत को जरूरत है, न हक।

—हक क्यों नहीं है?

—बताइए, कैसे है हक? यह भी बताइए कि पंचायत को सिर्फ सवाल पूछने का हक ही है या जवाब देने की जिम्मेदारी भी?

—दोनों?

—तो मेरे पहले सवाल का जवाब अभी तक क्यों नहीं मिला? तंडो बाबा मेरे सवाल का जवाब पी गए। जब मेरे हाथ, पैर, आँख, कान पर मेरा हक है, इन पर मेरी मरजी चलती है तो कोख पर किसका होगा, उस पर किसकी मरजी चलेगी, इसे जानने के लिए कौन-सा कानून पढ़ने की जरूरत है?

अभी-अभी लौटे हैं बलई बाबा। ठीक से बैठ भी नहीं पाए कि इस लड़की ने

सीधे उन पर उँगली तान दी। वे आग्नेय नेत्रों से कुच्ची की ओर देखकर कहते हैं—फिर कानून बीच में लाई ? मैं देख रहा हूँ कि बहसा-बहसी करने में तू गार्गी से भी पाँच हाथ आगे बढ़ी जा रही है। करतूत अहल्या की और तेवर गार्गी के! अहल्या जैसी औरतों को हजार साल तक पत्थर की जिन्दगी जीने की सजा मिलती है, यह मालूम है कि नहीं ?

—नहीं मालूम महराज, लेकिन यह मालूम है कि आप हमें धमका रहे हैं। यहाँ इंसाफ करने के लिए बुलवाया है कि धमकी देने के लिए ?

—धमकी नहीं दे रहा, हकीकत बता रहा हूँ। अहल्या के किस्से से सबक सीखा होता तो आज यह पंचायत बुलाने की जरूरत ही न पड़ती।

—ऐसा नहीं है महराज।—सुघरा बोल पड़ती हैं—कुच्ची ने न सही लेकिन हजारों साल से इस देश में पैदा हो रही औरतों ने जरूर सबक सीखा है। उसी सीख से उनका कलेजा पत्थर का हो गया है। उसी का डर दिखाकर वे आज भी भेंड़ के झुंड की तरह हाँकी जा रही हैं। लेकिन यह बताइए कि गौतम मुनि ने अपनी सारी मर्दानगी अपनी औरत पर ही क्यों दिखाई ? सूने घर में घुसकर जिसने छल से अकेली औरत की इज्जत लूटी, उसका तो आप कुछ उखाड़ नहीं पाए। वह मूँछ ऐंठता मुस्कुराता सामने से निकल गया। उल्टे खिसियाहट मिटाने के लिए अपनी ही छली गई पत्नी को पत्थर बना दिया। यह कैसा इंसाफ है ? इसमें औरत के सीखने के लिए क्या है ?

—बिलकुल सही।—बाजार से आई औरतों के झुंड से आवाज आती है—हम सब अहल्या हैं। आज भी अहल्या हैं। आज भी पत्थर हैं। आज भी छली जा रही हैं।

सन्नाटा!

इन औरतों का शामिल होना बलई बाबा और लछिमन चौधरी के अन्दर सिहरन पैदा कर रहा है। सुघरा से उलझने में भी बुद्धिमानी नहीं समझते बलई। एक तो औरत, दूसरे बेवा, तीसरे इसी गाँव की ठकुराइन। कौन इसकी जीभ पकड़ सकता है! वह जो बोलेंगे, उसी का सिरा पकड़कर यह उन्हें पटकनी दे सकती है।

सन्नाटे को कुच्ची ही भंग करती है।

—बाबा, उन औरतों का मामला वे जानें या आप जैसे पोथी-पत्रा बाँचने वाले जानें। यहाँ हमें बुलवाया है तो हमारी हर्ज-गर्ज पर बिचार करिए। बात से कायल कर दीजिए या कायल हो जाइए। मेरी कोख पर मेरा हक है कि नहीं ?

क्या कहें, कुछ सूझ नहीं रहा। यह भी कैसे कह सकते हैं कि उसकी कोख पर उसका हक नहीं है ? उसका नहीं तो किसका है ?

लछिमन चौधरी को भी बेइज्जत होने का डर सता रहा है। लगता है, सारी औरतें कुच्ची के पक्ष में खड़ी हो गई हैं। सही कहा है, औरत जात को मुँह नहीं लगाना चाहिए। रमेसर को कठघरे में खड़ा किया गया होता तो अब तक सजा-जुर्माना करके फुरसत मिल गई होती।

बनवारी को लग रहा है कि पंच इस औरत का रोंवा भी नहीं उखाड़ पाएँगे। झुट्ठै तुर्रम खाँ बने फिरते हैं।

बड़ी देर तक चुप्पी छाई रहती है। फिर इंजन की सीटी सुनाई पड़ती है। एक गैसबत्ती के भुकभुकाने की आवाज आती है। मिठुआ उसे उतारकर उसमें हवा भरने लगता है।

—मेरे सवाल का जवाब आप सबके मन में है। आप देना नहीं चाहते। अब मैं दूसरा सवाल पेश करती हूँ। मेरे इस सवाल के पेट से ही चौधरी बाबा के सवाल का जवाब निकलेगा। मेरा सवाल है कि फसल पर पहला हक किसका है? खेत का कि बीज का? अगर पंच फैसला करते हैं कि फसल पर खेत का हक है तो पंच मुझसे बच्चे के बाप का नाम पूछने के हकदार नहीं बनते। अगर फैसला बीज के हक में होता है तो मैं बच्चे के बाप को पेश कर दूँगी।

फसल पर पहला हक खेत का कि बीज का?

छोटे-छोटे समूह में तर्क-वितर्क शुरू हो जाता है।

—यह कोई नया सवाल थोड़े है!—बलई बाबा तिरस्कार से कहते हैं—जितनी पुरानी दुनिया, उतना पुराना सवाल। इस सवाल के जवाब से तो सारे वेद-पुरान, कलमा-कुरान भरे पड़े हैं।

—हमें भी बता दीजिए बाबा। हम तो वेद-पुरान पढ़ नहीं पाए।

—तो तेरे लिए वही गीत फिर-फिर गाना पड़ेगा? दसईपुर की बेड़िन समझ लिया कि बीबी फिर-फिर से। दसईपुर का किस्सा कौन नहीं जानता इस इलाके में!

भीड़ की हँसी रोके नहीं रुक रही।

—च्च! च्च! यह हम कैसे कह सकते हैं बाबा? आप बड़े हैं। अपने मुँह से बेड़िन बनें चाहे पतुरिया।

बाप रे, कितना तेज झपट्टा मारती है यह औरत! लछिमन चौधरी बलई बाबा के बचाव में आ जाते हैं। कहते हैं—वेद-पुरान तो हम भी नहीं पढ़े लेकिन जो 'परतच्छ' है, उससे हटकर वेद-पुरान में क्या होगा? मेरे विचार से तो बीज ही परधान है। खेत किसी का हो, जो बोया जाएगा, वही पैदा होगा। आम के बीज से आम। बबूल के बीज से बबूल। बोया बीज बबूल का, आम कहाँ से होय?

—सवाल यह नहीं है कि क्या बोने से क्या पैदा होगा। इसे तो पीछे बैठकर हँस रहा वह बग्गड़ भी जानता है।—सुघरा बोलती हैं—सवाल यह है कि फसल पर हक किसका होगा? एक आदमी अपने खेत में गेहूँ बो रहा है। उसके बीज के कुछ दाने बगल के जौ के खेत में छिटककर चले गए। फसल तैयार होने पर साफ पता चल रहा है कि गेहूँ के पौधे बगल वाले के बीज से पैदा हुए हैं। तो क्या गेहूँ के खेत वाला जौ के खेत में उगे गेहूँ के उन पौधों पर अपना हक जता सकता है?

—बिलकुल नहीं।—कई आवाजें आती हैं—जिसके खेत में पैदा होता है, वही काटता है।

—क्या आज तक एक भी मामला सुना गया कि छिटके बीज के मालिक ने बगल के खेत में घुसकर उन पौधों को काटा हो?

—कभी नहीं। इस नीयत से उस खेत में पैर भी रख देगा तो लाठी चल जाएगी।

—जैसे खेत से खुराक लेकर वह बीज पौधा बनता है, वैसे ही बूँद को आदमी बनाने के लिए माँ को नौ महीने अपना खून पिलाना पड़ता है। बूँद सिर्फ बूँद होती है, आदमी का बच्चा नहीं होती।

—बिलकुल सही।

—अब पंच तय करें कि बड़ी बात क्या है—बूँद डालना या उस बूँद को पोसकर आदमी बनाना?

धन्नू बाबा कहते हैं—ऐसे छिटके बीज से पैदा पौधों को 'लमेर' कहा जाता है। धान की फसल में तो ये अक्सर ही उगे मिलते हैं। 'लमेर' मूल फसल के पौधों से ज्यादा तन्दरुस्त, ज्यादा जीवट वाले होते हैं। वे मूल फसल से बित्ता भर ऊँचे होते हैं। उनकी बाल ज्यादा लम्बी और दाने ज्यादा पोढ़े पुष्ट होते हैं। उन पर रोग-व्याधि का असर कम होता है। इसी तरह आदमियों की फसल पर नजर डालिए तो हर गाँव में एक-दो ऐसे लमेर मिल जाएँगे जिनके चेहरे-मोहरे, हँसने-मुस्कुराने और बोली-बानी के ढंग से आप जान जाएँगे कि यह किसके बीज का लमेर है। आदमी के लमेर भी अपने मूल से ज्यादा लम्बे-चौड़े जीवट वाले और तेज होते हैं। ध्यान दीजिए तो अपने इसी गाँव में दो लमेर पहचान में आ जाएँगे। लेकिन क्या किसी लमेर के बीज ने आज तक उन पर अपना दावा ठोंका? कभी कहीं सुना गया कि किसी लमेर का असली बाप उसे लेने आया हो? तो कुच्ची के बच्चे पर उसे बीज दान देने वाले का हक कैसे मानेंगे, जो हक की बात तो दरकिनार, अपना नाम तक जाहिर नहीं करना चाहता?

पंचायत में फिर खुसर-पुसर होने लगी है। यह सही है कि लमेर की हकीकत से सारा गाँव वाकिफ है। आज से नहीं, जमाने से। लेकिन इस पर इस तरह पंचायत में खुलेआम कभी चर्चा हुई हो, किसी को याद नहीं पड़ता। आँख में गड़ने वाली ऐसी हकीकत हजारों साल से अचर्चित चली आई, यह भी अजूबा है।

लछिमन चौधरी की माँ बर्मिन थीं। जब बर्मा (आज का म्यांमार) की लड़ाई छिड़ी तो लछिमन चौधरी माँ की गोद में थे। उनके बाप उन लोगों को लेकर कभी किसी सवारी से तो कभी पैदल भागते हुए गाँव लौटे। लछिमन चौधरी के बाप लम्बे-चौड़े और कालों में भी काले थे। तारकोल के रंग के। लछिमन चौधरी को कद-काठी बाप की और रंग-रूप माँ का मिला, इसलिए वे लम्बे, छरहरे और गोरे बल्कि पीले थे। चिकने गोल चेहरे वाले। बचपन में लोग उन्हें चिढ़ाते कि वे अपने बाप के नहीं, किसी बर्मी के बेटे हैं। सुनते-सुनते उनके मन में शंका समा गई। अपने बाप के काले चेहरे की ओर देखने का उनका मन नहीं करता था। वे अपनी माँ से पूछना

चाहते थे कि क्या सचमुच उनका बाप कोई और था? लेकिन पूछने की हिम्मत नहीं पड़ी।

अच्छा ही है कि जिन दो अन्य लमेरों की ओर धन्नू बाबा ने इशारा किया, वे पंचायत में मौजूद नहीं हैं। एक तो बुढ़ापे के चलते महीनों से चारपाई पर पड़े-पड़े अपने आखिरी दिन गिन रहे हैं। दूसरे जो नौजवान हैं, बहुत पहले बम्बई चले गए।

—और सुनिए।—धन्नू बाबा कहते हैं—मेरा वश चले तो मैं ऐसे 'लमेरों' से सारी दुनिया भर दूँ। जितने भी अशक्त अपराधी, बौने, बोदे, लाइलाज बीमारियों के रोगी और दिमागी तौर पर कमजोर लोग हैं, उनके बच्चा पैदा करने पर रोक लगा दी जाए और जितने विद्वान, बुद्धिमान, पहलवान हैं, उन्हें सिर्फ बच्चा पैदा करने के काम पर लगा दिया जाए तो देखिए कि पचास साल में कैसी धुरन्धर पीढ़ी तैयार हो जाती है। देश-दुनिया की नस्ल सुधर जाएगी और जाति-कुजाति का झगड़ा खतम हो जाएगा।

—वाह, बाबा, वाह!—पीछे से कोई बुलन्द आवाज में कहता है—ऐसा इन्तजाम पचीस साल पहले करवा देते तो बलई बाबा की जिन्दगी भी सुफल हो जाती।

हँसी का फव्वारा।

पंचायत ऐसी नाव है जिस पर बैठे हर व्यक्ति के हाथ में पतवार है। कौन किधर खेकर ले जाने लगे, कुछ कह नहीं सकते। बनवारी का धैर्य जवाब दे रहा है।

वह खड़ा होकर कहता है—देश-दुनिया की नसल बाद में सुधारिएगा बाबा। आधी रात बीत रही है। मुद्दे पर आइए।

—मुद्दा तो साफ हो गया। 'लमेर' पर खेत वाले का हक बनता है।

—पेड़-पौधों की बात दूसरी है महाराज।—लछिमन चौधरी कहते हैं—लेकिन कल को अगर वही लमेर बच्चा माँ का गला दबाते हुए पूछे कि मुझे लमेर क्यों पैदा किया? बोल, मेरा बाप कौन है तो... ?

—उसके पूछने में अभी अठारह बीस साल की कसर है।—धन्नू बाबा कहते हैं—उसके पूछने तक वक्त ऐसे सवालों का जवाब देने लायक हो जाएगा।

—आप भी बाबा, कुछ ज्यादा ही लम्बी हाँक रहे हैं। वक्त भला ऐसे सवालों का जवाब देने आता है?

—आता है चौधरी। जाने कितने सवालों का जवाब वक्त दे चुका है। अब कोई नैसे सवाल नहीं पूछता। और वक्त नहीं देगा तो बच्चे की माँ देगी। हमारे और आपके पेट में अभी से दर्द क्यों हो?

बनवारी के मन में धन्नू बाबा के लिए चिढ़ पैदा हो गई है। साफ लग रहा है कि वे कुच्ची के पक्ष में बह रहे हैं। ऐसे ही थोड़े भगवान ने निरबंसिया किया है। निरबंसिया महा निशील।

उससे बिना बोले नहीं रहा जाता—अँगूठाछाप हैं तो इतनी वकालत कर रहे हैं। चार अच्छर पढ़ लिए होते तब तो बादर में प्योंदा लगाते।

—चार आदमी के बीच में बोलने का सहूर सीखो बनवारी। मैं अँगूठाछाप नहीं, चहारम पास हूँ। और अँगूठाछाप होना कोई गाली नहीं है। लछिमन चौधरी अँगूठाछाप हैं तो इसका मतलब यह नहीं है कि वे जाहिल हैं। जब तुम माँ के पेट से निकले नहीं थे तो इस देश में इमरजेंसी लगी थी। तब बड़े-बड़े पढ़े-लिखों के गले में पड़ा फंदा अँगूठाछाप लोगों ने ही काटा था। पढ़े-लिखे लोग तो डर के मारे बिल में घुस गए थे।

एक तीर से दो शिकार तो सुना था, धन्नू बाबा ने तीन-तीन कर लिए। धरमराज सिर नीचे करके मुस्कुरा रहा है।

लछिमन चौधरी को अच्छा लगा।

बलई सोच में पड़ गए हैं। गाँव वालों को यह तो पता था कि वह वोट देने पोलिंग सेंटर नहीं पहुँचे लेकिन यह तो सनातन की अम्मा भी नहीं जान पाईं कि घर से निकलकर वे अरहर के खेत में छिप गए थे। तब धन्नू बिल में घुसने की बात कैसे कह रहे हैं? इमरजेंसी के दौरान जबरिया नसबन्दी के लिए पकड़ लिए जाने का आतंक उनके मन पर इस कदर हावी था कि उनकी पोलिंग सेंटर पर जाने की हिम्मत नहीं पड़ी। कहीं कोई धोखा न हो जाए...

फिर उन्हें लगता कि वे बेकार सन्देह कर रहे हैं। धन्नू आम शहराती पढ़े-लिखों की बात कर रहे होंगे, सेठों की, अफसरों की, यूनिवर्सिटी के मास्टरों की, जो जरा सी धूप लगते ही कुम्हला जाते हैं। भागकर एसी में घुस जाते हैं।

बलई का लटका मुँह देखकर बनवारी के तन-बदन में आग लग जाती है।

लछिमन चौधरी बीड़ी सुलगाने में लगे हैं।

वह कहता है—मुद्दे को दाएँ-बाएँ लेकर मत भागिए बाबा। यह बच्चा मेरे खानदान की नाक काटने आ रहा है। मैं अपने खानदान में ऐसा बच्चा पैदा नहीं होने दूँगा।

—वह तो पैदा हो चुका। मतलब, पेट में आ चुका।

—मैं दुनिया में नहीं आने दूँगा।—बनवारी दोनों हाथ उठाकर दहाड़ता है।

धरमराज खड़ा होकर टोकता है—ऐसा अनर्थ मत भाखिए भइया! पूरे गाँव के सामने बच्चे को मारने की धमकी! ऐसा करने की सजा जानते हैं? धारा 212 में आजीवन कारावास। किसी दूसरे ने ऐसा कर दिया तो भी तुम्हीं पकड़े जाओगे। पूरी जिन्दगी चक्की पीसने में खप जाएगी।

—मेरे आगे का पैदा तू मुझे ही डराने चला है? मुफ्त में हीरो होंडा मिल गई इसलिए?

—मुफ्त में नहीं भइया। तीस हजार नगद गिना है।...और डराने की नहीं, समझदारी की बात कर रहा हूँ। 'नाक कटा दिया, कान कटा दिया'—यह पुरानी बात हो गई। अगर तुम समझते हो कि भौजी के बच्चा हो जाने के चलते उनका घर की बहू वाला हक मर जाएगा तो गलती पर हो। अगर किसी ने तुम्हें ऐसा पाठ

पढ़ाया है तो समझो, तुम्हें कुएँ में ढकेल रहा है। अगर रमेसर काका अपने जीते-जी खेत बेच नहीं देते तो काकी के बाद यह कुच्ची भौजी को ही मिलेगा। उनका हक तभी खत्म होगा जब वे दूसरी शादी कर लेंगी। उनके रहते तुम्हें सुई के नोक के बराबर जमीन भी नहीं मिलने वाली।

—इसको सब पता है। तभी तो उसे भगाने के लिए जमीन-आसमान एक कर रहा है।—धन्नू बाबा कहते हैं—लेकिन आप लोग बताइए, खानदान या गाँव की नाक गर्भ के बच्चे को मारने से कटती है, अकेली औरत के घर में बुरी नीयत से घुसने पर कटती है कि अपनी मर्जी से अपना सहारा पैदा करने से? बनवारी ने जो धमकी दी है, उसके खतरे से बचने का रास्ता पंचों को निकालना होगा।

—बिलकुल निकालना होगा।—सुघरा कहती हैं—यह धमकी नई नहीं है। औरत को यह धमकी सदियों से मिलती आ रही है। क्यों? क्योंकि ऊपर वाले ने ही औरत के साथ अन्याय कर दिया। उसकी छाती फुला दी और हौसला घटा दिया। जिस दिन से लड़की की छाती फूलने लगती है, उसका हौसला घटने लगता है। वह फूली हुई छाती पर गुमान करती है और उसी के चलते मारी जाती है। पैदा तो पहले भी होते रहे हैं ऐसे बच्चे लेकिन माँ के डर जाने, हौसला छोड़ देने के चलते मारे जाते रहे, फेंके जाते रहे, गिराए जाते रहे।

—ऐ आजी!—कुच्ची खड़ी होती है—कुंती माई डर गईं, अंजनी माई डर गईं, सीता माई डर गईं लेकिन बालकिसन की माई डरने वाली नहीं है। मेरा बालकिसन पैदा होकर रहेगा।

कुच्ची का ऐलान पूरी पंचायत के कान में झन्न से बजता है। पल भर सन्नाटा। फिर बाजार से आई महिलाओं के झुंड से ताली बजने की जो शुरुआत होती है, वह पूरी पंचायत में फैल जाती है। तीनों महिला वकील भी खुद को ताली बजाने से रोक नहीं पातीं। ठीक उसी समय सौ वाट के बल्ब की रोशनी में पूरी पंचायत नहा जाती है। बलई बाबा की कनपटी से पसीना चू पड़ता है।

कुछ देर तक सन्नाटा रहता है फिर सुघरा कहती है—पंचो, कई साल तक थाना-कचहरी दौड़ने और परधानी करने के बाद यही समझ में आया कि सारे झगड़े की जड़ प्रापर्टी है। आदमी की नजर में औरत खुद प्रापर्टी है। बनवारी और बजरंगी राम-लछिमन की तरह रहते थे लेकिन जैसे ही बजरंगी मरा, बनवारी उसकी बेवा की मदद करने के बजाय उसे अपनी प्रापर्टी बनाने की तिकड़म में लग गया। इसकी बने या गाँव से भागे तो वह रमेसर की प्रापर्टी हड़पे। बनवारी सिर्फ इसी गाँव में थोड़े है। हर गाँव में बनवारी है। मेरा भतीजा भी तो बनवारी है। आदमी की तो छोड़िए, प्रापर्टी के मामले में हमारी सरकारें तक बनवारियों से कम नहीं हैं। उन्होंने भी मर्दों की तरफदारी वाले कानून बनाकर रख छोड़े हैं। मान लीजिए, अभी लछिमन चौधरी को दारू की लत लग जाए। दारू के लिए वे अपने खेत बेचने पर आमादा हो जाएँ।

चौधराइन को पता चले। वे बाल-बच्चों के साथ हाकिम की इजलास पर जाकर गुहार लगाएँ कि हजूर, मेरे आदमी को खेत बेचने से रोका जाए नहीं तो मैं बाल-बच्चों के साथ भीख माँगने पर मजबूर हो जाऊँगी। पूरी नहीं तो आधी जमीन पर ही स्टे दे दिया जाए। क्या इजलास स्टे दे देगी? हरगिज नहीं। वह हाथ खड़े कर देगी। क्यों भाई? उसके पास तो अथाह पावर है। अथाह पावर तो है लेकिन लछिमन चौधरी को अपनी जमीन बेचने से रोकने की पावर नहीं है। जो जमींदारी विनाश कानून हमारे यहाँ सन् '52 में लागू हुआ, वह सिर्फ मर्द को पहचानता है। खेत का सारा मालिकाना वह मर्द को देता है। औरत सरकार की नजर में गोबर का चोत है। किसान की जमीन हड़पने का कानून तो सरकारें मिंटों में पास कर देती हैं, बाई रोटेशन पास कर देती हैं लेकिन औरत-मर्द के बीच मालिकाना हक बाँटने का कानून पास करने की फुरसत आज तक किसी सरकार को नहीं मिली। ऐसा हो जाता तो 'बनवारियों' की पैदाइश बन्द हो जाती।

बैठे-बैठे मोबाइल में फोटो खींचने के अलावा बहस में शामिल होने का कोई मौका न पाने वाली महिला मोर्चा की सदस्यों को बोलने का मौका मिल गया है। मनोरमा जी तुरन्त कुर्सी से उठते हुए कहती हैं—भाइयो और बहनो! हमारा संगठन इस मुद्दे को जोर-शोर से उठा रहा है। हम मुख्यमंत्री को ज्ञापन देने जाने वाले हैं कि महिलाओं को पति की खेती-बारी में विवाह के दिन से ही आधा मालिकाना हक दिया जाए।

—और कोख वाला मुद्दा दीदी?—कुच्ची पूछती है।

मनोरमा जी ऐसे सवाल का जवाब देने को तैयार नहीं हैं। वे पल-भर ठिठकती हैं फिर कहती हैं—देखिए, सही बात तो यह है कि यह मुद्दा अभी हमारे संगठन के सामने उठा ही नहीं है।—फिर थोड़ा रुककर, अपनी दूसरी सदस्यों की ओर देखते हुए कहती हैं—दरअसल यह बहुत आगे का मुद्दा है लेकिन गाँव में रहकर जब तुम्हारे जैसी औरत इसकी जरूरत महसूस कर रही है, इस मुद्दे को उठा रही है तो देर-सबेर इसे वक्त की आवाज बनना ही होगा।

—बड़ा मुद्दा तो कोख पर अधिकार का मुद्दा ही है।—बाजार से आई महिलाओं के बीच से एक लड़की खड़ी होती है—औरत का हक-हिस्सा मारने वाले 'रिसी-मुनी' कबके मर-मरा गए लेकिन उनका बनाया फंदा अभी भी औरतों के गले में फँसा हुआ है। वक्त आ गया है कि मरे हुओं का कानून मरे हुओं के साथ दफन कर दिया जाए। ऐसा कानून बने जिससे हम भी जिन्दा लोगों की तरह जिन्दा रह सकें। हम सब अपनी इस बहादुर बहन के साथ हैं।

पता चलता है कि यह लड़की अभी-अभी एडीओ पंचायत बनकर ब्लाक पर आई है।

इन औरतों का रुख देखकर लछिमन चौधरी और बलई बाबा को अन्दर ही

अन्दर घबराहट हो रही है। कहीं सब हंगामा न शुरू कर दें। उनको लगता है कि पंचायत पूरी तरह मुद्दे से भटक गई है।

आखिरी कोशिश के तौर पर लछिमन चौधरी फिर पैतरा बदलते हैं—आप लोग तो कहाँ की बात लेकर कहाँ उड़ गईं। असली मुद्दे पर रहिए। यहाँ रमेसर दोनों परानी भी मौजूद हैं। कुच्ची को आखिर रहना तो उन्हीं के घर में है। उनकी मरजी क्या है, इसे भी जानना जरूरी है। क्या उन्हें ऐसी दागी औरत अपने घर में रखना कबूल है?

—जरूर, जरूर।—बलई बाबा फौरन बोलते हैं—कहाँ हैं रमेसर? बैठे-बैठे सो गए क्या?

रमेसर भगत जब से बैठे हैं, पेशाब करने के लिए भी नहीं उठे। पैरों में चिंगुरा पकड़ लिया है। वे जमीन पर हाथ की टेक लेकर खड़े होते हैं।

—अपने मन की बात बेधड़क बोलिए भगत। किसी से दबने-डरने की जरूरत नहीं है।—बलई उन्हें झाड़ पर चढ़ाने की कोशिश करते हैं।

—हमारे बोलने के दिन तो बजरंगी के साथ ही उड़ गए पंचो। सुनने के दिन हैं सो सुन रहे हैं।

—फिर भी अपनी इच्छा बताओ। बहू की मनमानी से दुःख-सन्ताप तो होता ही होगा?

—दुःख-सन्ताप मुझे नहीं, बनवारी को है महराज। इसी के चलते तो ढाई साल से उसके पेट का पानी नहीं पच रहा है। उसी के बुलावे से, उसी की सुनने तो आप लोग आए हैं।

—तुम्हारी भी सुनी जाएगी।—लछिमन चौधरी कहते हैं।

—बहुत अच्छा लग रहा है जब इतने दिन बाद पंच हमारा दुःख-सन्ताप पूछ रहे हैं।

—तुम्हारी पतोहू ने ऐसा कांड ही कर दिया कि पूछना लाजमी है। उसने जो कुछ कहा, तुमने सुना कि नहीं?

—काहे नहीं सुना महराज। बहू ने जो कुछ कहा, वह तो दोनों कानों के बहिर को भी सुनाई पड़ गया होगा। आज पहली बार समझा कि हमारी बहू इतना जानती है, इतना सोचती है, इतना बोलती है। हम तो उसे गूँगी गाय समझते थे।

फिर चुप्पी।

—अच्छा, रमेसर बहू, तुम बोलो।—लछिमन चौधरी चोट करते हैं—क्या तुम लमेर बच्चे के साथ बहू को अपने घर में रखने को तैयार हो?

—चौधरी, कौन मानुष दावे के साथ कह सकता है कि वह लमेर नहीं है? आप कह सकते हैं?

बूढ़ी एक पल रुकती है और इसी एक पल में लछिमन चौधरी को पसीना छूट जाता है। आगे क्या कहने वाली है बूढ़ी?

—यह बात तो केवल माँ जानती है। फरक इतना है कि दूसरे लमेरों के मुँह पर उनके बाप का ढक्कन रहता है, इस बच्चे के मुँह पर ढक्कन नहीं है। रही बात घर में रखने की, तो जिस बहू ने हमारे लिए अपनी जिन्दगी का रास्ता बदल दिया, हमें उसके रास्ते का काँटा हटाना चाहिए कि उस पर और काँटा बिछाना चाहिए? यह मेरी बहू भी है, बेटी भी है। इसकी खुशी में ही मेरी खुशी है।

लछिमन चौधरी के मुँह पर ताला लग जाता है।

—बस, हो गया।—धन्नू बाबा खड़े होते हुए दोनों हाथ उठाकर कहते हैं—बुढ़ापे में सहारे की कितनी जरूरत पड़ती है, इसे बलराज भइया या मुझसे ज्यादा कौन समझ सकता है? इसलिए अगर कुच्ची अपने लिए सहारा पैदा कर रही है और रमेसर दोनों परानी राजी हैं तो किसी तीसरे को बीच में कूदने का कोई हक नहीं बनता।

वे बलई और लछिमन चौधरी की ओर देखते हैं, फिर कहते हैं—ठकुराइन ने औरतों की हकतलफी वाले जिस कानून की ओर इशारा किया है, वह भी बहुत जरूरी मुद्दा है। अगर ब्याहकर आते ही कुच्ची को खेती-बारी में कानूनी हक-हिस्सा मिल जाता तो आज उसके बच्चे के लिए चिन्ता करने की जरूरत ही न रहती। लेकिन उसका भी रास्ता है। उसे विरासत से नहीं मिलेगा तो रमेसर भगत के अँगूठा निशान से मिल जाएगा। असली चिन्ता तो उसकी जिन्दगी की है। हमें उसकी जिन्दगी की गारंटी चाहिए। अगर बनवारी उसकी जिन्दगी के लिए खतरा बनता है तो इस जुर्म का भागी पूरा गाँव होगा। इसलिए जरूरी है कि किसी को बाजार भेजकर गोपाल वेंडर के घर से दस रुपए का स्टाम्प पेपर मँगवाया जाए। इस पर इस धमकी का हवाला देते हुए लिखा जाए कि जच्चा-बच्चा को कोई खतरा होता है तो इसका जिम्मेदार बनवारी होगा। सारे पंच उस पर दस्तखत करें। वह कागज सुघरा ठकुराइन के पास रखा जाए। उसकी फोटोकापी गाँव भर में बाँटी जाए। कभी कोर्ट-कचहरी में जरूरत पड़े तो सारा गाँव गवाही देने चले।

बनवारी के कान खड़े हो जाते हैं। यह तो उल्टे उसी को फँसाने का फंदा तैयार किया जा रहा है। बलई और लछिमन चौधरी की बोलती बन्द! 'सलेंडर' कर दिये? उसका चेहरा गुस्से से तमतमा जाता है। वह खड़ा होकर मुट्ठी बँधा दाहिना हाथ कुहनी से मोड़कर सामने ऊपर-नीचे हिलाते हुए चिल्लाता है—मेरे फलान चीन्ह पर जाएँ ऐसे पंच और ऐसी पंचायत।

और बाहर जाने के लिए भीड़ में राह बनाने लगता है।

पंचों को ठकरा मार जाता है।

तभी धन्नू बाबा की दहाड़ सुनाई पड़ती है—खबरदार जो आगे बढ़ा। तेरी यह मजाल कि पूरे गाँव को फलान चीन्ह पर मारकर निकल जाएगा? जाता है तो इसकी सजा सुनकर जा। अगर तू पंच की मरजी के बगैर यहाँ से भागा तो कल यही गाँव तेरे लिए काला पानी हो जाएगा। न गाँव का कोई आदमी तेरे दरवाजे जाएगा, न कोई

तुझे अपने दरवाजे पर खड़ा होने देगा। न कोई तुझसे बोलेगा, न तेरी हारी-गोहारी दौड़ेगा। तेरे साथ राह-रीत हराम है। उठन-बैठन हराम है। खानपान हराम है। दुआ-सलाम हराम है।...अगर किसी को इस फैसले पर एतराज है तो अभी बता दे।

—बहुत सही। हम इसका समर्थन करते हैं।—सुघरा कहती हैं।

बलई बाबा बनवारी को डाँटते हैं—तूने भाँग तो नहीं खा ली? पूरी पंचायत को फलान चीन्ह पर मार दिया?

मिठुआ बाल्टी-लोटा, खाली डलिया और दोनों बुझी गैस बत्तियाँ लेकर बाप के बगल में आकर खड़ा हो गया है। सुलछनी घास में सोए अपने दोनों बेटों को झकझोरकर जगाने लगी है।

लछिमन चौधरी डाँटते हैं—तीन बच्चों के बाप हो गए और पंचायत में बोलने का सहूर नहीं आया? माफी माँगो!

—बिना शर्त माफी। जैसे हाईकोर्ट में माँगी जाती है।—सुघरा कहती हैं।

लेकिन बनवारी माफी माँगने को तैयार नहीं दिखता। वह प्रश्नचिन्ह की तरह तनकर खड़ा है।

तभी मिठुआ तौलिया लपेटकर जलता हुआ बल्ब होल्डर से निकाल लेता है।

घुप्प अँधियारे के बाद दसमी के चाँद के धीरे-धीरे फरियाते उजाले में यह समझ पाना कठिन है कि बनवारी सिर्फ हाथ उठा रहा है या हाथ जोड़ भी रहा है।

हल्की बहती पुरवा अचानक तेज हो गई है। सूखे पत्ते उड़ने लगे हैं। आँधी-पानी आएगा क्या?

जागो रे जागो! भागो रे भागो...!

—लेकिन कल स्टाम्प पेपर जरूर मँगवा लेना पंडित।—खटोले से उठते हुए सुघरा कहती हैं।

जुल्मी

'जुल्मी' मेरी शुरुआती कहानियों में से एक है। 1970 के आसपास लिखी गई। कहाँ से शुरू करके यहाँ तक पहुँचे हैं, इसे जानने के स्रोत के रूप में प्रस्तुत।

नहर की नाली पर घास छीलते हुए कोइली की नजर सामने दिख रहे अपने दुआर पर गई।

यह कौन है सफेद कपड़ों वाला—साइकिल लेकर पैदल चलता हुआ? दुआर वाले नीम के पेड़ की ओर बढ़ रहा है। बप्पा ओसारे से निकलकर उसकी ओर जा रहे हैं। साइकिल खड़ी करके वह शायद बप्पा के पैर छूने के लिए झुका।

कोइली की नजरें वहीं जम गईं।

अब बप्पा ओसारे से खटिया निकालकर नीम के पेड़ की छाया में ला रहे हैं। वह आदमी खटिया पर बैठ रहा है।

बप्पा घर के अन्दर गए।

थोड़ी देर में अन्दर से माँ निकली और उस आदमी को पंखा झलने लगी। वह शायद माँ का पैर छूने के लिए झुका। बप्पा बाल्टी लेकर कुएँ की ओर जा रहे हैं।

कौन है यह आदमी? मेहमान?

इतना स्वागत तो मेहमान—खास मेहमान का ही होता है। और उसका जी 'धक' से रह गया। कहीं कामापुर वाला उसका भोला भंडारी तो नहीं?

इतने दिन बल्कि इतने वर्षों बाद। सोचते ही उसके हाथ-पैर काँपने लगे। तलुवे सुन्न होने लगे। पसीने-पसीने। उसने मेंड़ की टेक ले ली।

इतने दिनों बाद सुध आई? क्या जरूरत थी? वह मायके में ही उम्र काट देती। कौन यहाँ लड़ने के लिए कोई भौजाई बैठी है जो दिन काटना पहाड़ हो जाएगा? वह माँ से साफ-साफ कह देगी—नहीं जाऊँगी। जीते-जी उनकी ड्योढ़ी नहीं लाँघूँगी। आधी जवानी तो कट ही गई। बाकी भी कट जाएगी।

आँखें मुँदने लगीं। खुरपा हाथ से छूट गया। वह आँसुओं की बाढ़ में डूबती चली गई।

आठ साल बीत गए जब बिना अनवार (विदाई कराकर लानेवाला) के वह रोते हुए ससुराल से मायके आई थी। उसका एकलौता भाई पेड़ से गिरकर बेहाश था और अस्पताल में भर्ती था। माँ और बाबू जी उसके साथ अस्पताल में थे। घर पर दस-साल की छोटी बहन भर थी। बाप ने पड़ोसी के बेटे से उसकी ससुराल सन्देश भेजा था—घर पर जानवरों को सँभालने वाला कोई नहीं है। समधी भाई, इसी लड़के के साथ तुरन्त बिदाई कर दें या खुद पहुँचा जाएँ।

पर ससुर ने इनकार कर दिया—आज कैसे भेज सकते हैं? कल घर में कथा-पूजन है। इसके बाद लिवा जाएँ।

उसके पति ने अपने पिता से कहा भी—क्या पता, ऊपर वाला कल तक की मोहलत न दें। आज जाने पर भाई का मुँह देख लेगी दादा।

सास ने आकर ससुर को समझाया—जाने दीजिए। जब से सुना है, बहू का रोते-रोते बुरा हाल है। कहीं कुछ हो-हवा गया तो अपजस लगेगा कि बहिन को भाई का मुँह भी नहीं देखने दिये हम लोग।

पर नहीं माने बुढ़ऊ। पड़ोसी लड़का लौट पड़ा।

उसने आँगन में पति के कुरते की टोंक पकड़ी—क्या कहते हो? बोलो!

पति 'महासिधवा'। बोला—बाबू की मरजी के खिलाफ मैं कैसे बोल सकता हूँ? वे घर के मालिक हैं।

वह बाहर आकर ससुर के पैरों पर गिर पड़ी—बाबू, इतने 'कठकरेजी' मत बनिए। एक ही तो भाई है मेरा।

—देखो बहू, तुम्हें जाना है तो जाओ। लेकिन जैसे बिना 'पठये' जा रही हो, वैसे ही बिना 'आनने' का इन्तजार किए लौट आना।

इतनी इजाजत भी बहुत थी। बस, तैयार होने में जितनी देर लगे। पर वह लड़का तो जा चुका।

उसने फिर पति से बिनती की—पाँच कोस जमीन है और सिर्फ घड़ी भर दिन बाकी है। अँधेरा हो जाएगा। चलिए, छोड़ आइए।

—बाबू जी गुस्सा होंगे।

—किस माटी से सिरजा है आप लोगों को विधाता ने? मेरा भाई 'मरन सेज' पर है और आप लागों के मन में तनिक भी 'दरद-दरेग' नहीं उठता?

वे फुसफुसाए थे—तुम 'पक्की' पकड़कर चलना। मैं पीछे से नब्बू इक्केवान को भेजता हूँ। लेकिन यह बात बाबू जी न जानने पावें कभी।

और ऊपर वाले की ऐसी मरजी कि नब्बू इक्केवान ही वापसी में सन्देश ले गया—अपने दुलारे भइया का साला नहीं रहा। रीढ़ की हड्डी टूट गई थी। नाक से भी खून निकला था। अगले सनीचर को तेरही है।

भाई की तेरही में आए बुढ़ऊ (ससुर)। दाढ़ी, मूँछ, सिर मुँड़वाया लेकिन मन

के गुस्से को नहीं निकाल सके। बिना बिदाई की बात किए लौट गए। दुख की घड़ी में बिदाई के बारे में मायके में भी किसी ने नहीं सोचा।

लेकिन कई महीने बाद जब सास ने बहू की बिदाई के लिए जाने की याद दिलाई तो बुढ़ऊ ने साफ-साफ सुना दिया—मैंने तो जाते समय ही कह दिया था, जैसे अपने पैरों गई है वैसे ही लौटना भी होगा। मैं आनने नहीं जाने वाला।

तब तक बुढ़ऊ को बेटे द्वारा नब्बू के इक्के से बहू को मायके भेजने की बात पता चल गई थी इसलिए कुछ दूर पर बैठे बेटे को सुनाकर कहा था—इनसे मेहरिया का मुँह देखे बगैर न रहा जाता हो तो जैसे अपने भाड़े, किराए से भेजा है वैसे ही जाकर लिवा लावें। लेकिन जाने के पहले अपना चूल्हा-चौका अलग करते जाएँ।

—तो क्या वे जिन्दगी भर अपनी बेटी को मायके में बैठाए रहेंगे? आप नहीं लाएँगे तो उनको दूसरा घर-वर खोजने से कैसे रोकेंगे?

—कौन रोकता है? खोजें। उनको बीसों लड़के मिलेंगे, हमको बीसों लड़कियाँ। पर इस घर में आना है तो खुद आवे। कोई लिवाने न जाएगा।

ये बातें एक बार बाजार में मिलने पर नब्बू इक्केवान ने ही कोइली की माँ को बताई थीं। उसकी माँ से फिर कहा था—काकी, आप ही एक जबान कह दें कि बेटी को उसकी ससुराल पहुँचा दो तो पहुँचा दूँगा। भाड़ा-किराया भी न लूँगा। पर कोई कहे तो।

—हम अपने मुँह से आपको कैसे कह दें भइया? उनके घर में कोई मर्द मानुष न होता तो दूसरी बात थी। भला बेटी भी कभी माँ-बाप पर भारी होती है! पर बहू की शोभा तो उसकी ससुराल में ही है। बुढ़ऊ नहीं आना चाहते, न सही। एक बार नाऊ से, नहीं, कूकुर से सन्देश भेजवा दें कि उनकी बहू उनके घर भेजवा दो तो देखिए, हम साड़ी-पिछौरी, कूंडा-दौरी और गठरी-मोटरी के साथ भेजवाते हैं या नहीं? इतना मान-गुमान भी ठीक नहीं। भगवान बड़े-बड़ों का गुमान तोड़ देते हैं। भाई का मुँह देखने के लिए आकर कौन-सा गुनाह कर दिया मेरी बेटी ने? न आती तो जनम भर का पछतावा बना रहता। भगवान ने हम लोगों की जिन्दगी में हमेशा-हमेशा के लिए अँधेरा भर दिया। उस घड़ी में बहू का आना उन्हें बुरा भी लगा हो तो हमारा दु:ख देखकर उन्हें माफ कर देना चाहिए था।

जमाई को अलग से समझाना—उनकी 'बियही' है। सात फेरा डालकर अपनाया है। खेलने-खाने की उमर में इतना 'बियोग' ठीक नहीं।

समधिन से कहना—हम मूरख आदमी ठहरे। किस विधि से समझाएँ? पाँच-पाँच साल बीत गए। जवान जहान अहिबाती (सुहागिन) बेटी राँड की तरह दिन काट रही है। यह देखा नहीं जाता। गले के नीचे कौर नहीं उतरता। बुढ़ऊ तो लगता है, खटिया पकड़ लेंगे। एक ओर बेटे के जाने का दुख, दूसरी ओर बेटी के न जाने का। अकेले में पता नहीं क्या-क्या बुदबुदाते रहते हैं!

शुरू में उसने खुद भी कम कोशिश नहीं की अपने 'मरद' और ससुर की मति पलटने की। अपनी सखी से कहकर ओझा से मुर्गे की बलि दिलवाई थी। माँ से कहकर सत्य नारायण की कथा करवाई थी। अगर बिना 'परसाद' लिये चले आने के कारण सत्य नारायण स्वामी नाराज हुए हैं तो कथा से प्रसन्न हो जाएँगे और जैसे कन्या कलावती के 'दिन बहुरे', वैसे ही उसके भी 'बहुर' जाएँगे।

लेकिन उधर से कोई सन्देश नहीं आया।

लोगों ने समझाना शुरू किया—सौ बेटियों में एक बेटी है आपकी। सुन्दर, स्वस्थ, कमासुत, लम्बी-तगड़ी, मेहनती। कब तक उन मूर्खों के आस में घर में बैठाए रहिएगा? इतने दिन हो गए। 'मनई' की चाहत होती तो इस तरह मुँह फेरे रहते? 'खेह डारिए' उन पर। बिदा कर दीजिए किसी खाते-पीते घर में। राज करे। नहीं तो कहीं ऊँचे-नीचे पैर पड़ गया, दाग लग गया तो सात पुस्त तक नहीं छूटेगा। उनका तो बेटा है। कुछ कर भी गुजरा तो भोज-भात देकर बरी हो जाएगा।

माँ को समझाने की भला क्या जरूरत थी? उसने बप्पा की नाक में दम करना शुरू किया—बेटी को घर में बैठाए-बैठाए बूढ़ी कर डालना है क्या? कितनी तेजी से उसके बाल पक और झड़ रहे हैं, मालूम है? कल को हम दोनों की आँख मुँद गई तो उसे किस कुएँ-तालाब की शरण मिलेगी? उठाइए अपनी लाठी पनही। जाइए, पता लगाइए। बहुत लड़के मिलेंगे।

बेटी को भी समझाया—क्या रखा है उस रिश्ते में! सोने जैसी जवानी गलाकर राँगा कर रही हो, किसके लिए?

लेकिन नहीं मानी बेटी—नहीं, माई, नहीं! मुझे दूसरे दुआर की लालसा नहीं है। तेरी ड्योढी पर ही जिन्दगी काट दूँगी और तेरे जाने के बाद आग लगाकर 'भसम' हो जाऊँगी।

थोड़े दिन पहले उसे नब्बू की मार्फत ही पता चला था कि बाप-बेटे में उसे आनने को लेकर तकरार हुई है। नब्बू का कहना था कि अगर 'भात' खा लिए होते तो वे खुद ही लिवाने आ जाते। इस इलाके में दूल्हा तभी ससुराल आना-जाना शुरू करता है जब एक बार उसे औपचारिक रूप से ससुराल से बुलावा आता है। उसके साथ दो-एक नजदीकी रिश्तेदार आते हैं। सबको यथाशक्ति कोई नेग दिया जाता है—गाय, भैंस, घड़ी, अँगूठी या साइकिल। इसे भात खाने की रस्म कहते हैं। बिना भात खाए ससुराल जाने वालों की बड़ी जग-हँसाई होती है।

और आज वही हो गया। बिना भात खाए ही उसके 'भोला भंडारी' को ससुराल आना पड़ा। उसने अपनी देह में नई ताकत, नई गुदगुदी का एहसास किया। उसने देखा, नीम के पेड़ के नीचे दो और चारपाइयाँ बिछ गई हैं। चार-पाँच लोग आ गए हैं। बड़ी लानत-मलामत हो रही होगी उसके आदमी की। उसे पति का भोला गम्भीर जवान चेहरा याद आया। दो कछी धोती, नंगे बदन। गले में काले धागे में लटकी

पीतल की ताबीज। पतली नरम रोएँ वाली तनिक भूरी मूँछें। यही रूप पिछले आठ सालों से लगातार उसके मन पर छाया रहा है।

—बहुत सिधवा है। एक भी बात का जवाब नहीं दे पा रहा होगा।

सुहागरात में उसके अन्दर आते ही वह खटिया से उठकर खड़ी हो गई थी। कोने में मिट्टी के तेल की ढिबरी जल रही थी। रिश्ते की बुआओं और जेठानियों ने जब उन्हें अन्दर ठेलते हुए कहा था—लेव, सँभालो अपना धन और बाहर से जंजीर लगाकर चली गई थीं तो वे आकर उसके बगल में खड़े हो गए थे। कन्धे पर हाथ रखते हुए कहा था—खड़ी काहे हो गईं। बैठो।

बाँह थामकर उन्होंने उसे खटिया पर बैठाया था। फिर खुद बैठे थे। वह लेटने को तैयार नहीं हुई तो खुद भी बैठे रह गए थे। रह-रहकर उसे अंकवार में भरते। उसका घूँघट खोलने का प्रयास करते और उसे काँपती पाकर छोड़ देते—जाड़ा लग रहा है क्या? अभी तो अगहन का महीना है।

मुँह देखे बिना ही एक जोड़ी पायल टेंट से निकालकर 'मुँह-देखाई' में दिया था। अपने हाथ से पहनाया था। गोड़हरों के ऊपर। सच, इन पैरों को अपने हाथ से छुआ था उन्होंने। अपनी गोद में रखा था। वह छुअन कैसे भूल सकती थी! उसने हाथ बढ़ाकर पैर में पड़ी पायलों को सहलाया।

कुल तीन ही बार का तो साथ रहा—दो साल के दौरान। पहली बार दो रातों का, दूसरी बार पन्द्रह रातों का और तीसरी बार दो महीने का, पर वे रातें कैसे मन पर आज तक छाई हुई हैं!

खिलवाड़ी भी कम नहीं थे। पहली होली उसकी ससुराल में ही पड़ी थी। दिन में पिछवाड़े वाले आँगन में खूब भिगोया था और रात में 'फगुआ' सुनकर लौटे तो हरी-हरी गोलियाँ लाए थे। अपने हाथ से खिलाया था। मुझे क्या पता कि भाँग है। नशा करेगी। मीठी लगी। खाती गई। थोड़ी देर में सिर चक्कर काटने लगा। बोलना कुछ चाहूँ और मुँह से निकले कुछ। बिना बात के हँसी छूटे। सास को पकड़कर बासूँ बार भींचूँ और गले लगाकर हँसूँ।

सास ने उन्हें डाँटा—क्या खिला दिया तूने बहू को रे? सास ने गुड़ निकालकर दिया—खा ले। नशा उतर जाएगा। पर उन्होंने गुड़ नहीं खाने दिया। ले लिया। माँ से कहा—इसे बाहर ठंडी चाँदनी में घुमा देता हूँ। उतर जाएगी।

बाहर लाकर उन्होंने उसे गोद में उठा लिया और थोड़ी दूर स्थित खलिहान में लाए। मड़ाई किए जाने वाले गेहूँ की पयार पर ही वह रात कटी थी। भूसे की सेज। उसे लगा, वह आसमान में उड़ रही है। सारी रात उड़ती रही थी।

भोर में सास के किवाड़ खोलने की चरमराहट सुनकर वह भागी आई थी और सास की मीठी झिड़की खाकर अन्दर भाग गई थी। बालों में भूसा ही भूसा। कहाँ नहीं था भूसा।

वैसे तो उसे चिढ़ाते थे—ढाई मन की धोबन। और उस रात कितनी आसानी से गोद में उठाकर भागे थे! 'बौरा' गए थे।

बुआ दादी बुला रही हैं।

उसकी तन्द्रा टूटी। पड़ोसी की छह साल की बेटी सामने खड़ी थी।

—काहे रे?

—मेहमान आए हैं। रोटी बनानी है।

उसने लड़की को गोद में भर लिया और बार-बार उसका मुँह चूमने लगी। आँचल से उसकी आँख और मुँह पोंछा। छीली हुई घास खाँची में भरते हुए उसके पैर एक बार फिर काँपने लगे। आँखें धुँधलाने लगीं। इस बार गुस्से और माख से। ये इतने 'लजकोंकर' क्यों हैं कि अपने परानी की हाल-खबर लेने में आठ साल लगा दिये? ऐसे ही नहीं चली जाएगी वह। चार आदमी के सामने बैठाकर 'पद' कराएगी। उमड़ती जवानी माटी कर डाला। अपनी भी, मेरी भी।

घास की खाँची को उसने सिर पर रखा और लड़की को गोद में लेकर चली। अरे, खुरपा तो भूली ही जा रही है। उसके दुआर पर मेला जैसा लग गया है। पास-पड़ोस के बीसों आदमी घेरे हैं। कैसे उन्हें देख पाएगी? लड़की थोड़ी समझदार होती तो उसी से पूछती। उसने लोगों की भीड़ के बीच एक झलक पाने की कोशिश की। पास से गुजरते हुए तो नजर उठ न पाएगी। उसे लगा कि पीठ की जो एक हल्की झलक मिली है, वह उन्हीं की है। बहुत 'दुर्बल' हो गए हैं। सास ठीक से रोटी-पानी न कर पाती होंगी। उसे तरस आने लगा। एक गीत की पंक्ति याद आई—

घरवा मा खाया सामी सूखी भउरिया
अउत्या हमरे नइहरे
घिउ खिचरिया तोहैं खियउतिउं
अउत्या हमरे नैहरे।

[सूखी 'भउरी' खाकर दुबराए हुए 'स्वामी' मेरे नैहर आओ। घी, खिचड़ी खिलाकर तुम्हें फिर 'तैयार' कर लूँगी।]

आज आए हैं 'घी-खिचड़ी' खाने। समझो, 'भात' खाने आए हैं। लालू से कहूँगी, भात खाने के नेग में भुअरी भैंस भी हँकवा दें साथ-साथ, बिदाई में।

दुआर के नजदीक पहुँचकर उसने सिर का आँचल माथे पर खींच लिया। भीड़ के बगल से गुजरते हुए उसकी नजरें भले झुकी हैं पर 'वे' तो देख ही रहे होंगे। गोद की लड़की को देखकर पता नहीं क्या-क्या सोच डालें भोले बाबा! वह लजा गई। लड़की को वहीं उतारा और सिर की खाँची ओसारे में पटककर आँचल से आँख-मुँह का पानी-पसीना पोंछते हुए आँगन में भाग गई। कोने में खटोला बिछा था। वह उसी पर ढह गई।

खटोले के बगल में पीढ़े पर बैठकर माँ ने उसका माथा सहलाना शुरू किया तो आँसुओं की बाढ़ नए सिरे से उमड़ आई।

माँ घबरा गई—क्या हुआ रे? रोती काहे है? तनिक दम लेकर नहा ले बेटी। ढंग के कपड़े पहन ले। रसोई करनी होगी।

माँ मेहमान के बारे में कोई बात नहीं करती। क्यों नहीं बताती?

खाना बनाकर, ढँककर वह रसोई से बाहर आ गई—माँ, तू जाकर परस।

—क्यों? तू क्यों नहीं परसती?

—नहीं।—कहकर उसने सामने की कोठरी में घुसकर किवाड़ बन्द कर लिए।

खाना खाने के लिए बाबू जी के साथ आँगन में बैठे मेहमान की एक झलक लेने के लिए दबे पाँव आकर उसने किवाड़ की झिरी में आँख लगाई और 'झटका' खा गई।

—यह कौन? खिचड़ी मूँछों और झुके कन्धों वाला? उसे दूसरे ढंग की झुरझुरी छूटी। वह मुड़ी और मूड़ोमूड़ करके खटिया पर पड़ गई।

मेहमान को खिलाकर माँ ने उसकी कोठरी के किवाड़ खटखटाए—खोल। आ, तू भी खा ले।

किवाड़ खोलकर वह फिर लेट गई—मुझे भूख नहीं है माँ।

—क्या हुआ? धूप लग गई क्या? सिर दबा दूँ?

—नहीं, बता, यह मेहमान कौन है? किसलिए आया है?

—कैसा लगा?

—क्या?—उसकी शंका ने फन काढ़ लिये।

—बेटी, कब तक हम लोग तुझे घर में बैठाए रहेंगे? बाप का अकेला बेटा है। औरत दो साल पहले मर गई। कुल तीन 'परानी' हैं। आदमी की 'चाहत' रहेगी। सुखी रहेगी।

—मेरी रोटी इतनी भारी हो गई माँ?

—सो बात नहीं बेटी। लेकिन हम बूढ़े-बूढ़ी कितने दिन के मेहमान हैं? हमारे आँख मूँदने के बाद तेरी कैसे कटेगी? और जब तक तू मेरी ड्योढ़ी छेंककर बैठी रहेगी—मैं क्या चैन से मर सकूँगी?

—अपने चैन के लिए तू अपने हाथ से फाँसी लगा दे माँ, पर किसी और के लिए दुबारा घर से न निकाल। तू कहे और बप्पा की हेठी न हो तो मैं अकेले ही अपनी ससुराल चली जाऊँ?

—उन लोगों ने इसका भी मौका नहीं छोड़ा बेटी। तेरी 'गद्दी' सँभालने कोई और आ चुकी है।

उसकी चीख निकलते-निकलते बची।

—हाँ, बिटिया। छह महीने हुए। उसके बाद ही तेरे बप्पा ने दौड़-धूप शुरू की तेरे लिए।

माँ ने पास-पड़ोस की सहेलियों को बुलवा लिया—पास बैठ लो बेटी। उसका मन बहल जाए।

सहेलियों ने मजाक शुरू किया। साथ-साथ कंघी-चोटी।

—बहुत सेवा करनी पड़ेगी तुझे। भर कातिक जोते गए बैल की तरह टूटे हुए हैं जीजा जी।

—अरे, यह छह महीने में 'तैयार' कर लेगी।

—तीन ही महीने में।

सामूहिक हँसी। चुहल।

—इस बार उसे आँचल के टोंक में ठीक से बाँधकर रखना और जाते ही सबसे पहले सास-ससुर को कब्जे में करना।

उसे देखने के लिए मेहमान आँगन में आया तो उसकी पलकें बन्द थीं और साँस तेज।

उसके मानस पर एक-दो बार खिचड़ी बालों का अक्स उभरा लेकिन हर बार जल्दी ही उस पर नरम भूरे बालों की पतली मूँछों का रूप हावी हो गया।

ससुरू भेजा डोलिया कहरवाँ
हम गवनवा अउबै ना।

[ससुर जी, हम गौने लायक हो गए हैं। जल्दी डोली-कहार भेजिए।]

डोली-कहार तो आए लेकिन वहाँ से नहीं, जहाँ से इन्तजार था।

चैत नवरात्र के पहले मंगल को लगने वाला गूदर बाबा का मेला इलाके का मशहूर मेला है। आसपास के दस-पन्द्रह कोस के ग्रामीण यहाँ लपसी, सोहारी चढ़ाने आते हैं। खासकर महिलाएँ। गूदर बाबा कौन थे ? कब थे ? कुछ पता नहीं। पर धीर-धीरे उन्होंने लोकमानस में महादेव का स्थान ले लिया है।

पीर, डीह, और देवी-देवताओं की हैसियत उनके भक्तों की हैसियत के अनुसार ही घटती-बढ़ती है। गूदर बाबा लपसी, सोहारी के भोग से ही प्रसन्न हो जाते हैं। लपसी माने हलवा का जनता संस्करण। आटा, गुड़ और पानी का अवलेह। सोहारी माने पूड़ी। जनता का पकवान। यही पकवान पाकर गूदर बाबा कुछ भी देने को तैयार हो जाते हैं।

घर-गृहस्थी चलाने की धुरी हैं औरतें। सोहारी, लपसी चढ़ाने का काम भी उन्हीं का। इसलिए इस मेले में औरतों और बच्चों की बहुतायत रहती है। पति, बेटे या

बाप सहयोगी के रूप में शामिल होते हैं। साइकिल के कैरियर या सिर पर जलौनी लकड़ी और आटा, गुड़, तेल की गठरी या छोटे बच्चों को कन्धे पर लादने, सँभालने के लिए। रंग-बिरंगी साड़ियों में लदी-फँदी औरतों का गीत गाता हुआ झुंड एक के पीछे एक। चारों ओर से गूदर बाबा के धाम की ओर प्रस्थान करता हुआ।

—माँग। क्या 'माँगन' माँगती है?

—बैल बीमार है बाबा। पति गँजेड़ी हो गया है। दूसरी औरत से 'अरझ' गया है या भविष्य सँवारने वाले सपने—बेटा चाहिए बाबा। गोद नहीं भरी अभी तक। अगले जनम में भी मानुष जोनि मिले। सुअर-कौआ होकर न जन्मना पड़े।

कौन है, जिसके पास कोई दुख न हो? कोई सपना न हो? पूरा इलाका उमड़ पड़ता है। कितनों की मनोकामना बाबा लगे हाथ पूरी कर देते हैं। नया मनचाहा साथी दे देते हैं। वे माँ-बाप, गाँव-देस का मोह छोड़कर यहीं से सीधे कलकत्ता, बम्बई, दिल्ली, लुधियाना की गाड़ी पकड़ लेते हैं। पार करें गूदर बाबा।

कोइली अपने दोनों बच्चों और पति के साथ भोर में गूदर बाबा के मेले के लिए निकली। गूदर बाबा का धाम उसके घर से तीन कोस पड़ता है। जल्दी पहुँचिए तो 'कराही' चढ़ाने में भीड़ का सामना नहीं करना पड़ता। दोपहर से भीड़ बढ़ जाती है। एक बड़ी गठरी पति के सिर पर। तीन साल की बेटी उसकी गोद में और तेल की शीशी हाथ में। आठ साल का बेटा कभी पैदल, कभी बाप के कन्धों पर।

थान के चारों तरफ कई बीघे में आम और महुए का बाग फैला है। हर गाँव का मेला अलग-अलग पेड़ के नीचे डेरा डालता है। चार-चार, पाँच-पाँच के समूह में जमीन खोदकर चूल्हे बन जाते हैं। कड़ाही चढ़ जाती है। तेल, घी, और गुड़ की महक! धुआँ। पूरा क्षेत्र महकने लगता है।

थान पर टिकरी चढ़ाकर उसने दोनों बच्चों का माथा टेकाया। पति को माथा टेकने के लिए कहा। फिर खुद सिर को आँचल से ढक, आँचल का खूँट दाँत से पकड़, माथा टेककर 'माँगन' माँगा—इसी तरह कल्यान से रखो बाबा। अगले जन्म में भी यही पति, यही बच्चे मिलें, सात जनम तक।

लौटकर पति, बेटे को खिलाकर वह बेटी को गोद में डालकर 'परसाद' पाने बैठी। पति बेटे को लेकर पिपिहरी भोंगारा खरीदने चले गए।

अचानक दिल्लू बुआ प्रकट हुईं।

—का हो धेरिया। कब से खोज रहे हैं?

उसने उठकर जूठे हाथों आँचल का खूँट पकड़ा और बुआ के पैर छूकर तीन बार माथे से लगाया।

दिल्लू बुआ उसे बहुत मानती थीं। उसकी पहली ससुराल कामापुर के पड़ोस में ब्याही हैं। जब वह गौने नहीं गई थीं, बच्ची ही थीं तो अपनी ससुराल से लौटने पर दिल्लू बुआ उसकी सास के झूठे किस्से सुनाकर उसे चिढ़ाया करती थीं। उनकी एक

बात उसे अभी तक याद है। बताया कि कोइली की सास की इतनी लम्बी पूँछ है कि उससे वह एक ही जगह बैठे-बैठे सारे घर में झाड़ू लगा देती है। और भी कई बातें...

—लगता है, सब निबटा दिया?

—हाँ, बुआ! आप भी परसाद लीजिए।

—अभी नहीं। अभी हमारी टिकरी नहीं चढ़ी।

बहुत दिन, दस-बारह साल बाद मिली थीं बुआ। उसका हाल-चाल पूछती, अपना बताती रहीं। उसके खा लेने के बाद बोलीं—चल, तुझे एक 'पहचानी' से मिला लाऊँ।

—किससे बुआ?

—खुद ही देख और पहचान।

—पराना बुआ आई हैं क्या?

पराना बुआ गवने गईं तो कभी लौटकर मायके नहीं आईं। ससुराल वालों ने कभी बिदा ही नहीं किया। यहीं कहीं ब्याही गई हैं। अब तो बूढ़ी हो गई होंगी। बहुत पुरानी बात हो गई। लेकिन उसके मायके में उनकी चर्चा होती रहती थी क्योंकि जब भी पराना बुआ को मायके का कोई आदमी मिलता, वे एक-एक आदमी, रुख, बिरिछ, ताल, तलाई तक का हाल पूछती थीं। इस मेले में उनसे मिलने की सम्भावना बनती थी।

—चल, उठ।

कोइली ने अपनी कड़ाही, झोला बगल की औरत को सौंपा और बुआ के पीछे-पीछे चल पड़ी। बुआ उसे लेकर मेले के बाहर आई और थोड़ी दूर के एक पेड़ की ओर उँगली उठाकर कहा—उस पेड़ के नीचे जा।

उसने देखा, पेड़ के एक तरफ दो लद्दू घोड़े बँधे थे। एक तरफ एक खुली बैलगाड़ी खड़ी थी। उसके सामने दो सफेद ऊँचे बैल बोरे पर रखा भूसा खा रहे थे।

—वहाँ तो कुछ दिखता नहीं बुआ। बताओ न, कौन?

—तू अन्दाज लगा।

—आप तो बुझौवल बुझाने लगीं। आप भी आइए।—उसने बुआ का हाथ पकड़कर साथ ले लिया।

बैलगाड़ी की आड़ में एक आदमी खड़ा था। अकेला। कुरता-धोती। गले में मटमैला गमछा।

पास पहुँचकर बुआ ने उसकी गोद से बेटी को ले लिया। अब वे दोनों आमने-सामने थे।

कामापुर वाला उसका भोला भंडारी!

दोनों ने भर नजर एक दूसरे को देखा, फिर आदमी आगे बढ़ा। उसके ठीक सामने। दोनों की नजरें धुँधला गईं। वे एक दूसरे के गले लग गए।